Ronso Kaigai
MYSTERY
241

十二の奇妙な物語

Sapper
The Dinner Club

サッパー

金井美子［訳］

論創社

The Dinner Club
1923
by Sapper

目次

十二の奇妙な物語

まえがき

西暦一九二〇年のある日、ごく限られた会員だけの、特殊なクラブが発足した。よそのクラブのような入会金や寄付金はなく、会員は、俳優、弁護士、医者、一市民、軍人、作家の六人のみだった。平凡な一般人である一市民以外は、それぞれの職業で名声と呼べるものを得ていたため、会員名簿には便宜的に、メンバーの職業がアルファベット順にのせられた。さらに会員たちは、この順番で、クラブにおけるただ一つのルールを、実行しなくてはならなかった。皆の合意を得た晩に、順番の来た会員は、残りの会員に、とびきり上等なディナーをふるまう。そして食事のあとで、職業に応じた話——お客が居眠りをせずにすむような、興味深い話——を披露する。

お客を起こしておけるような面白い話ができなかった場合、問題の会員は、クラブの唯一の罰則に従い、しかるべき慈善団体に十ポンドを寄付しなくてはならない。

食事の質についてのルールは必要ないと見なされており、会員が自由裁量で選んでいた。

第一話　俳優の話　キルトの布きれ

「私の商売の困った点は」俳優は話し始めた。「最も偉大な芝居は決して上演できない、ということだ。それでは金は稼げない。大衆は筋のある話――山場を求めていて、山場が終わると、役者は気取るのをやめ、幕がおりる。しかし、人生には――実際の人生には筋などなく、パッチワークキルトのように、期待はずれのできごとの連続にすぎない。あまりにもあっけない結末がおとずれ、キルトが終わりを告げるまで」

俳優は若白髪のまじった髪に手をすべらせ、しばらくの間、じっと火を見つめた。軍人がパイプに煙草をつめ、作家は足を前に投げ出して、ズボンのポケットに深く手を突っこんだ。

「私が語るのは、そうしたキルトの布きれの一枚についての物語だ」俳優は考えにふけりながらあとを続けた。「女の人生における一エピソード。いやむしろ、あるエピソードの中の、女の人生と言うべきかもしれないね。

私の出演した、『ジョン・ペンデルシャムの奥方』を覚えているかい？」俳優が弁護士のほうを向いてたずねると、弁護士はうなずいた。

「とてもいい芝居だった」弁護士は言った。「モリー・トラバースは、劇団の看板女優だたな」

「イギリスを離れていたんでな」軍人が言う。「見られなかったんだ」

「たいしたことじゃないさ」俳優は煙草に火をつけた。「芝居そのものは私の話と直接関係はないからね。だが、きみが見ていないと言うなら、これだけは説明しておかなくちゃならない。むろん私がジョン・ペンデルシャムを演じ、モリーは私の妻役だった。そして私に言わせれば、第三幕でのモリーの感動的な演技は、あの名女優の役者人生の中でも最高のものと言えるだろう」

作家がうなずいた。「ああ、彼女は実にすばらしかった」

「毎晩幕がおりると、モリーは今にも気絶せんばかりになっていた。毎晩息をのむ静寂のあとに、割れんばかりの拍手が続いた。私がこうした周知の事実を話すのも、モリーの名演技が私の語る物語とかかわりがあるからだ——芝居そのものは関係がなくてもね。

私の物語が幕をあけたのは、一か月ほど公演を続けたころだったと思う。三幕を終えた私は、楽屋へ向かっていた。わけあって、舞台から直接楽屋に通じるドアは使わず、外の通路に出た。そこには、大道具やら何やらを運ぶ者たちがいた……。

きみたちは皆、劇場の裏口に来たことがあるだろう。まず、道から中へ通じるスイングドアがあり、ドアの内側には門衛がいて、訪問者の用件をたずねる。それからまた別のドアがあり、そこを入ると私の楽屋におりる三段の階段がある。その夜、楽屋のドアをあけようとした私は、ふと、まわりを見まわした。

三つある階段のてっぺんに一人の女が立ち、じっとこちらを見つめていた。すぐに門衛が割りこんできたので、彼女を見ることができたのはほんの一瞬で、私は部屋の中に入った。しかし、ごく短い時間とはいえ、彼女の姿を見ることはできた。彼女の瞳の中にある表情を、読み取ることができるぐらいには。

想像がつくだろうと思うが、劇場の裏口にはあらゆる種類、あらゆる境遇の人間がいる——女優志望の若い娘、仕事にあぶれた俳優、サインをほしがる者、物乞い。そして門衛は、二番目のドアを入ることができるのは私の個人的な友人か手紙で約束した者だけという、不動のルールを心得ていた。しかし、どんな時でもそうと決めることなど、できはしなかった。

ああ！　あの夜から何年もたつというのに、私は彼女の瞳の中にあるメッセージを、昨日のことのようにはっきりと感じ取ることができる。希望と、恐れと、痛々しいばかりの懇願。それは、最後の渾身の一撃にすべてを賭けようとする者の目であり、子供のために戦う母親の目であり、私には理解できそうもない、驚くべきものだった。私はドアのすぐ内側に立ちつくしたまま、彼女が若いのか年取っているのか、美人なのか不器量なのかもわからずにいた。にもかかわらず、あのほんのわずかな短い時間で、あれこれ入りまじった彼女のメッセージが、はっきりと私の心に届いたのだった」俳優は煙草をおしつけて消し、別の煙草に火をつけたが、沈黙を破る者はなかった。

「しばらくの間、私はためらった」俳優は少しあとで続けた。「それから私はベルを鳴らして、門衛を呼んだ。

『さっき部屋の外にいた女性は誰だ？』門衛が入ってくると、私はたずねた。

『名前はおっしゃいませんでした』門衛は答えた。『あなたに会いたがっていましたが、規則についてお伝えしました』

私は再びためらった。たぶん私は、ことを大げさにとらえているのだ——彼女の表情を、完全に読み違えているだけなのだ。きっと彼女もほかの者と同じように、仕事を探しているだけだというのに。だがその時私は、あの女性に会わねばならないということ、彼女の話を聞くまでは、心の平安は得られないということを悟った。門衛は、不思議そうにこちらをながめていた。いったいどうして私がためらうのか、わかっていないのは明らかだった。扉を守る番人である彼は、実際的な男だった。

『中へ通してくれ。今すぐに会う』私は門衛に背を向けたが、実直な彼が、怒っていることはわかった。なんといっても、ルールはルールなのだから。

『今すぐにですか?』門衛は聞き返した。

『ああ、すぐにだ』

門衛は出て行き、階段をのぼる音が聞こえた。

『トレイン氏がお会いになるそうです。こちらへ』

そして、再びドアが開くと、私は向きを変え、あの女性と顔をあわせた。彼女は若かった——とても若く、安物の田舎じみたドレスのようなものを着ていた。靴もかつては上等だったのだろうが——どんなにたくみにつぎをあてようと、つぎがあたっていることには変わりなかった。手袋にはたくさんの針と糸のあとがあり、ちっぽけなバッグはこすれてぼろぼろだった。安っぽくあかぬけないドレスの上に、着古してすり切れたコートを着ていた。

『ミスター・トレイン、会ってくださって、ありがとうございます』

おどおどと声が少し震えていたものの、彼女はこちらをまっすぐに見て言った。

『こんなことはめったにしないのですが』私は言った。『あなたが階段の上にいるのが、見えたもので……』

『めったにないことなのは、承知しています』彼女は私をさえぎった。『外にいる方から、規則についてては聞きましたから。ですが』このころには、彼女は少し自信を持って話すようになっていた。

『私がこうしてあなたに会いに来たのも、特別なわけがあってのことなんです』

私は彼女のために椅子を引くとたずねた。『どういうことですか？』

彼女は深く息を吸いこみ、ぎこちなくハンカチをいじり始めた。

『正気を疑われかねないのは、わかっています』彼女は切り出した。『でも今はまだ、わけをお話ししたくないんです。芝居が終わるまでお待ちしていますから。すぐ四幕に行かれるのでしょう』

『では、芝居をごらんになったのですね』私は言った。

『ええ、見ています』意外なことに、彼女は答えた。『初日から、毎晩ずっと』

『毎晩ですって！』私は驚いて、彼女を見つめた。『いや、しかし……』

私は彼女の服やら何やらを、一瞥せずにはいられなかった。彼女は私の心を読んだように言った。

『私にそんなぜいたくをするお金があるようには見えないと、お思いなんですね』彼女はかすかな笑みを浮かべた。『もちろん、天井桟敷や平土間から見るだけです。それですら、昼食を抜かなくちゃなりませんけれど。でも――ぜひともあなたの芝居を見なくてはいけないんです。それが私の計画の一部ですから――そうする必要があるんです』

『にぶい男だと思われたくはないのですが』私は穏やかに言った。『おっしゃることがよくわかりませんね。私の芝居を三十回あまり見ることが、どうしてあなたの計画に必要なのですか？』

『それはまだ、お話ししたくありません』彼女は繰り返し、また落ち着かなげに両手をねじり始めた。『それをお話しするのは、もう少しあとにしたいんです。ご親切なあなたが――私の頼みを聞いてくださってからに。ああ、ミスター・トレイン、お願いですから、私を見捨てないで！』彼女は椅子の中で、懇願するように身を乗り出した。

『お嬢さん』私は静かに答えた。彼女は二十をいくらも超えているようには、見えなかった。『私に何をしてほしいのか、まだおっしゃっていませんよ』

『ケンジントンの私の家まで、一緒に来てほしいんです』彼女はきっぱりと言った」

俳優はまた一息ついて火を見つめると、短い笑いをもらした。

「彼女がそう言った時、私は彼女をかなり鋭く見やっていた。うぬぼれだのなんだのでなく、魅力的な女性からある種のこびるような感情を向けられることは、生涯の中でたまにあることだ。つまりその――妻には隠しておこうと思うような感情、ということだが」

「ああ」一市民がつぶやいた。「確かにね」

「一瞬、これもそういうことなのかもしれないという考えが、心をよぎったのを白状せねばならない。彼女が頰に血をのぼらせて真っ赤になったので、ようやく私は自分が誤解をしたばかりか、うかつにも、その誤解を彼女に見すかされてしまったと悟ったのだった。

『まあ、どうしましょう！』彼女は小声で言った。『そんなはずはありませんよね――あなたはまさか私が……』

彼女は腰をあげ、私の前で小さく身を縮めんばかりだった。

『いや、私は結婚していますから』私が無言で考えたことの愚かしさを、はっきり証明するものとして彼女が思い描いていたのは、そんな言葉ではなかっただろうが、私はあえて目をそらした。私はただ頭をさげ、いささか堅苦しい口調で言った。『すぐに結論を出さないでください。なぜ私に、ケンジントンの家まで来てほしいのか、聞いてもいいですか？』

彼女の頰から赤みが消え、彼女は再び腰をおろした。

『それだけはお話しできないんです。あなたが来てくださるまでは』彼女はひどく低い声で答えた。『馬鹿げているると思われるだろうことも、必要もないのに秘密めかしているように見えることも、承知しています。でも、だめなんです、ミスター・トレイン。どうしても話すわけにはいきません……今はまだ……』

呼び出し係がドアをノックし、私は最後の幕を続けなくてはならなかった。ある意味、私は愚かだったのだろうが、人生は衝動で成り立っている。告白すると、私は一連のできごとに、興味をそそられていた。会いにやってきた女性が、初日から毎晩、自分の芝居を見ているのだと言う。そのために昼食を抜かなくてはならないが、それはあるすばらしい計画のために必要なことなのだと言う。そして、ケンジントンの家まで、一緒に来てほしいのだと言う。どんなに好奇心のない男でも、心を動かされるはずだし、私はほんの子供のころからいつも、他人のあれこれに夢中になっていた……。

『わかりました』私はぶっきらぼうに言った。『ご一緒しましょう』

その時、私は手を差し出して、彼女をささえねばならなかった。彼女が気絶するのではないかと、私は思った。当時は反動が来たのだろうと思っていたが、あとでもっとずっと平凡な理由——栄養不足のせいだとわかり、私は衝撃を受けた。

私は彼女がもとに戻るまで、しばらくそこにとどまり、外で待っていてほしいと言った。『三十分ほどかかります』私は言った。『それからタクシーをひろって、ケンジントンまで行きましょう。椅子を出すよう、言いつけてください……』

舞台へと向かった私が最後に見たのは、テーブルをつかみ、大きな茶色の瞳に勝利のきざしの色を浮かべて、じっとこちらを見つめている、若い女の白い顔だった」

「私が思うに」俳優は、思案顔で続けた。「そこにこそすべての悲劇があったのだと思う。あとで彼女は、自分の計画の最も難しい部分は、私にケンジントンまで一緒に来るのを承知させることだったと言っていた。それさえできればすべてうまくいくと、彼女はかたく信じきっていた。私が四幕へと向かった時、彼女は自分の努力がついにむくわれて成功するのだと思い、これまでしてきたことにくらべれば、これから来ることなど、何ほどのものでもないと思っていた。難攻不落の砦は猛攻を受け、鬼は子羊だと証明された、というわけだ。

そして私たちはケンジントンへ行った。私の車は家へ帰して、タクシーをひろった。ドライブの間、彼女は極端に口数が少なく、私も彼女をしゃべらせようとはしなかった。彼女が運転手に告げた住所に着くまで、この謎めいた計画の一端があかされることがないのは、明らかだった。着いたのは、聞いたこともないへんぴな通りで、名前もすっかり忘れてしまった。ベーカー街からそう遠くない場所だったのは確かだ。

とげとげしい顔つきの女がドアをあけ、私をうさんくさげにじろじろと見た。しかし、彼女が女をわきへ連れて行って耳に何事かささやくと、明らかに期待どおりの効果があり、私たちは玄関ホールに取り残された。ゴルゴンがうなりながら臭気を放つ地下室に引っこんだかのようだった。

女がドアを閉めると、彼女は私のほうを向いて言った。

『ミスター・トレイン、上へ来てくださいませんか？　夫に会ってほしいんです』

私がおじぎをし、『もちろんです』と答えると、彼女は私を案内した。

『では夫も、計画とやらに一枚かんでいるわけだ』彼女のあとについていきながら、私は考えた。夫は芝居の天才で、私に朗読でも聞かせようというのだろうか。天才の芝居には、前に苦労したことがあった。それとも、つきに見放された俳優か何かなのだろうか。もしそうなら、なぜいちいち、こんな謎めいたことをするのだろう。そして、やっぱり単に仕事をくれということなのだろうと、私が結論を出した時、私たちは部屋に着いた。ドアの取っ手をまわす直前に、彼女は再び私のほうを見て言った。

『ミスター・トレイン、夫は病気なんです。ベッドに寝たきりですが、お許しください』

そして私たちは部屋に入った。さてと、諸君」俳優は椅子の中で身を乗り出した。「私も昔はかなり金に困っていたが、そのドアの内側に立った時、私は初めて、貧困というものが――本当の貧困というものがどういうものかを思い知ることになった。いいかい、彼女はレディであり、肩にぼろぼろのショールをまきつけ、ベッドによりかかった、やせこけた弱々しい男は、紳士だったんだ。なのにベッドと、椅子一つと、ぐらぐらする古びたたんす以外には、部屋にはなんの家具もなかった。部屋の隅にはカーテンが引かれ、後ろには洗面台のようなものがあった。ベッドのそばの棚に、二つのカップと、何枚かの皿がのっていた。ヴィクトリア女王のぞっとするような石版画以外には、壁には何もなかった。

『ミスター・トレインよ、あなた』彼女は夫のほうにかがみこみ、しばらくして、彼は私を見あげた。

『いらしてくださって、ありがとうございます。本当によかった』彼は言い、妻のほうを向いた。私は彼がこう言うのを聞いた。『もう、ミスター・トレインには話したのかい、キティ？』

彼女は頭を振った。『まだよ。今から話すわ』彼女は夫のそばを離れ、私のほうへ来た。

『ミスター・トレイン、劇場ではさぞかしおかしな娘だと思われたことでしょうね。でも、私が本心を言ったら、あなたは来てはくださらないだろうと思ったんです。自分は演技ができると思いこんでいる人たちが、それこそ何百人もあなたをたずねてきては、仕事をさせてくれだのなんだの、頼んでくるんですから。それが私の望みだと言ったら、出て行けと言われると思ったんです。たぶんあなたは、私に一縷の望みをくださったでしょう――私の住所を聞いて、何かあったら知らせるからとおっしゃったでしょう。でも、何かあるなんてことは、決してなかったでしょうし……だから私はもう、必死だったんです』

大きな茶色の目が、懇願するようにひたと私に据えられた。私の同情をひくための手管でしかないのはみえみえだったが、どういうわけか私は、感じてもいいはずのいらだちを、さほど感じることができなかった。

『ええ、おそらく何もなかったでしょう』私は穏やかに言った。『しかし、近ごろの舞台は、どうしようもないほど人手がありあまっていることを、忘れないでいただきたい。訓練をつんだのに仕事にありつけないという俳優女優が、山ほどいるんです』

『わかっています』彼女は熱心に叫んだ。『だからこそ――この計画を考えたんです。私が人並み以上に演技ができることを、きちんとわかっていただければと……』

『妻はあなたを満足させられるはずです、ミスター・トレイン』夫が口を出した。『妻はいい女優です。ぼくにはわかっています』

『それはミスター・トレインの判定にまかせなくては、ハリー』彼女は微笑み、私に向かってあとを続けた。『本物の才能がある女優には仕事があると思うんですが。ねえ、そうでしょう?』

『ええ』私はゆっくりと同意した。『仕事はあります。本当に才能があれば、ですがね。しかしそれですら、狭き門なのです……。女優をおやりになったことは?』

『少しだけ。素人芝居で』

私は目をそらした。素人芝居！　ああいったお粗末な余興は、心得違いの発案者が思っているよりも、不満や失望のもとになっているものだ。

『でも、それだけが頼みの綱だとは、思わないでください』彼女はまた口を開き、私は笑いそうになった。『今夜、私の力を見きわめていただきたいんです』

私は向きを変え、彼女を見た。では、謎の計画とやらはこのことだったのだ。私は即興の芝居を見て、第二のサラ・ベルナールが見つかったと確信することになっているのだ。

『おわかりでしょうが、楽屋でお見せするわけにはいかなかったんです。時間がありませんでしたし。だから、ここにいらしてくださるよう、お願いしたんです』

『いずれにしろ、あなたはご自分の言い分が正しいと信じていらっしゃるのでしょう』私は静かに言った。『私はもう、すっかり準備ができていますよ』

『では、そこにお座りになっていただけますか』彼女がコートと帽子を脱ぎ、私が唯一の座れる椅子に腰をおろすと、ハリーが枕の下から紙表紙の本を取り出した。

『ミスター・トレイン、ぼくはせりふを読ませていただきますが、お許しください』彼は言った。『せりふを覚えられないみたいなんです。集中できなくてね』やせこけた細い手で、額をなで、ハリーは続けた。『それに、あなたが見たいのは妻でしょうし』

ハリーは弱々しくページをめくり、読み始めた。そして私は、どこかを刺されでもしたかのように、体をまっすぐにして座っていた。ついにすべての謎が解けた。彼女が劇場に足しげく通っていたわけも、何もかも。そして、彼女の実力を証明するために二人が選んだのは、よりにもよって、『ジヨン・ペンデルシャムの奥方』第三幕の、モリー・トラバースと私のラブシーンだった……」

俳優が物思いにふけりつつ次の煙草に火をつけるまで、しばらく沈黙が続いた。

「神よ、我々を、そして――この私を救いたまえ」俳優は少したってからあとを続けた。「素人芝居を少し経験しただけの無名の若い娘が、過去最高の成功のただ中にいたロンドン一の名女優に、あえて勝負を挑んだのだ。これが小説であれば、彼女が勝利をおさめたと話すべきなのだろう。みじめで殺風景な部屋に座った私の前に、天才が――第二のモリーが、モリーをしのぐ名女優が現れたのがわかったと――彼女はこの瞬間から成功の階段をのぼり始め、後ろを振り返ることはなかったと、そう書くべきなのだろう」

俳優は、少し悲しげに笑った。「あいにく私は小説を書いているわけではなく、ありのままを話しているだけだ。それからの二十分をどうやり過ごしたのか、私にはわからない。彼女の演技は、これまで私が考えた中でも最も悲惨な、モリーのカリカチュアでしかなかった。故意ではなく、真剣なだけに、よけいにたちが悪かった。どんなささいなしぐさも、忠実にまねられていた。どんなささいな手管やお決まりの手法も、念入りにそらんじられていた。そしてさっきも言ったが、それは、生まれながらの天才と毎晩共演している私に向けられたものだった。ああ！　本当に最悪だった。テーブルをはさんで私と向かいあい、舞台の中央に立ったモリーは、『ならあなたは、私を取り戻すつもりはないのね』というせりふを言うのだが――モリーの完璧な抑制があってこそ感動的なものになるそのせりふは、気の毒な娘の口から出ると、女中からの申し立てでも聞いているかのようだった。

そしてついに演技が終わると、私は何かを言わなくてはいけないと悟った。二人はそろって私を見つめており、彼女の瞳は期待で、ハリーの瞳は誇りで、きらきらと輝いていた。

『ミスター・トレイン、妻はすばらしいでしょう?』ハリーは言った。『この場面のあなたとミス・トラバースを見る栄誉にはまだあずかっていませんが、でもまあ今となっては』ハリーは頼りない笑い声をあげた。『あまり必要なさそうですね』

わかってもらえるとは思うが、かなり厄介なことになってしまっていた。難しいのは私をここへ連れてくるまでで、そこからあとは簡単だと。私はベッドの上のあわれな男を見やったが、彼の考えも手に取るようにわかった。難儀な貧乏暮らしも、家具のない一部屋だけのアパートも、もうおしまいで、愛する女は有名になる。彼はそう思っていた! その時、ハリーがまた口を開いた。『ミスター・トレイン、ぼくはこのとおり回復の見込みもない病人で、妻は』——ハリーは妻の手を両手でつつんだ——『事務所での不愉快な重労働をこなさなくてはなりません。これほどのことができるというのに』

彼女は夫のほうへかがみこみ、私は目をそらした。自分が立っている地面が、神聖なもののように思えた」

俳優は短く、いつわりのない笑いをもらした。「私はただの馬鹿だったのだろうと思う」俳優は続けた。「しかし、今だってまた同じことをするだろう。『すばらしい。実にすばらしい!』私は言った。私は俳優だったから、二人は私の言葉を信じた。少なくともハリーのほうには、多くの言葉は必要なかった。もう知っていることを、確かめたかっただけなのだから。もちろんこの時には、私は自分が何にまきこまれてしまったのかを、わかってはいなかった。わかっているべきだったのだろうが、あまりぐずぐずと迷ってはいられなかった。彼女の演技がすばらしいとして、このハーバート・トレインがそう言わなければ、仕事はどうなるのだろう？　そう、今すぐにだ……。私の支援があれば、たやすいことだった。それはまぎれもない事実だったが、致命的なのは、私が嘘をついてしまったということだった。しかし、諸君！」俳優は激高した。「きみたちはこの夫婦に、これまで見た中でも最低最悪の、ぞっとするような芝居でしたと言えるかい？」

「いや、無理だろうな」軍人が言った。「それからどうなったんだ？」

「私は今でも、二人の姿を思い出すことができる」俳優は続けた。「ハリーは妻の手を握りしめ、じっとその顔を見あげていた。犬が崇拝する相手を見るように。彼女はちょっと微笑み、軽い泣き声をあげて、歓喜の涙を流した。努力は終わり、昼食は無駄にならずにすんだ。そして私は、口のきけない愚か者のようにその場に立ちつくし、何か言わねばと頭をしぼっていた。二人は私がどんな仕事を提供しようか考えていると思ったようだが、それは間違ってはいなかった」俳優は短く笑った。

「しかし、泥沼に踏みこんでしまったからには、さらに深みにはまるしかなかった。最も肝心なのは、何があろうと絶対に、気の毒な娘に演技をさせてはならないということだった。それにお金も、すぐに必要だった。そんなわけで、私はその場で彼女に、モリー・トラバースの代役の仕事を与え、週五ドル払うと言った」

「おやおや！」医者がさっと居住まいを正した。「モリーの代役とはな！」

「もちろん、ちゃんと説明はしたよ」俳優は続けた。「代役はもうすでにおり、不愉快をさけるため、私が連絡しないかぎり、劇場には来ないほうがいいということ。そもそも、ミス・トラバースが芝居の上演中に病気になどならない可能性のほうが高いということ。ミス・トラバースが病気になっても、すでにいる代役の機嫌をそこねたくはないということ。別の芝居が始まったら、どうするか考えねばならないということ。だが、ありがたいことに、それがまだずっと先であることはわかっていた！それまでは息をつくことができるのだ。

私は彼女に前金で一週間分の給料を渡し、どうにかその場を去った。二人は、一連の奇跡にいささか呆然としているようだったし、二人きりになりたいだろうと思ったのだ。ドアを閉めた時、ハリーの弱々しい震え声が聞こえた。

『やったね、きみ！』彼はささやき、彼女はベッドのそばに膝をついていた。私は自分の愚かな感傷を呪いながら、ふらふらと階段をおりた。テーブルにウイスキーもあるぞ、諸君。好きに飲んでくれ」

誰も動く者はなく、俳優はまた煙草に火をつけた。

「その後の二、三か月の間」俳優は続けた。「私は時々彼女の姿を見かけたが、またあの夫婦の部屋へ行ったりはしなかった。毎週小切手を郵送していたので、二人が引っ越したことは知っていた。しかし、数回彼女を見かけただけでも、夫がいっこうに回復していないことはわかった。ある日、私は専門医のローレンスに、彼をみてやってくれと強く頼んだ。一座の人間を、こんなことでわずらわせたくはないからと、彼女には話した。私が『一座の人間』と言った時の彼女の顔を、私は今でも覚えている。彼女にどう話をしたのかはわからないが、その晩、劇場に電話をしてきたローレンスは、容赦なくこう言った。

『あと一か月といったところだな。肺結核が、急激に進んでいる』

それからちょうど一か月ほどあとに、恐れていたことが起きた。モリーが流感で倒れたのだ。モリーの本来の代役は、ヴァイオレット・ドーマンといった。当時はまだ無名だったので、むろんヴァイオレットにとっては、チャンスにほかならなかった」

「ちょっと待ってくれ」弁護士がさえぎった。「劇場の人間は、件の女性のことを知っていたのかね？」

「いや、まさか！」俳優は叫んだ。「誰一人知らなかったよ。口うるさい世間はこういった場合、私がしたことを誤解しやすいものだ。秘密を守るためには、一人に知らせるだけでも十分だったし、誰も知る者はなかった。

最初の晩は、万事うまくいった。モリーが倒れたのは午後のことだったから、ニュースが夕刊に出ることはなかった。ヴァイオレットの演技は、堂々たるものだった。もちろんヴァイオレットはモリーではないし――それは今でも変わらないが、ヴァイオレットは与えられたチャンスを、しっかりとつかんだ。当然、次の日の朝刊は、その記事を取りあげた。『ミス・モリー・トラバース、体調不良で一時休演――急遽代役となった、ミス・ヴァイオレット・ドーマンが好演！』ヴァイオレットには宣伝係がおり、彼はヴァイオレットを全力で持ちあげた。新聞を読んだ私は、悪態をついた。ヴァイオレットの成功を呪うつもりはまったくないが、その日の午後のことを考えたのだ。昼の公演がある日だったし、彼女が新聞を読んだことは間違いなかった。

やるべきことは一つしかなかった――彼女をたずね、会わねばならない。何があろうと、彼女が劇場にやってくることだけはとめなくてはならなかった。本当のことを話す以外に、何ができるのかわからなかったが、とにかく、どうにかしなくてはならなかった。よかれと思ってのことだとはいえ、私がうかうかと馬鹿なことをしたせいで、困ったことになっているのだから、それを正すのは私の役目だった。そんなわけで、私は彼女をたずね、彼女が居間で医者と一緒にいるのを見つけた。私が部屋に入った時、医者は帰ろうとしていたが、その表情は重々しかった。

『ハリーは死にかかっています』彼女は私に向かって、淡々と言った。私が医者を見ると、医者はうなずいた。

『かわいそうに！』私は彼女のそばへ行った。こんなことを言うのはなんだが、安堵のような気持ちしかなかった。ローレンスの言葉を聞いて、回復の見込みがないのはわかっていたし、ハリーが死なねばならないのなら、私にとってこれ以上のいいタイミングはなかった。もろもろの難問もこれで解決する。夫が死にかけているのなら、彼女は劇場に来ることはできないし、葬儀が終わるころには、モリーが復帰するだろう。そんなに簡単にことが解決するわけがないなどとは、思いもしなかった。

『私もたった今知ったばかりなんです』彼女は平坦な、生気のない声で言った。

『ハリーは知っているんですか？』

『いいえ、ハリーは自分がよくなるだろうと思っています。ミスター・トレイン、どうして昨夜、私に使いをくれなかったんですか？』

ふいうちをくらった私は、ためらい、口ごもった。

『あなたに連絡を取る時間が、なかったんです』とうとう私は言った。『ミス・トラバースが病気になったのは、午後遅くのことでしたから』

彼女は奇妙な表情を浮かべて、新聞を——私が見たことのない、あるいまわしい三流紙を開いた。

『この新聞には』彼女はゆっくりと言った。『ミス・トラバースは昨日ずっと、ベッドに寝たきりだったとあります。ああ！　そんなことは問題じゃないんですね』彼女は疲れきったように新聞を置き、私がこれまで聞いてきた中でも、とりわけ心をえぐるような小さな泣き笑いをもらした。

『どういう意味ですか?』私はどもりながら言った。

『ミスター・トレイン、あなたはよかれと思ってそうしてくれたのでしょう。感謝すべきなんだと思います。でも、あの夜、あなたは嘘をつかれましたね?』

私は机の上の本をいじくった。言うべきことが、まるで見つからなかった。『ハリーは気づいていません』彼女は続けた。『夫はまだ、私が生まれながらの天才だと思っています。これからも気づかせるつもりはありません』

『どうして彼が知る必要があるでしょう』私は言い、彼女の腕に手を置いた。『教えてください。なぜわかったんですか?』

『では、認めるんですね』

『はい』私は静かに言った。『確かに嘘をつきました。あなたたちが、気の毒でしかたなかったから』

『一週間ほど前、ある人と——芝居のことがわかる人と——その話をしたんです。彼は私をぎょっとしたように見て、それから笑い出しました。こらえられなかったのか、馬鹿にしきったような笑い方でした。私は心底腹をたてました。でも、それから少し考え、ほかの人にも少しばかりたずねてみました。その後、あれを見て』彼女は新聞を指さした。『気づくことになりました。そして今——ああ、神様、感謝します——夫は死にかけています。ミスター・トレイン、夫には気づかせるわけにいきません、絶対に』

その時、ハリーが部屋に入ってきた。ふらついているという表現すら、ましに思えるような足取りだった。

『あなた』彼女が苦しそうに叫んだ。『何をしているの?』

『ミスター・トレインの声が、聞こえたような気がしたんでね』ハリーは小声で言い、椅子に倒れこんだ。『今日はすごく調子がいいんだ。まだ少し力が出ないけど』

それから彼は新聞を見て、熱心に身を乗り出した。

『病気』ハリーは叫んだ。『モリー・トラバースが病気だって？　おいきみ、チャンスじゃないか』

ハリーは少しばかり記事を読み、彼女は必死で私のほうを見た。『しかし、なぜ昨夜のうちにいらっしゃらなかったんです？　ヴァイオレット・ドーマンって誰ですか？』

『いや、トレイシー』私は言い、新聞を取りあげて、彼の手の届かない所へ置いた。『ミス・トラバースは、急に病気になったもので。奥さんに連絡する時間がなかったんですよ』

『ああ』ハリーはささやいた。『なるほど。しかし、午後から、昼の公演があるのでは？　おや、今日はすごく具合がいいし、見に行けそうな気がするぞ』彼は妻のほうを見て言った。『さあ――いよいよだね！』

痛ましいばかりの誇りと愛で、あんなにも輝いている男の顔を、私はあとにも先にも見たことがない。

『芝居を見に行けるほど、具合がよくはないでしょう』私はつぶやいた。

『行かないほうが利口なんでしょうが』ハリーはまたささやいた。『妻の初舞台を見逃したらと思うと。妻を迎えにいらしたんでしょう、ミスター・トレイン？』

『そうよ、あなた』彼女は答えた。その声は、岩のようにゆるぎなかった。『ミスター・トレインは、私を迎えにいらしたのよ。でも、まだ早いから、もうベッドに戻ってちょうだい……』

彼女は私には目もくれずに夫をささえて部屋を出て行き、私はそのまま取り残された。二人の声が聞こえたが、彼女の声ははっきりと力強く、ハリーの声はほとんど聞き取れなかった。女の愛というものに驚かされるのは、私の生涯において、これが初めてではなかったが、私はすぐに、もっと驚かされることになった。

彼女は戻ってくるとドアを閉め、その場で私と向かいあった。

『胸がはりさけそうですが、方法は一つしかありません、ミスター・トレイン。私は劇場に行かなくては』

『しかし――ご主人が……』私はしどろもどろに言った。

『いえ、本当に行くわけじゃありません。私はずっとここに、夫のすぐ近くにいます。最期の時が来たら、その時は――そばにいなくちゃいけませんもの。でも、夫には私が出かけていると思わせなくちゃならないんです。昼の公演が終わるまで、夫から隠れなくては。それから夫に話します。私の――』彼女は少し口ごもった。『成功を。必要なら、新聞も隠すようにしないと……』彼女は顔をそむけ、とぎれとぎれに言った。『夫が死にかけているのに、三時間も離れていなくちゃいけないなんて。ああ！』」

俳優が一息つくと、軍人が椅子の上で落ち着かなげにもじもじした。「しばらくして、私はその場を去った」俳優はしまいに言った。「彼女がそうしてほしがっているのが、わかったからだ。

午後の芝居の間じゅう、そのことが――彼女の悲哀、彼女の恐怖が、頭を離れなかった。私はどこかに身を隠す彼女の姿を、その間にも上の部屋で、刻一刻と時が過ぎていく様を、思い描いた。全身全霊で夫のそばへ行きたいと願い、過ぎていく時間をともに過ごしたいと願っても、私の愚かさのせいで、その権利は奪われているのだ。その後、ついにショーが終わると、私は再び彼女の部屋へ行った。

私が入っていくと、彼女はハリーのそばの床に膝をついていた。ハリーは私を見ると、肘をついて身を起こそうともがき、最期の時が来たのがわかった。

『親愛なるハリー』私は言った。『彼女は最高でした――本当に！』

彼女は私を見あげたが、涙で前が見えないようだった。

『本当にすばらしかった』私はもう一度言った。五分後、ハリーは死んだ……」

俳優は口をつぐんだ。

「その後、その女性には会ったのか？」軍人が、物思わしげにたずねた。

「いや、一度も。彼女は姿を消してしまった。最初に話した、キルトの布きれのようにね。しかし、糸が一本残されていた。三年後、私は書留封筒を受け取った。手紙も、伝言らしきものもなく、入っていたのはこれだけだった」俳優はポケットを探った。「ここには二十ドルある」

俳優が手を差し出し、軍人は身を乗り出した。俳優の手の中にあったのは、小さな五ドル札の束だった。

第二話　弁護士の話　サー・エドワード・ショーハムの決断

「今朝」椅子にもたれ、足を組んで、弁護士は話し始めた。「煙草入れをどこかへ置き忘れてしまった。書斎にあるのはわかっているのに、どうしても見つからない。書き物机をくまなく探した私は、とうとうベルを鳴らし、いささかいらいらしながら、すぐに煙草入れを出せと言いつけた。執事は前に進み出ると、吸い取り紙をのせる板の真ん中から、煙草入れをつまみあげた。それはずっとそこに、私の鼻先にあったというわけだ。探していたものは、おそらくずっと目の前にあったのに、脳内のいかなるおかしな一時的欠陥のせいでそれに気づけなかったものか、私にはわからない。まあその手の話は、ドクターにまかせるとしよう。私のたとえ話の肝心な点はだね、そのできごとのせいで、今夜きみたちをどんな話で退屈させるか、心が決まったということだ」

弁護士は一息つくと葉巻に火をつけ、それからちらりと他の五人の顔を見まわした。

「話を進めていくうちに、私がつけた架空の名前の主が、本当はどこの誰なのかわかってしまっても、私にはどうしようもない。しかし、それを確かめるため、あれこれ質問するのは控えてもらいたい」

「ああ、そうだな」俳優がつぶやいた。「さあ、話してくれ」

「戦争が起きる、四年ほど前に」弁護士は話し始めた。「私はパークレーンのさる家で、何日か夜を過ごした。季節のなかば――正確には六月のことだ。私はそこへ行くのを楽しみに待っていた。妻が田舎へ行っており、いくぶん手持ちぶさただったので、滞在の誘いを受けることにしたのだ。女主人の名は、グレンジャー――そう、ルース・グレンジャーとしておこう。ルースは妻の古い学友で、その後、私たち二人の心からの親友となった相手だった。

当時、ルースは二十六歳の愛らしい女性で、彼女からすれば、地獄のような六年を過ごしていた。ルースは二十歳の時、サー・ヘンリー・グレンジャーと結婚したが、この致命的な過ちが、ルースの地獄の原因だった。ヘンリー・グレンジャーは、私が不幸にして出会ってしまった中でも、最も不愉快な、人でなしの一人だった。たまたま十代目の男爵になったものの、紳士の資質などかけらも持ちあわせていなかった。なぜ、ルースの両親が結婚を許したのかがわかった時、私は完全に打ちのめされた。グレンジャーは金持ちだったので、おそらくは金のためだろう。だが、理由がなんであれ、ルースはグレンジャーと結婚し、地獄の生活が始まったのだった。

グレンジャーは文字どおりのけだもの、それも粗暴で邪悪なけだものだった。しこたま酒を飲んでも酔うことがなく、それは常に危険な兆候だった。また、グレンジャーの持つモラルは、猿なみだった。猿なみのモラルもなかったと言うべきかもしれないが、まあ好きなほうを取ってくれ。私の妻の話では、ハネムーン中に不義をし、その時からずっと、自分の生活ぶりを毛ほども隠そうとはしなかった」

弁護士は、葉巻から注意深く灰を落とした。「この点についてくどくど話す気はないが」かすかな笑いを浮かべて続ける。「私たちは皆、さまざまなタイプの人間と出会うものだ。しかし、断言するが、少なくとも私は、グレンジャーの半径一マイル内に入るような種類の相手と、会ったことはない。大半の人間はいくらかは良識のあるふりをするものだし、浮気を隠そうとするものだ。しかし、グレンジャーはそうではなかった。浮気を知られるのを、かえって好んでいるように見えた。その後私は、グレンジャーがある種の盲目的な怒りに駆り立てられているのではないかと、思ったりもした。妻を苦しめ、苦悶させ、その落ち着き払った氷のような軽蔑に、穴をあけてやりたくてたまらないのではないかとね。妻のほうがはるかに上等な人間であることをわかっていたようだし」弁護士は、思案顔で一息ついた。「そしてグレンジャーは、確かに妻を苦しめていた」

「その女性は、離婚しようとはしなかったのか?」軍人がたずねた。

「ああ。それについて話したことはある――ルースと妻と私とで。離婚にかかわる特殊な法律について、ルースに説明せねばならなかった。もちろん、浮気問題だけでは十分とはいえず、また、いくつかの理由から、ルースは単なる別居を考えることすらきっぱりと拒んだ。そんなことのために、世間の注目やスキャンダルにさらされるつもりはなかったのだ。そこで、私はルースにこう言った。『夫婦の権利にある規定を使えばよかろう。ご主人を家から出し、十四日間戻らなければ――』

ルースは苦い笑いをもらし、私の言葉をさえぎった。『弁護士にそんなことを頼んでもらうなんて、馬鹿げているわ――ヘンリーは私の所へ帰ってきたくてしかたないんですから』

『いやまさか』私はルースの言葉の意味がまったくわからず、口を開きかけた。

『ねえ、ビル』ルースは、平坦な生気のない声で言った。『夫は私のことを、すごく気に入っているのよ――間に合わせのつなぎとしてね。一度浮気がすむと、たいてい二、三日間は、私を寵愛してくださるわ』

そう、そこが厄介なところなのだった。グレンジャーは離婚を許すつもりなどないのだ。ルースは屋敷を守る優秀な女主人で、その他の点に関しては、常にそれ以外の者がいる、というわけだった。

それに、ルースをつかまえておけなければグレンジャーは気が変になってしまうだろうから、ルースが必要でもあった」

弁護士は身を乗り出し、炉火の光が、そのやせたいかめしい顔の上で、ゆらめいた。

「こうした状況の中で、私はルースの家に滞在することになった。当時ヘンリー・グレンジャーの寵愛を受けていたのは、ミュージカルコメディの輝ける光――ネリー・ジョーンズとでも呼んでおくとするか。本名とはほど遠いがね。グレンジャーは隙あらば、いつもより大っぴらに浮気をしていた。ロンドンでグレンジャーを知る者は皆、一人残らずこのことを知っていた。グレンジャーは妻が食事を楽しんでいるのと同じレストランで、二度、ネリーと食事をした。一度などは、わざわざ隣のテーブルを選んで」

「最低の下司《げす》だな！」一市民が叫んだ。

「そのとおり」弁護士が短く同意した。「しかし、それでもまだ足りなかったらしく、グレンジャーは、永久につまはじきにされるようなことをやり始めた。妻が家で開いている接待パーティーに、浮気相手を連れてきたのだ。

私が到着した夜のことだった。ルースは、ありがたいことに今では事実上廃止されている、あのぞっとするような催しの手配をしていた。誰かが歌っても誰も聞いてはおらず、出会う相手はことさら避けて歩きたいような連中ばかりだった。幸いなことに、私は古い友人で女優の、ヴァイオレット・シーモアという女性と出くわした。少なくとも、彼女の名前を隠す理由は見当たらない。ヴァイオレットはその時仕事中ではなく、私たちは、大広間にある階段のてっぺんの少し引っこんだ場所で、腰をおろした。

『そのうち大変なことになるわよ、ビル』しばらくして、ヴァイオレットは私に言った。『ルースはおかしくなってしまうわ』

『気の毒なことだ！』私は答えた。『だが、何かできることがあると思うかね、ヴァイオレット？』

『あるもんですか』ヴァイオレットは激しく言った。『お粗末で不公平な法律が変わらないかぎりはね。どうしてルースは離婚できないの、ビル？　本当にむかつくったらないわ』

その時、もう一人の客――仮にサー・エドワード・ショーハムとしておこう――が話に入ってきた。ショーハムは、法廷に席を持つ裁判官だったし、特にこれから話すことを考えると、偽名を使うことに、あまり意味はないように思えるがね。その時、ショーハムは、殺人事件を扱ったばかりだったと思う。大いに大衆の興味をひいた事件で、囚人は結局、有罪となった。サー・エドワードがやってきた時、私たちはその事件の話をし、ヴァイオレットはいつものように、権威という権威に矛先を向けた。

私は今でも、サー・エドワード・ショーハムのほうを向いたヴァイオレットの顔に、ぞっとしつつも魅せられたような表情が浮かんでいたのを、覚えている。

『それで、死刑を宣告したの？』

ショーハムは、重々しくうなずいて答えた。『当然です。あの男は有罪でしたからね』

ヴァイオレットはなかば顔をそむけ、ほとんどささやくように言った。

『あなたはおそろしくなったことはないの？　昼や喉をからからにして、夜中に目を覚ますことはないの？　命やら、愛やら、独房の中で死を待っている男――あなたがそこへ送りこんだ男のせいで。指で力なく日にちを数え、外の太陽をにらんでいる囚人。ああ！　私ならきっと気がふれてしまうわ！』

　ネッド・ショーハムは、いささかいやな笑みを浮かべて答えた。

『ささいな事実を一つお忘れですよ。あの男が殺した不運な女性のことを』

『いいえ、忘れてなんかいないけど』ヴァイオレットは叫んだ。『それにしても、罰があまりにも重すぎるわ。突然の死は、そこまでたいしたものではないと私は思っているの。でも、いわば、自分の無力さに吐き気を覚えながら、座して死を待つというのは――』

　その時、ルース・グレンジャーが話に入ってきた。大広間では女性が歌っており、とりあえず女主人の義務から解放されたのだった。

『ずいぶん難しい顔をしているのね』ルースは優しくきまじめな笑みを浮かべて、サー・エドワード・ショーハムに手をさしのべた。

『ミス・シーモアは革新的ですから』ショーハムはさらりと答え、私は何気なくルースのほうを見た。ルースはネッド・ショーハムを見ていたが、その時、ルースの仮面はすべり落ちていた。すぐにそれはもとに戻ったが、こと私に関するかぎり、二人の秘密は露見してしまっていた。私は色恋ざたに、決して目ざといほうではなかったにもかかわらず。愛しあっているのでなくても、それに近い感情があるのは確かで、たいした違いはなく、私はいささかショックを受けた。

　ショーハムは若かった。少なくとも法廷の椅子に座るには若く、結婚もしていなかった。そして私は、ショーハムが他人の妻に恋をするというのが、とにかくしっくりこなかった。これまで、かすかなスキャンダルすら聞いたことはなかったし、もしそんなスキャンダルが流れていたら、ショーハムは永久に終わりだっただろう。裁判官に、疑惑を招くような行為など許されない。ただでさえショーハムは、厳格な法の番人として有名で、敵からは残酷だの無慈悲だのと言われていた。ショーハムをもう少しよく知る者から見れば、彼の見せかけのきびしさは、本来は優しい心に、鎧のようにしっかりとまきつけられた偽装でしかなかったのだが。私が知るかぎり、ショーハムほど職務に忠実な男、少しも道徳家ぶってなどいないのに自分の地位が持つ責任について気高い考えを持っている男はいなかった。だからさっきも言ったが、ショーハムがルース・グレンジャーに恋をしていると、ふいに悟ってしまった私は、ショックを受けた。

『何について議論していたの？』私のそばに腰をおろしながら、ルースは言った。

『道徳対法についてよ』ヴァイオレットが口を出した。

『個人対社会でしょう』サー・エドワード・ショーハムが訂正した。『正義――真の正義対甘ったるい感傷とも言えますね。お言葉を返すようですが、ミス・シーモア。確かにつらいケースもありますが、それが法律をおかしくするんです。近ごろは、いわゆる不文律というやつで、自分で復讐やら何やらをしたがる輩があまりにもたくさんいますが、そんなことはやめさせなくてはなりません』

『弁解は認めないというわけね』ルースがゆっくりと言った。

『そうです――どんな場合でも』ショーハムは答えた。『まず、法があり、そして法に訴える。そうでなくては、混乱が起きるだけです』

『なら、法律がなんの救いにもならない場合はどうなるのかしら？』ヴァイオレットが詰問したちょうどその時、グレンジャーがネリーと腕を組んで、階段の上に現れた。

ルース・グレンジャーは、死人のように真っ青になって立ちあがり言葉もなく、夫の人をあざけるような粗暴な顔を見つめた。私は一瞬、ルースがこのとほうもない侮辱を、十分に理解できていないのではと思った。ルースは呆然となっていた。使用人たちは口をあんぐりとあけて二人を見つめ、食事部屋に入ろうとした客は、足を止めてにやにや笑いあった。そして、緊張の糸が切れ、その一幕はおしまいになった。

『サー・エドワード、もう夕食はおすませになったの?』ルースは穏やかに言い、ショーハムの腕に手を置いて、夫のすぐそばを通り過ぎた。怒りに顔を赤くした夫とネリーは、完全に無視されていた。『きっと』グレンジャーと愛人が大広間に入ると、ヴァイオレット・シーモアが私に言った。『ルースがあのけがらわしい下司男を階段で撃ち殺しても、サー・エドワードはつつましく両手をあわせて、それからルースに死刑を宣告するわよ』

私はその時、心からヴァイオレットの意見に賛成した」

弁護士は腰をあげ、グラスにソーダ水を勢いよく注いで、また話を続けた。「その後のパーティーについてくどくど話して、きみたちをうんざりさせるつもりはない。ひそひそと皮肉やら噂話やらがかわされたことぐらい、想像がつくだろう。二、三時間ばかり、時間を進めるとしよう。客は帰り、唇を引き結び、青ざめた顔をしたルースは、居間で消えかけの残り火を見つめていた。私はマントルピースのそばに立ち、いったいどうしたら手助けができるかと考えていた。グレンジャーはミス・ネリー・ジョーンズが帰ると書斎に引っこんだが、私は使用人の一人が、そこへシャンペン二瓶を運んでいるのを、この目で見てしまっていた。

『もうおしまいよ、ビル』ルースはふいに私を見て言った。『本当に終わりにするわ。今夜のことがあったあとで、このままでいることなんかできない。どうしてあの女を、家に連れてくるなんてことができるの?　いったいどうして』

ヴァイオレットは正しかった――もう限界が来ていた。ルース・グレンジャーは絶望に打ちひしがれ、その顔には、見るにたえない表情が浮かんでいた。私は本当に狼狽した。

『もう寝たほうがいい、ルース』私は静かに言った。『今夜グレンジャーとやりあっても、いいことはない。言いたいことは、明日言えばよかろう』

その時、ドアが開き、グレンジャーが入ってきた。前にも言ったとおり、グレンジャーは酒に酔わない男だったが、その夜は足元がおぼつかなかった。グレンジャーは少しふらつきながらドアのそばに立ち、顔にあざけりの表情を浮かべて、妻を見つめた。グレンジャーは素面《しらふ》でも最低な男だったから、酒が入っているとなると、もう、言葉にはできなかった。しかし、驚いたことに――ルースはグレンジャーに立ち向かい、言いたいことを伝えた。グレンジャーが妻を殴るのではないかと、私は思った。その時、ルースはそこに賭けていたのではないかと私は思う。私という証人が、そばにいたからな。しかし、グレンジャーはルースを殴りはせず、ルースが自分をなじり終わると、彼女の目の前で笑い声をあげただけだった。

『なら、おまえの恥知らずの恋人はどうなんだ、わが貞淑なる妻よ?』グレンジャーはあざけった。『おまえのお気に入りのご立派な裁判官――心優しき、エドワード・ショーハムは?』

予想外のせりふだった。グレンジャーが感づいていると思っていなかったルースは、一瞬、表情を保てなくなったが、それからしゃんと体を起こした。

『サー・エドワード・ショーハムと私の関係は、あなたのような下品なけだものには、到底理解できないでしょうね』ルースは冷ややかに言い、グレンジャーはまた笑い声をあげた。『世間が言うような意味で、あの人が私の恋人だなどとほのめかしているなら、そんな事実はないし、あなたもそれはわかっているはずよ』

ルースはそれ以上言わず、軽蔑しきった様子で夫のそばを歩き過ぎ、ルースの後ろでドアが閉まった。少しあとで、不機嫌そうに空っぽの暖炉をにらんでいるグレンジャーを残して、私もルースにならった。なんといっても私はグレンジャーの家の屋根の下にいるのだし、口を開けば不作法なことを言ってしまうに決まっていたからだ」

弁護士は椅子にもたれて、足を組んだ。

「さて、こういった状況の中、私は寝室へ行った」弁護士は続けた。「私の部屋はグレンジャー夫人の部屋のほぼ真向かいで、廊下のつきあたりには、グレンジャーの書斎に通じるドアがあった。グレンジャーが私の部屋を通り過ぎ、書斎へ向かう足音を聞いた時、私はまだ、服を脱ぎ始めてもいなかった。十分ぐらいあとに、ルース・グレンジャーの部屋のドアがあいた時にも、私はまだ、今の状況について考えていた。ルースがメイドにもう休むようにと声をかけているのが聞こえたので、ルースの部屋だとわかったのだが。メイドは『おやすみなさい』と言い、私はどういうわけかわからないが――ドアの鍵穴から外をのぞいていた。私は心配で、落ち着かなかった。階下で見たことのせいで、動揺していたのだろう。案の定、メイドの足音が聞こえなくなるやいなや、ルース・グレンジャーが廊下を通って夫の書斎へ向かうのが、鍵穴越しに見えた。しばらくの間、私はためらった。夫婦のこととなると、部外者という立場は不便なものだ。だが、二人がもう一度、話ができる状態でないことだけは確かだったし、今度は二人きりで話すことになる。私は音をたてぬようにドアをあけ、外をのぞいた。二人があまりに興奮しているようなら、間に入らねばと思ったのだ。私が廊下にそって目をこらした時、ルースは書斎のドアをあけたところだったが、それから起きたことはあまりにも突然だった。ドアがルースの背後で閉まってから、わずか一秒か二秒のうちに、銃声が響き、続いてどさりと重い音がした。私は一瞬呆然となったが、廊下を全速力で駆け抜け、荒々しく書斎のドアをあけた。床の上で、ヘンリー・グレンジャーが体を折り曲げ、手足を投げ出して横たわっていた。そして部屋の中央では、ルースが無言で、夫を見つめていた。ルースの足元のじゅうたんには、コルト自動式拳銃が落ちていた。私はドアのそばで、馬鹿のようにその光景を見つめていたが、しばらくして、ルースが口を開いた。

『事故だったのよ』ルースはささやいた。『夫は死んでいるの？』

私はグレンジャーに近づき、その体をひっくり返した。シャツの胸に小さな穴があいており、左の肩甲骨の下にも穴があった。ヘンリー・グレンジャーは、至近距離から心臓を撃ち抜かれており、完全に即死だったろうと思われた。

『ああ、ルース！』私はつぶやいた。『何があったんだね？』

『何があったですって？』ルースはぼんやりと答えた。『窓の所に……男がいて……』ルースは気絶した。このころには、二人の使用人を連れた執事がドアのそばまで来ており、私は自制心を取り戻した。

『奥様のメイドを、今すぐに』私は言った。『サー・ヘンリーが撃たれた。医者に電話して、すぐ来てくれるよう頼んでくれ』

執事は走っていったが、私は使用人二人を呼びとめた。

『ちょっと待て』私は床の拳銃を拾って叫んだ。『サー・ヘンリーを撃った男がいる。私が狙いをつけるから、窓のカーテンを二つともあけてくれ』

二人は私の言うとおり、窓の前の黒い、どっしりしたカーテン二つをあけた。カーテンは壁のくぼみのような引っこんだ場所にあり、私は殺人者に狙いをつけようと銃をかまえた。しかし、狙いをつけた先には空っぽの空間があるばかりで、そこには誰もいなかった。私は窓の前まで歩いていき、外を見た。窓は大きくあいていたが、地面までは四十フィートのほぼ垂直の壁しかなく、下には人の気配もなかった。私は上を見あげ、左右を見た。猫の足場すらないような、平らなレンガの壁があるだけだった。

『下の部屋へ行け』私は叫んだ。『そこに入ったのかもしれない』

使用人たちは走っていったが、戻ってくると窓にかんぬきがかかっていただけでなく、鎧戸も閉まっていたと言った。二人がけげんそうな顔でこちらを見ているのが、私にはわかった」

弁護士は一息ついて葉巻に火をつけなおし、考えにふけりながらあとを続けた。「件の謎の男について、最初に疑い始めたのが、いつなのかはわからない。あまりに突然のことだったので、私の脳はしばらく考えることを拒否していた。しかしそのうちに、私の弁護士としてのキャリアが自己主張をしだし、私は事実をつなぎあわせ始めた。ルースがまた姿を見せたので、私はルースに一つか二つ、質問をした。ルースはまだぼうっとしていたが、きわめて明確に質問に答えた。ルースが中に入ると、夜会服――少なくともルースはそう考えた――を着た男が部屋にいた。銃声が聞こえて明かりが消え、窓がはねあげられた。ルースが明かりをつけた直後に、私が部屋に入ってきて、夫が床で死体になっているのを発見した。それ以上のことは、何もわからない。私は少し考えこんでいるように見えたらしかった。ルースは突然椅子から腰をあげると、私の所までやってきた。

『信じてくださるでしょう、ビル』ルースは私を見つめながら言った。

『ああ、もちろんだ』私はあわてて言った。『もう行って横になるといい、ルース。警察を呼ばなくてはならないしな』

ルースはそれ以上何も言わずにメイドと部屋を出て行った。私は使用人たちに、呼ばれるまで下で待てと言いつけると、腰をおろして思案した。さて、私の話は探偵小説ではなく、そこまでたいそうなものでもないが、単なる犯罪捜査よりももっと興味深い研究——ある高潔な男の、魂の葛藤にかかわっている。愛を取るか義務を取るかという。問題の男の名は、サー・エドワード・ショーハムだ。

私が知らないうちに、ルースはショーハムに使いを送り、すぐに来てくれと頼んでいた。そして、ショーハムはやってきた。ショーハムが執事に案内されて書斎に入ってきた時、私はまだ机の前に座っていた。ショーハムはドアのそばで、動かされないままになっていた死体を見つめ、じっと立ちつくしていた。医者が来るのを待っていた私は、驚いて立ちあがった。

『グレンジャーが撃たれたと、執事から聞きました』ショーハムは、ややぎこちない調子で言った。

『何があったんですか?』

『サー・エドワード、きみが来るとは思わなかった』私はゆっくりと答えた。『だが、来てくれてありがたい。誰かの意見を聞きたかったのでな』

『どういう意味ですか?』ショーハムは叫んだ。『何か解せないことでも?』

『私が知るかぎりのことを、正確に話そう』私は言った。『グレンジャー夫人と夫は、今夜、激しい口論をした。その後、夫人も私も寝室へさがった。しばらくして、サー・ヘンリーがこの部屋に入ってきた。私の寝室は、きみがさっき通ってきた廊下にあるのだ。サー・ヘンリーがここに入った十分ほどあとに、夫人が夫のあとを追った。二人がまた口論を始めたらと心配だったし、サー・ヘンリーがずっと酒を飲んでいたこともあったので、私はドアをあけた。夫人が部屋に入るのが見え、少し間があってから、銃声が響いた』

『ドアは閉まっていたんですか？』ショーハムは、かみつくように言った。

『ああ』私は答えた。『閉まっていた。私が廊下を走り、部屋に入ると、夫人が夫を見つめて立ちつくしており、足元には拳銃が落ちていた。サー・ヘンリーは、今いる位置に横たわっていた。夫人は事故だったのよと言い、気絶する前に、男と窓についてつぶやいた。私は窓のそばへ行ったが誰もおらず、外を見た。きみも見てくれるかね？』

私はショーハムが窓まで歩いていって、外をのぞくまで待った。ずいぶん長い時間がたってから、ショーハムはまた私のほうへ戻ってきた。

『銃声からあなたが外をのぞくまで、どのくらい時間があったんです？』かなり低い声で、ショーハムはたずねた。

『十五秒もなかったはずだ』私は答え、私たちはそのまま無言で見つめあった。

『いったい、何をほのめかしているんですか？』しまいにショーハムは言った。

『サー・エドワード、私は何もほのめかしてなどいない』私は答えた。『少なくとも、ほのめかさぬよう、努力している。しかし、人が死に、警察を呼ばねばならん。警察にどう話すべきだと思うね？』

『もちろん、真実を話すべきです』ショーハムは即座に答えた。

『そうだな』私はゆっくりと言った。『だが、真実とはなんだ？』

ショーハムは真っ青になり、死んだ男が家中に見事なコレクションを作っていた、古い一そろいの甲冑にもたれた。

『グレンジャー夫人は、その男が、窓から出るのを見たんですか?』ショーハムはとうとうたずねた。

『いや、窓をあける音を聞いただけだ。夫人はその男が、明かりを消したと言っている。私が駆けこんだ時に、明かりがついたのだ』

『ロープがあったのかも』ショーハムは提案した。

『あの短い時間では無理だな』私は言った。『到底不可能だ。法廷では一笑にふされるだろうよ』

ショーハムはこちらへ来て、憔悴した顔でだるそうに椅子に座った。

『サー・エドワード』私は必死で言葉を続けた。『もうすぐ医者が来るし、警察も呼ばねばならない。どうするか決断しなくてはいけないのだ。犯人の男とやらは、ドアから出て行ったわけではない。それなら、私に見られていたはずだ。窓から出て行けるのは、蠅ぐらいしかいない。私たちは現実を直視せねばならない』

『男がここにいたという話を、信じていないんですね』ショーハムはのろのろと言った。

『実に残念だが。そのとおりだ』私は答えた。『何があったか再現するのは、非常にたやすい。気の毒な夫人は、今夜起きたことや、口論のあと、最後に夫に言われたことに、とても耐えられなかったのだ』私はあとを続ける前に、しばらくショーハムを見た。『サー・ヘンリーは、きみと恋仲になっていると言って、夫人を責めたのだ』考えた末に私は言ったが、ショーハムは鋭く息をのんだ。

『わからないかね?』私は重ねて言った。『夫人はこの部屋に入り、夫を撃った。やってしまったあとで神経がおかしくなり、最初に頭に浮かんだことを私に話した』

『もしあなたの言うことが正しければ』ショーハムは苦しそうに言った。『ルースは殺人罪で、裁判にかけられることになる！』ショーハムは、両手をこめかみにあてて立ちあがった。『ああ、ストラットン、なんてことだ』ショーハムは叫んだ。『おまけに謀殺ということになります。口論の最中に、夢中でやってしまったわけではなく、口論から十五分もたったあとの犯行なんですから』

『陪審もそう考えるだろうな』私は重々しく答えた。

『もし、ふいの衝動でやってしまったのなら』ショーハムは、なかばひとりごとのように言った。『たとえば、サー・ヘンリーがルースにみだらなことをしようとして、とっさにテーブルの拳銃をつかんだとか』

『だとすれば、すぐにその話をしたほうが、ルースのためだ』

『しかし、そんなことはありえません、絶対に』ショーハムは答えた。

『だろうな』私は同意した。『そんなことは絶対にありえない。だが、そうだったということにすれば、どうなる、サー・エドワード？』

『やめてください、ストラットン！』ショーハムは叫んだ。『お願いですから、もうやめて！』

『やめたところでどうしようもない』私は言った。『議論している時間はないのだ。きみの法律知識をもってすれば、私が頭に思い浮かべたのと同じ答えが出ているはずだ。もしも今、警察を呼んですぐに、ルースが事故だったのだと申し立て――事細かに文句のつけようのない説明をすれば――』

『作り話をしろと言うんですね』ショーハムがさえぎった。

『好きなように呼べばいい』私は言った。『だがもし、説明をし、立証しなければ、ルースは夫を計画的に殺した罪で裁かれることになる。どのみち裁判は受けねばならないが、もし、ルースが自発的に罪を告白し――できるだけ感情に訴える申し立てをすれば――陪審は、ルースを無罪にするだろう。

そこにしかチャンスはない』

『しかし、そんなことは許されません』ショーハムはつぶやいたが、今やその目は問いかけるように私を見つめていた。

『いいかね、サー・エドワード』私は言った。『冷静に話をするとしよう。人道的な立場から言えば、私たちは何があったのかを知っている。ルースが廊下をやってきて、ドアをあけ、夫の心臓を撃ち抜いた。これが、装飾抜きのありのままの事実であり、私が陪審にゆだねなくてはならない事実だ。すると、評決はどうなるだろうな？』

ショーハムは、息をしようともがいているかのように、襟を乱暴に引っ張った。

『一方で、すぐに発砲がされなかったとすればどうか――そこについて証人になりえるのは、私だけだからな。もしサー・ヘンリーが怒りで声をあらげるのを私が聞いていたら。サー・ヘンリーがルースに飛びかかりキスをしようとして、ルースが手に触った最初のものを、よく考えもせずやみくもにつかんだとしたら。それが拳銃であり、ルースは弾が入っていることすら知らなかったとしたら、どうかね？　使用人たちは、味方につけることができるだろう。例の男の話をした時、ルースはでためなことをしゃべっていただけで、自分が何を言っているかもわかってはいなかった。その後、部屋に戻ってから、ルースは真実を話すのが一番だと悟り、裁判官であるきみに電話をした。陪審にとって、ルースが何一つ隠しだてするつもりはないという、これ以上の証拠はあるかね？　きみの法廷での名声もあることだし――』

『ああ、もうやめてください！』ショーハムはしわがれた声で叫んだ。『気が狂いそうになる！　あなたは――あなたは――』

『ネッド、いったいどうしたというの?』

私たちは振り返った。いつのまにか、ルースがやってきており、驚いた目でショーハムを見つめていた。それからルースは、身を震わせながら夫の死体を通り過ぎ、部屋の中まで入ってきた。

『さっき、あなたがここにいると聞いたの』ルースは言い、小さく泣き声をもらした。『ネッド、どうしてそんな顔をするの? ネッド! まさか、私がやったなんて思ってはいないでしょう?』ルースは身を縮め、最初にショーハムを、次に私を見た。

『私がやったなんて、思っているはずはないわね』ルースは小声で言った。『ここにいた男が——夫を撃ったと話したはずだもの。ねえ、信じてもらえるでしょう?』

『ルース』私は言った。『私たちは二人とも、きみの友人だとわかってほしい』緊張が激しすぎた時にこぼれるような、間の抜けた言葉だったが、ルースは私には目もくれなかった。その瞳に、異常なほどの恐怖をたたえて、ショーハムを見つめていた。私はしどろもどろに言った。『例の男の話をした時、きみは動転して、おかしくなっていた。自分が何を言っているか、理解していなかった。私たち二人は、そう思っている。しかし今は——きみを助けるために、最善の方法を考えなくてはならない。わかるだろう、警察を呼ばなくてはいけないのだ。本当はもっと早くに呼ぶべきだったのだろうが——』

ルースは私を素通りし、ショーハムの所へ行った。

『私がやったと思っているの、ネッド?』ルースは静かにたずねた。『私が誓って違うと言ったら、信じてくださるのかしら?』

『しかしルース』ショーハムは必死で叫んだ。『ぼくではなく、警察に信じてもらわなくては。あの窓からわずかな時間で出て行くのは、物理的に不可能だ。警察に言っても、笑われるだけだよ。頼むから、本当のことを言ってくれ。そうすれば、何ができるのかもわかる』

ルースは体の横で両手を握りしめたまま、じっと動かなかった。それからひどくゆっくりと、ショーハムに言った。

『男がいたという話を信じてくださらないなら、あなたは私が夫を撃ったと思っているに決まっているわね。私以外に、それができた人間はいないもの。そしてもし仮に、私がやったとしたら――あなたは言い訳を認めるつもりはないのでしょう?』

私は口を開きかけたが、ルースは威厳たっぷりに手を振って、私を黙らせた。

『ビル、お願い。さあ、ネッド――私は待っているのよ。私が夫を撃ったとしたら、あなたはどうするのかしら?』」

弁護士は口をつぐむと葉巻に火をつけなおし、残りの者は無言で続きを待った。

「ルースはショーハムを見つめていた」しばらくして、弁護士は続けた。「その唇には、かすかな、なかばからかうような、ひどく優しい笑みが浮かんでいた。ショーハムと私のどちらかがそこまでにぶくなければ、その笑みを見て考えたことだろう。しかし、その時私は、どうしたらルースを救えるかという問題で頭がいっぱいだったし、ルースはルースで、好意を持っている男の、ものの見方を知るという、まったく別の問題に夢中になっていた。そしてショーハムは――愛を取るか義務を取るかという、はるか大昔からある葛藤に心を奪われており、その葛藤の激しさは、ありありと顔に現れていた。

ショーハムの目の前にいるのは、ショーハムの愛する女であり、夫を撃ち殺したばかりの女であり、今や自由に彼と結婚できる女だった。ルースを無罪にするためには、私が提案した方針で行くのが一番であること、私たちの筋書きどおりの説明をすれば、大半の陪審は無罪を宣告するであろうことを、ショーハムも私もわかっていた。私同様ショーハムの頭にも、法廷の光景が浮かんでいるはずだった。

被告側の弁護士――グレイソンがよかろうと私はもう心に決めていた――が事件のあらましを語り、ルースの元夫の蛮行が、ついには接待パーティーでの決定的な侮辱にまで至ったことを説明するだろう。そして悲劇を語る段になると、グレイソンはその顔にあふれんばかりの誠実さを浮かべて、陪審のほうを向くことだろう。おそらくは幸せな結婚をし、いずれにしても家庭は神聖なものだと思っている陪審たちに向かって、訴えかけることだろう。

低く真摯なグレイソンの声が、最後の場面について語るのが、聞こえるようだった。『皆さん、このしいたげられ、軽んじられた気の毒な女性――まだ少女とさほど変わらないうら若い女性は、必死の思いで夫のもとへ――故人のことですから、ほどほどにしておきますが――彼女の人生を地獄そのものにしていた、男のもとへ行ったのです。どうか離婚してくれと、まともな感情はもう残っていないのかと、訴えたのです。それに対する夫の答えはどうだったでしょう？　この悪魔のような夫は、どんな答えを返したでしょうか？　譲歩したでしょうか？　自分のいやしいふるまいを、少しでも後悔するそぶりを見せたでしょうか？

いえ皆さん、なんの言葉もありはしませんでした。彼がしたことといえば、酔いにまかせて飛びかかり、不潔な感情を妻におしつけようとしただけであります。恐怖にかられた妻は、机に置いてあった拳銃をつかみましたが、それは定規か何かだったかもしれず、その瞬間のグレンジャー夫人の行動には、なんの責任もありません。皆さんは、夫人に非があるとおっしゃるでしょうか？　あなたがたにも娘さんがいらっしゃるはずです。夫人は赤ん坊と同じくらい、自分が手に持っているのがなんなのか、理解していなかったのです。夫を遠ざけること――夫人の頭にあったのは、それだけでした。そして突然――事件は起こりました。拳銃が発砲され、夫が倒れて死んだのです。

皆さん、そのあとこの女性はどうしたでしょうか？　夫が死んだとわかって、自分のしたことを隠そうとし、罪から逃れようとしたでしょうか？　いや、正反対であります。夫人は直ちにサー・エドワード・ショーハムに電話しました。こうした事態におけるショーハム氏のものの見方は、皆さんもよくご存じのことと思います。夫人はすぐにその場で、隠しだてしも弁解もせず、すべてを告白しました。人もあろうに、尊敬すべき名高い公人とはいえ、裁判では――その、あまり寛大ではないと思われることもある、サー・エドワード・ショーハムにです。皆さんも陪審員席で、サー・エドワードの言葉を聞いたことがあるでしょう……』」

弁護士は再び言葉を切り、かすかな笑みを浮かべた。

「ショーハムが答える前に、私はここまで考えていたし、それはショーハムも同じだったろうと思う。ショーハムは、嘘と不名誉を土台にして作られたその光景を、すべて見ていたはずだった。私たち三人以外に、それを知る者は永久にいなかったろうが、エドワード・ショーハムのような男にしてみれば、だからことが簡単になるわけではなかった。

そしてショーハムは、低くはりつめた声で言った。『もしきみがサー・ヘンリーを撃ったのなら、きみを無罪にするよりだいじなことなどないよ』

これを勝利と思う者もいれば」弁護士は続けた。「敗北だと思う者もいるだろう。個人のものの見方によりけりだし、『名誉を愛することなくば、今の半分もきみを愛することはかなわず』という考えを、どれだけ本気で信奉しているかにかかっている。だが殺人者が、このなりゆきに大いに喜んだことは間違いなかった」

「殺人者だって?」一市民が叫び、さっと居住まいを正した。

「そう、殺人者だ」弁護士は答えた。「今朝の煙草入れの一件を話に出したのは、そういうわけだ。やつはずっと、部屋の隅にあった甲冑の後ろに立っていたのだ。ふいにやつが現れ、私たちはそろって言葉もなくその男を見つめた。それから男は咳を――苦しげな激しい咳をし始め、ハンカチを真っ赤に染めた。

『すまなかった』口がきけるようになると、男は言った。『だが、グレンジャーを撃つ以外にも、死ぬ前にやりたいことがあったんでね。今夜つかまりたくはなかったんだ。だが、おれのような病気を持ってちゃ、どうしても咳は出ちまう。しかし、サー・エドワード、あんたの決断を聞くまで、こらえることができてよかったよ。お祝いを言わせてもらおう』

『この悪党!』ショーハムが言い、前に踏み出した。『どうしてもっと早く出てこなかったんだ?』

『だからもう一つやりたいことがあったからだよ』男はだるそうに繰り返した。『パリのセント・クレア通りに住んでる女がいるんだ。昔は美人だったし、おれに言わせれば今でも美人だと思う。おれの女だったんだが、それから――』男は目で、ヘンリー・グレンジャーの死体を探した。

ルースが大きく息を吸いこみ、ささやいた。『ええ――それから?』

『そいつがやってきた』男は重々しく言った。『その男とおれのことは、神様が裁いてくれると思う。だが、もう一度だけ彼女の顔を見てその手を取り、全部わかっているからと伝えたかったんだ』

ルース・グレンジャーが部屋を横切り、男に近づいたのはその時だった。

『その人の名前と、家の番地は？』ルースは言った。

『シビル・ディアリングだ』男はゆっくりと答えた。『十四番地の』

『私にまかせていただけないかしら？』ルースはたずねた。

男はしばらく無言でルースを見つめ、おじぎをした。

『心から感謝するよ、グレンジャー夫人。あんたにふさわしい幸せがおとずれるように』それから男はショーハムを見やり、にやりと笑った。『だいじな相手がいると、ほかのことは二の次になるものだろう？　サー・エドワード、これからもそれを忘れるなよ。あんたの前に立ってあれこれ考え、自分の運命を察知しようとする者がいる時には。あんたが彼女を愛してるように、そいつらを愛してるやつもいるんだ』」

弁護士は立ちあがり、グラスを飲みほした。

「さて、きみたちの苦行もこれで終わりだ」弁護士は言った。

「その男は、絞首刑になったのか？」軍人が聞いた。

「いや、急性の肺結核のせいで一週間後に死んだよ」

「あとの二人はどうなった？」俳優がせまった。

「結婚して、今は幸せに暮らしている。趣味で果物を育てながら」

「果物栽培だって！」医者が繰り返した。「どうして果物なんだ？」

「すべきことが必要だったからだ」弁護士は答えた。「サー・エドワードは二度と、別の事件を扱うことがなかった。そういう男もいるということさ」

第三話　医者の話　死の宣告

「遅かれ早かれほとんどの人間に起こりえることだが」椅子にゆったりと身を落ち着けると、医者は話し始めた。「男、もしくは女はある時、ちょっと調子が悪いだけだろうと思って、医者の所へみてもらいにやってくる。ところが検査をしてみると、ささいな不調ではないことがわかる。そして時には、ささいな不調どころではないものが見つかることもある。きみたちもコリアーの絵画を見たことがあるだろう――『死の宣告』、死に至る病というやつだ。

ついでながら、どこまで患者に伝えるのかは、慎重に考える必要がある。人が変われば、とらえ方も変わるものだからな。ある患者には真実の一部を話すことが医者の義務であっても、別の患者には嘘をつくことが、同じく医者の義務になるわけだ。しかし、大まかに言って、私としては、よほど特殊な事情がないかぎり、患者に真実を伝えるのが医者のつとめだと、常々思っている。それがどれだけつらいことであってもだ。弁護士や株式仲買人が嘘をついたら、客はなんと言うだろうな？

そして私の話は、そこから始まった。戦争が起きる前の五月のこと、私の診察室に一人の男がやってきた――名前はジャック・ディグビーとしておこうか。私は机の反対側の椅子――窓からの光が顔にあたるように配置されている椅子に座るよう、合図した。年齢は三十三歳ぐらい、ずっと屋外で過ごしてきたのだろうと、私は判断した。顔も手も褐色に日焼けしており、肩幅や部屋を横切る時の腕の振り方など、男のふるまいすべてが、調子上々なスポーツマンであることを示していた。実際、ディグビーはハーレー街の診察室では珍しいタイプの男であり、私は会話のきっかけを作るために、ディグビーにそれを伝えた。

ディグビーは実に快活に、にやりと感じのよい笑みを浮かべると、帽子を床の上に置いた。『単なる形式ですよ、ドクター』ディグビーは足を組み、椅子にもたれると言った。『近々、夫婦の契りを結ぼうと思っていましてね。馬に鞍を置く前に、ぼくが健康体であることを証明してもらいたかったんです』

ディグビーは今やすっかりくつろいで、気さくにしゃべっていたが、わけもわからず、何かが引っかかった私は、ディグビーをもう少しよく観察した。病の研究がいかに成功しようと、人間の本質を探ることは必要不可欠だ。顧問医師であれば、いくらでもその機会はあることだしな。そして私はふいに、本当に『単なる形式』のつもりなのだろうかと思った。普通の若く健康な男は、結婚するからというだけで、わざわざ医者に検査してもらおうなどとは思わないものだ。

だが、その時点ではそうした考えも私個人のものだったので、私はディグビーにも同じ調子で答え、ディグビーが上着とシャツを脱ぐ間、気軽にいろいろなことを話した。その後、検査を始めた私は、三十秒もたたぬうちに、ひどくおかしなところがあるのに気づいた。

『ベストを脱いでもらえますか、ミスター・ディグビー』私は言い、ディグビーはしばらく何も言わずに私を見つめていた。私はディグビーを静かに観察し、最初の推測が正しかったことを悟った。ディグビーの目には、激しい恐怖の色があった。

ディグビーはベストを脱ぎ、私は検査を続けた。検査が終わると、私は机のほうへ歩いていった。

『もう服を着ていいですよ』私は重々しく言ったが、ディグビーの手が万力のように肩に食いこんだので、振り返った。

『どうなんですか?』ディグビーはつぶやいた。『教えてください』

『単なる形式などではなかったんでしょう、ミスター・ディグビー?』私は答えた。『服を着てください。いくつか質問したいことがあります』

『くそ!』ディグビーは叫んだ。『待ってなんかいられません。何がわかったんですか?』

『お話しする前に、ほかの医者の意見も聞いてみたいのですが』私は時間を稼ごうとしたが、ディグビーは執拗だった。

『ええ、聞いてください。なんなら五十人の医者からね』私の肩をつかんだまま、ディグビーは怒鳴った。『しかしぼくは、あなたがどう思ったかを聞きたいんです——今すぐに。ぼくは結婚できるんですか?』

『いいえ』私は深刻な面持ちで言った。ディグビーは手をだらりと両脇にたらし、それからゆっくりと部屋を横切って私に背を向け、窓の外をにらんだ。一度だけ小さく肩を震わせた以外は、微動だにしなかった。しばらくすると、ディグビーは服を拾い、身につけ始めた。

ディグビーが服を着終わるまで、私は何も言わなかった。ディグビーのようなタイプの男に、言葉をかけるのは禁物だ。私が沈黙を破ったのは、ディグビーが再び私の向かいの椅子に、腰をおろした時だった。

『ミスター・ディグビー、あなたは私に特殊な質問をされたが』私は穏やかに言った。『あなたのような方は、ああいう答え方を好むだろうと、私は思いました。しかし、少し言い方を変え、このように言わせていただきたい。もし私に娘がいたら、あなたのような心臓を持つ男と結婚することは許さないでしょう。娘にとってだけでなく、生まれてくる子供にとっても、まったくフェアではありませんから』

ディグビーはまじめな顔でうなずいたが、何も言わなかった。

『私の所へ来た時から、こんなことになるのを恐れていたんでしょう？』私はたずねた。

『母も心臓の病で死にました』ディグビーは、淡々と答えた。『最近一度か二度、運動のあとに、うずくような激しい痛みを感じたりもしました』それからディグビーは、小声でつけ加えた。『彼女が知らなくてよかった！』

『しかし、ほかの医者の意見も聞きたいところですな』私は続けた。『心臓の病気を扱っている専門医がいますから、住所をお渡ししておきましょう』

『死刑宣告を確かめろってわけですね』ディグビーはいやな笑い声をあげた。『ぼくはもう馬には乗れないんでしょう、ドクター？』

『今はだめです、ミスター・ディグビー』私は紙切れに心臓病の第一人者の住所を書いたが、おそらく無駄だろうと思っていた。ディグビーの病気を診断するのに、専門家の目は必要なかった。

『よくなる可能性もあるってことですか？』ディグビーは熱心に叫び、私は書く手を止めてディグビーを見やった。その目には希望が――希望のきざしがあり、一瞬私はためらった。

私に言わせれば、可能性などありはしなかった。よく用心し、運に恵まれれば、ディグビーは二、三年か、あるいはもっと長いこと生きるかもしれなかった。しかし同様に、いつなんどき、ぽっくり死んでもおかしくなかった。そして、その一瞬のためらいだけで、十分だった。ディグビーの熱っぽいまなざしは徐々に消えていき、ディグビーは疲れ果てたように、椅子に深く腰をおろした。

『いや、いいんです』ディグビーはゆっくりと言った。『わかっていますから』

『そんなことはありません、ミスター・ディグビー』私は答えた。『私の考えはおわかりでしょうが、それではわかっていることになりません。常に可能性はあります』

『言葉をもてあそんでいるだけですね』ディグビーは顔をゆがめて、小さく微笑んだ。『肝心なのは、ぼくは彼女に結婚を申しこめるような立場じゃないっていうことだ』

ディグビーは私が手渡した紙片を見やり、立ちあがった。

『どうかその男に会いにいってください』私は穏やかに言った。『おわかりでしょうが、私は、今朝あなたに言わねばならなかったことの重さを、ひしひしと感じています。あなただけではなく、私に公平であるためにも、どうかサー・ジョンに会いに行っていただきたい』

ディグビーは数秒の間、私と向かいあって立っていたが、にやりと診察の最初に見せたような笑みを浮かべた。

『わかりました、ドクター』ディグビーは叫んだ。『行くとしますよ。そうすればサー・ジョンが、きちんと引導を渡してくれるでしょうから』

『残念です』私は言った。『実に残念です。しかし、言わせていただけるなら、あなたはとても勇敢に、事態を受けとめられました』

ディグビーは、ふいに向きを変えると怒鳴った。『泣き言を言ったところでどうなります？　母と同じ状態ならば、終わりは突然に来るんですから』

死の宣告を受けた男は、次の瞬間に姿を消した。その悲劇は実に痛々しく、見る者の心に容赦ない一撃を与えるものだった。ディグビーはどう見ても、どこかのかわいい娘と結婚して、子供をもうけるタイプの男だった。イギリスのすぐれたスポーツマンの典型、いやむしろ――」医者は言葉を切り、軍人を見た。「最高の騎兵隊長になれるような男だった」医者があとを続けると、軍人はうなずいた。「午後になって」少しあとで、医者はまた話し始めた。「サー・ジョン・ロングワースが電話してきた。ディグビーが来たということだったが、結果は私が思ったとおりだった。二年かもしれないし、ことによると二日かもしれない。結婚などは、完全に論外だと。サー・ジョンは私の診断を裏づけただけであり、それから一時的に、その問題は棚あげになった。仕事のストレスの中で、ジャック・ディグビーは私の心から抜け落ちたが、運命は私たちに再会を命じた。最も劇的な状況の中で。

二か月後――七月の初めごろだったと思うが――私は短い休暇を取ることにした。本当はそんな時間などなかったが、そうすべきだとわかっていたからだ。そんなわけで私は、ドーセットシャーの、私がよく知る人たちをたずね、そこで長い週末休暇を過ごすことにした。その一家――メイトランド家としておくが――は、ウェイマスから数マイルの所に、大きな家を買ったばかりだった。家にはメイトランド夫妻と大学在学中の息子のトム、娘のシビルがいた。私が着いた時は、ちょっとしたホームパーティーの最中で、家にいた者の数は、たぶん全部で十二人だったと思う。お茶がすむと、前に一度か二度会ったことがある娘のシビルが家を案内してくれた。

シビルは二十二、三歳ぐらいの、非常に美しく魅力的な娘で、私たちは庭をぶらつきながら、とりとめのない話をした。

『なかなか盛大なパーティーだな』私は笑った。『静かな週末を過ごすつもりで来たんだが』

『まだ二、三人、今夜着く人がいますわ』シビルは言った。『少なくとも私はそう思っています。そのうちの一人は、本当に理解しがたい人なんですけど』シビルはまっすぐ前を見つめながら言い、一瞬私の存在を忘れたように見えた。

『その理解しがたい人というのは、男かね、女かね？』私は軽い調子でたずねた。

『男です』シビルはぶっきらぼうに答え、話題を変えた。

しかし、私は疑り深い人間なので、シビルのあたりさわりのない言葉に、普通よりもいくらか深い意味を感じ取ってしまった。そして、私がその男なら、こんな状況で理解しがたい男でいることなど、できないだろうとつくづく思った。シビルは本当に、驚くほどの美人だったからだ」

「すぐれた演繹能力があれば」医者がパイプに煙草をつめなおすために口をつぐむと、俳優がつぶやいた。「その不可解な男とは、ジャック・ディグビーだと推理できるな」

「おい、やめたまえ！」語り手は笑った。「まだそこまで行っていないぞ。もちろん、きみの言うとおりだが——少しあとでそれがわかった時、私は本気で驚いた。ディグビーの存在を、ほとんど忘れかけていたからだ。

最初にディグビーの名前を出したのは、シビルの父親のメイトランドだった。晩餐会の着替えをしに上へ行く前のことで、私は彼と書斎でシェリーやビターを飲んでいた。彼の娘の話題になり、シビルはたいした美人だ、すぐにどこかの男がシビルを連れて行ってしまうだろう、などと話したような気がする。

ジョー・メイトランドは、少しばかり顔をくもらせた。

『実はな』メイトランドは言った。『あれの母親も私も、しばらくはそう思っていたんだ。実に感じのいい男で、シビルもあの男を好いているはずだと思っていた。向こうもシビルを愛していると、皆、思っていたんだがな』そしてメイトランドは爆発した。『くそ、思っていたんじゃなく、知っていたんだ！　なのにどういうわけだか、あの男は娘にそれを伝えようとしない。ずっとシビルにくっついていたというのに、ここ二か月はまったくよりつかないときている。だがあの男は、理由もなく若い娘の気を引いて、もてあそぶような輩とは違う。今夜、ここに来ることになっているんだが――』

私のホストは、まだ少し眉をしかめながら、煙草をつけた。私はグラスを置き、理解しがたい人とは、間違いなくその男のことだろうと思った。私には関係のない話だとも思ったが、メイトランドがまた話し始めるのを聞いた時、私はその場に立ちつくした。

『ジャック・ディグビーは、すこぶるまっとうな男だというのに』メイトランドはまだしゃべっていたが、私はそれ以上聞いていなかった。幸い、メイトランドに背を向けていたので、メイトランドは私の顔を見ることはできなかった。ジャック・ディグビー！　なんとあわれなことだろう！　ディグビーの心の中にいるのが、あのシビル・メイトランドなら、私が与えた一撃は、私が思った以上に手ひどいものに違いなかった。こんな状況でまた顔をあわせねばならないとは、なんという奇妙な偶然だろう！　メイトランドはまだ何か言っていたが、私はもうメイトランドに注意を向けていなかった。もちろん、ディグビーの許可がなければ、私は何も言うことはできない。だが、ディグビーに事情を話し――何も言わずにいるせいで、ひどい誤解をされているだけでなく、シビルも不幸になっていると伝えることができれば、シビルの父親に真実を話すことを、許してもらえるかもしれないと思った。結局、真実を話すほうがはるかにいいに決まっている。心臓がぼろぼろであるからといって、恥じることなど何もないのだ。

今夜ディグビーに会わねばと、私が心を決めたちょうどその時、ドアが開き、息子のトムが入ってきた。トムに会うのはほんの子供の時以来だったが、最初に思ったのは、トムが姉にほぼ負けないぐらいの器量よしだということだった。姉と同じような目を持ち、同じ肌の色をしていたが——それでもはなはだしく違う点もあった。シビルが率直で物怖じしない印象を与えるのに対し、弟はまったく逆だというのが、ひと目で見て取れた。母親からすれば、掌中の珠なのがわかったが、そこに意味などなかった。ありがたいことに、母親は皆、そういうものなのだから。父親と話しているトムを観察するうちに、最近小耳にはさんではいたが、その時はろくに注意を払わなかったあいまいな噂を、私は思い出した。オックスフォードでのいきすぎた放蕩、ゆうに四桁になる借金……。そんなくだらないゴシップが心によみがえってきたのだが、そういう噂もトムの顔をながめていると、確かな意味をおびてくるのだった。トムは本当に弱々しく、精神力も意志の力もまるでないような印象があった。自分でグラスにシェリーをそそいでも、その手元はあまりしっかりしておらず、二十一歳足らずの若者としては、それはよくない兆候だった。また、父親におびえているようなふしがあり、いくつであろうと、ジョー・メイトランドのような父親を持つ若者としては、問題がありすぎた。そしてそれだけではなく、トムは心に何かを——何かもっとずっと大きなものをかかえていると、私は確信していた。トムの心には恐怖があり、目元にも口元にもおびえがひそんでいるのが見て取れた。私はジョー・メイトランドを見やったが、メイトランドはまったく気づいていないようだった。その後私は、晩餐会の身支度をするため、二人を残して上へ行った。部屋に入りながら、トムは窮地にでも陥っているのではないかと思ったのを覚えているが、私は、トムを心から追い出した。ジャック・ディグビーのほうがより興味深く、差しせまった問題だったからだ。

階下におりた私は、玄関でジャック・ディグビーと出くわした。ディグビーは驚き、だしぬけにはっと息をのんだ。

『ああ、ドクター』ディグビーは握手をしながら、静かに言った。『驚きました。あなたがいるとは思わなかったので』

『私もきみが来るとは思わなかった』私は言った。『少し前に、メイトランド氏がたまたまその話を出すまでは』

『メイトランド氏には、何も話していませんね?』ディグビーは心配そうに叫んだ。

『ディグビー、医者にはしてはならないことがあるのを、知っておいてもらいたい』私は言い、ディグビーがわびの言葉をつぶやいたので、言葉を続けた。『ディグビー、私には、真実を言わないのは、間違いだと思えてならないのだが』

ディグビーは力強く頭を振って答えた。『ぼくは間違ってなどいません。そもそも、ここに来たのが間違いでしたが。あなたが――ぼくにあのことを言った日から、ぼくはシビルに会いませんでした。今日も、来るべきではなかった。誓って、これで最後にします。もう一度だけ、シビルに会いたくてしかたなかったんです。八月には、アフリカに行くつもりです。猛獣を狩りに』

私は重々しくディグビーを見つめ、しばらくしてディグビーは、あとを続けた。『ぼくが戻ってこれるかどうか』ディグビーは真剣な顔で言った。『あなたは誰よりもご存じでしょう。そしてぼくが戻らなければ――シビルはぼくを忘れるはずです』ディグビーが体の横で両手を握りしめているのが、私にはわかった。『でも、今本当のことを言えば――シビルはぼくに、イギリスにいてくれと言うでしょう。専門医の所へ行き、まる二年もしくは三年まで、一緒にいられる時間を引きのばすために。そんなのは地獄です! どちらにとっても地獄でしかない。毎日シビルは、ぼくが死んだと聞かされるんじゃないかと危惧しつつ暮らすことになるんですから。シビルの人生は、台無しになってしまいます。アフリカなら、シビルがぼくの心臓のことを知らなくても、終わりは突然です。おわかりでしょう、ドクター。シビルのことだけを、第一に考えなくてはいけないんです』

私は深く息を吸いこんだ。ジョー・メイトランドは、完全に正しかった。ディグビーはどこまでも高潔な男なのだ。ディグビーが、はっと小さく息をのみ、向きを変えた。シビルが玄関ホールを横切り、こちらに近づいてくるところだった。

『来ているなんて、知らなかったわ、ジャック』シビルの声が聞こえ、私は二人を残してその場を去った。いわゆる煙が目にしみると、嘘をつくような場面、というやつだ」

医者はしばらく口をつぐみ、短い笑いをもらした。

「晩餐会の時、二人は私の向かいに隣りあって座っていたが、私の相方は、私をいささか知性に欠ける男と思ったに違いなかった。ディグビーとシビルはまさしく完璧な理想のカップルで、ジョー・メイトランドが時々、二人をじっと見ていることに私は気づいた。だが食事が進むにつれ、シビルの目にだんだんと当惑の色が見え始め、一度などシビルはふいに唇をかんで、いきなり反対側の男に顔を向けたりもした。ディグビーがテーブルの向こうから私を見やり、その瞬間私は、ディグビーが正しかったことを悟った。ディグビーからすれば、イギリスに残ることは、どちらにとっても耐えがたいことなのだ。永遠に遠くへ行くことになったとしても、アフリカのジャングルですみやかな突然の死を迎えることが、唯一の逃げ道なのだ。

『ああ、ドクター!』女性たちが去ったあとで、ディグビーはこちらへやってきて、私の隣に腰をおろすと言った。『来たのが馬鹿だったとは思ってましたが、ここまで最悪なことになるとは思いませんでした』

『いつ、発つんだね？』私はたずねた。

『こっちで家のものを整理して、先方や、荷運びの準備やら何やらができたら、すぐに。これが最後になるとしても、自分の役を演じなくては』ディグビーは、面白くもなさそうに笑った。『ハルツームの南へ行ってみたいと、常々思っていたんですよ。どこまで行けるだろうか、とは思いますが』ディグビーは、テーブルを指でこつこつとたたき始めた。『さらに気がかりなのは』ディグビーはのろのろと続けた。『いったいどうやって、今夜を乗り切るかということです。実のところ、あなたに会いに行くまでに、そんなにあれこれ口約束をしていたわけじゃないんですが、プロポーズの言葉なんてほとんどいらないような状態になっていたので、厄介なんです……。ぼくがシビルの歩いた地面をおがみかねないのを、シビルは知っていますし、ぼくもシビルが気にかけてくれているのを知っていますから』

『ここにはどれくらいいるつもりなんだ？』私はたずねた。

『週末の間と思っていましたが』ディグビーはぶっきらぼうに言った。『明日の朝一番で、発つつもりです。もう耐えられませんから』

話はそれきりになり、あのできごとが——もう七年もたっているというのに、今もなお昨日の夜のことのように、私の脳裏にはっきりと焼きついている、あのできごとが起こるまで、私はディグビーと話さなかった。

私はその夜よく眠れず、午前二時ごろ、読書でもしようかと、明かりをつけた。本に手をのばした時、ほぼ真向かいの部屋から声が聞こえてきた。私はしばらく耳をすましてから立ちあがり、ドアに向かった。その声は興奮して怒りをふくんでおり、ただならぬことが起きたのが明らかだったからだ。しばらくためらったあとで、私は部屋着を身に着け、外をのぞいた。廊下の向こうにある部屋のドアがあいており、そこから明かりがもれ出ていた。ジョー・メイトランドの声が聞こえ、その言葉を聞いた私は驚愕のあまり、文字どおりその場に根をはやしたように立ちつくした。

『ミスター・ディグビー、ではきみは、ただのいやしいこそ泥というわけだ。舞台では、泥棒紳士だの、アマチュア盗賊だのと呼ばれるんだったかな？　なかなか聞こえのいい言葉だが、私はやはり泥棒というありふれた呼び方のほうがいいと思うね』

私が戸口に現れたので、メイトランドはくるりと振り返った。

『おや、きみか、トラントン』メイトランドは拳銃を手に持っており、誰が来たのかがわかると、銃を下に向けた。『いい場面だろう？　あの男の名前はなんというのだったか――そう、怪盗ラッフルズの第二版のようじゃないか。私は、怪盗にお目にかかる栄誉をたまわったわけだ。不運にも、私とトムが物音を聞いてしまったものでね』

しかし私はメイトランドの言葉を、まったく聞いていなかった。私の視線はディグビーと、そしてトムに釘づけになっていた。ディグビーは顔に穏やかな笑みを浮かべ、両手をポケットに突っこんで、開いた金庫のそばに立っていた。まだ夜会服を身に着けたままだった。ディグビーは一度ちらりと私のほうを見たが、また彼のホストに視線を戻し、私はトムのほうを見た。部屋着を着たトムは、おこりにかかったように、ぶるぶると震えていた。トムは父親のすぐ後ろに立っていたが、ジョー・メイトランドはディグビーに気を取られ、息子の様子に気づいていなかった。

『ミスター・ディグビー』メイトランドはせまった。『私がこの地区の警察を呼ばなくていい理由を、提示できるかね？』

『いえ、まったく、ミスター・メイトランド』ディグビーは神妙に答えた。『息子さんがぼくをつかまえたのは、きわめて正当な理由からです』

トムは何かを言おうとしているように見えたが、その唇から言葉がもれることはなかった。

『この、見さげ果てた悪党め！』メイトランドは叫んだ。『私の家に来て娘に言いより――あげくのはてに妻の宝石に手を出して、私の好意を無にするとは！』

シビルが部屋に入ってきたのはその時だった。ディグビーが息をのみ、壁によりかかって体をささえるのがわかった。それからディグビーは体をまっすぐにのばし、またホストと向きあった。ディグビーは一度だけちらりとシビルを見た。見事な髪が彼女の肩に落ちかかり、大きな目には、驚きの表情が浮かんでいた。その後ディグビーは、決然と目をそらした。

『どうしたの、パパ？』シビルは小声で言った。『声が聞こえたようだけど――』

『見てのとおりだ、娘よ』メイトランドは容赦なく言った。『私たちは、ミスター・ディグビーが生活費を稼ぐ方法を、まのあたりにする名誉を得たのさ』メイトランドは、開いた金庫を指さして続けた。『ミスター・ディグビーが、金目のものを盗む目的で周囲に取り入っているのは明らかだ。言いかえるなら、こそ泥ということだ』

『私は信じないわ！』シビルは激高し、高慢な態度で言った。『ジャックが泥棒ですって！　パパはどうしてそんなことが言えるの？』

『では、開いた金庫のそばにいるのをおまえの弟に見つかった時、ミスター・ディグビーが何をしていたのか、聞かせてもらえるかね？　おまけにミスター・ディグビーは、自分で罪を認めているんだ』

『ジャック!』その叫びは、シビルの魂の奥底から響いてくるように思われた。『嘘だと言って!』

ディグビーは一瞬ためらったが、シビルを見ようとしないまま、きっぱりと言った。

『悪いがミス・メイトランド、嘘ではないよ』

ひしひしと肌で感じ取ることができるような沈黙が落ちた。シビルはジャック・ディグビーをじっと見つめ——見つめるうちにその顔には、驚愕の色が浮かび始めた。

『ジャック』シビルはささやいた。『こっちを見て!』

ディグビーは目をあげ、シビルを見た。ディグビーの顎のすぐ上で、小さく血管が脈打った。そして、はてしなく長い時間が過ぎたと思われるころ、シビルは半分すすり泣くような小さな笑い声をあげ、顔をそむけた。

『わかったわ』シビルは小声で言った。『わかりました』

だが、シビルが何を理解したのかを、この時私は悟っていなかった。少しあとで、明らかになりはしたがな」

医者は一息つくと、火に丸太を投げこんだ。

「そう、私はあとでシビルが何を考えたかを知ることになった」しばらくすると、医者は続けた。

「そして、たぶん生涯で最初で最後のことになると思うが、私は守秘義務を破るという罪をおかした。私がジャック・ディグビーの部屋に行ったのは、およそ半時間後のことだった。メイトランドは、よくよく考えた末に——その決断には私もかかわることができたのだが——警察を呼ぶという考えを取りさげていた。ディグビーは明日の最初の列車でこの家を去り、二度とシビルとかかわるようなまねをしない、ということになった。ジャック・ディグビーは無言で頭をさげ、部屋に引きあげた。私のそばを通る時も、こちらを見ようとしなかった。私の目はごまかせないと思っていたのだろう。

私が部屋をたずねた時、ディグビーはまだ夜会服のまま、開いた窓のそばに座っていた。私が入っていくと、ディグビーはぎくりと周囲を見まわした。その顔はやつれ、血の気がなかった。

『親愛なるディグビー』ディグビーが口を開く前に、私は言った。『あんなことをする必要があったのかね?』

『おっしゃる意味がよくわかりません、ドクター』ディグビーはゆっくりと言った。

『いいや、わかっているはずだ!』私は答えた。『メイトランド氏はうまくだませても、私はだまされない。金庫をあけたのは、きみではなく、トムだろう?』

一瞬、私はディグビーが否定するだろうと思った。それからディグビーは、小さく陰気な笑い声をあげた。

『ええ、そうです』ディグビーは言った。『おっしゃるとおり、金庫をあけたのはトムですよ。ぼくがその現場をおさえて、それからメイトランド氏が来たんです』

『なんということだ!』私は叫んだ。『きみに罪をかぶせるとは、トムはたいしたろくでなしだな!』

『ディグビーは、しっかりと私のほうを見ながら言った。『ぼくがそうするよう、しむけたんです。求めていたチャンスが来たと思ったので』

『トムに心臓のことを、話したということか?』

『いいえ』ディグビーは静かに答えた。『別の女性と深い仲になったと言ったんです。きみの姉さんを傷つけないようにするには、ぼくがやったと思わせるのが一番いいと――』

それでトムは完全に屈服したのだ。ディグビーは、その場で私の肩に手を置いて私と向きあい、シビルに話さないことを誓わせた。

『シビルに知られるわけにはいきません、ドクター。ぼくは、シビルのためにしているんです。シビルに知られるようなことがあってはなりません』

しかし話すうちに、ディグビーの言葉は唇の中で小さくなっていった。ディグビーは私を通り越してドアのほうを見つめ、じっと立ちつくした。何が起きたのかは、振り向かなくてもわかった。ほのかにシビルのつけている香水の香りがしたからだ。

『私のために何をしたの、ジャック。どうして私に知られてはいけないの?』

シビルは断固たる足取りで、ディグビーの所までやってきた。ディグビーの両手が、だらりと横に落ちた。

『まあ、泣いているのね、ジャック。何があったの?』

ディグビーはあくまで目的を達しようと、正体がばれたことを嘆いていたなどと馬鹿げた言い訳をし始めたが、シビルはディグビーをさえぎった。

『もう、嘘をつくのはやめて、ジャック』シビルはささやいた。『金庫をあけたのがあなたじゃなく、トムだってことぐらい、察しがついているわ。でも、どうして自分がやったなんて言ったのか、知りたいの』

その瞬間、私は心を決めた。

『ディグビー、きみがどう思おうと、私はシビルに話すことにするよ』シビルは素早く私を見やった。ディグビーは何も言わなかった。もう、ことはディグビーの手には負えなくなっていた。私はごく手短に、ディグビーの心臓のことを話した。

シビルは一言も言わずに耳を傾け、私が話し終わると、ディグビーを振り返って両腕を広げた。『神様、感謝します。わかっていたわ、ジャック』シビルは小さく言った。『あなたが別の女性を好きになったせいだと思っていたの。私はてっきり――いえ、もう、そんなのは知る必要もないことね。ああ、あなたは本当に馬鹿で、本当にすばらしい人よ！』

私は窓のほうへ行き、外を見た。シビルがそばに来ているのがわかったのは、五分後のことだった。

『まったく見込みはないんですか？』シビルはたずねた。

『ああ』私は答えた。『正直に言って』

『どのくらいもつんです？』シビルは私の腕に手を置いた。

『二日かもしれないし、二か月かもしれない。長くても二年』私は重々しく言った。

『その二年間ディグビーの世話をするのが、どうしていけないのでしょう？』シビルは激しく詰問してきた。

『生まれてくる子供のことを考えたのでね』私は穏やかに言い、シビルは小さく身を震わせ始めた。

『馬鹿げているわ』シビルは叫んだ。『まったく馬鹿げてる』」

医者はパイプの火皿を、念入りに掃除した。「翌朝、ジャック・ディグビーは、シビルに書置きを残して立ち去った。あとで、シビルが私にそれを見せてくれた。書置きにはこうあった。『シビル、ドクターの言うことに間違いはない。これは運命だろうし、抗うのは無意味だ。だが、きみが真実を知ってくれたことはうれしく、それがぼくの救いだ。さよなら、愛する人。神のご加護を』」

医者は言葉を切った。

「それでおしまいかい?」一市民が言った。

「まあ、ほとんどな」医者は答えた。「二か月という私の見立ては正しかったが、死因は私が思っていたものではなかった。どうやってそんなに早く、向こうへ行ったのかはわからないが、ディグビーは騎兵連隊で生涯を終え、イーペルへ行くところだった連隊を止めた」

「相手の女性はどうした?」軍人がたずねた。

「まだ、立ち直っていないようだ」医者は言った。

「便りが来ることは、もうなかったのかね?」弁護士がせまった。

「フランスから一度だけ便りが来たそうだ――死の間際にね。だが、それを見せてもらうことはできなかった。ウイスキーをくれないか、役者くん。話をすると、喉がかわいてかなわない」

第四話　一市民の話　死の笛

「ビルマをよくご存じの人はいるかい？」煙草のつまった瓶へ手をのばしながら、一市民がたずねた。

「行ったことがある」軍人が低くつぶやいた。「何年も前、狩猟をしにな。ラングーンからイラワジ川の西まで」

「ぼくが向こうにいたのも、もう何年も前のことなんだ」一市民が言った。「二十年以上前かな。ぼくがこんな太ったものぐさ男でなければ、また観光に行きたいところだ。あくまで観光するだけだけどね。この年になればもう、ぼくがほしいものを手に入れるには、ロンドンで十分だとわかってくるし。だが、ぼくが今夜きみたちに話そうと思っている物語は、ビルマに関係がある。そして、細部をよく思い出そうとして、過去をさかのぼると、ぼくはまた、あの場所に魅了されてしまう。

そのころ、ぼくはまだ三十五歳くらいだった。心優しいジェーンおばさんがまだ亡くなっておらず、世俗で得た財産すべてをぼくに残してくれてていなかったので、ぼくは向こうで、かなりの利益をあげていた会社で働いていた。会社の本業はチーク材だが、ルビーという強力な副業もあった。

きみたちも知っているかもしれないが、当時のマンダレー地区のルビー鉱山は、どこにもひけを取らなかった。ぼくがビルマで数か月過ごしたあとでイギリスに戻ってきたのは、主に、多くの利益がぶつかりあうその鉱山について、雇い主に報告するためだった。そしてぼくは事務所で、会社に入ったばかりの若者と出会った。その男がぼくと同じ船でビルマに渡航する予定なのもわかった。男の名は、ジャック・マンダービーといい、こちらより十歳か十一歳は年下だろうと思われた。ジャックはぼくの担当地区に来ることになっていて、まあ当然ながら、ぼくは彼がどんな男なのか、少し知りたくなった。

初対面からぼくはジャックに好感を持ったが、二度ほど一緒に昼食を食べると、最初の印象はますます強くなった。ジャックは実に気持ちのいい男だった――大変な美男子で、根っからの正直者で、少しも気取ったところがなかった。

ワイト島を離れるとすぐ、ぼくたちの船は申し分のない南西の風の中に入ったが、ぼくのほうは、しばらく隠遁を余儀なくされた。実際、ぼくが次に人前に出たのは、ジブラルタルでのことだった。甲板に出た時に最初に見かけたのが、ジャック・マンダービーだった。ジャックは横に身を乗り出して、下司なこそ泥と交渉しており、ジャックの隣には、女がいた。値切り交渉の合間にジャックは彼女のほうを向き、一緒に笑いあっていた。ぼくは数分そこに立って二人を観察し、ジャック・マンダービー殿は、イギリスを出てからの四日間を、存分に活用したのだろうと思った。それからぼくはぶらぶらと、二人の所へ歩いていった。

『やあ、あなたですか！』ジャックは目を輝かせて叫んだ。『下の者の仕事ぶりをチェックして、よけいな邪魔を入れぬよう指示しているという噂は、本当だったんですか？』

『そんなお粗末な冷やかしなんか、まるでこたえないがね』ぼくはもったいぶって答えた。『まあともかく、きみが何か盗まれる前に、出てこれたようだな。あの男は泥棒の息子で自身も泥棒、おまけに息子たちも全員泥棒だよ』

ジャックは笑い声をあげ、女のほうを振り返った。

『ところできみは、ミスター・ウォルトンに会ったことはなかったね？　こちらはミス・モリー・フェルステッドです。ラングーンに渡航するところなんですよ』

　ぼくたちは握手をし、その時はそれ以上の言葉はかわさなかった。しかし、一つだけ絶対に確かなことがあった。なんのためにラングーンに行くのであろうと、モリーの存在はラングーンに利益をもたらすということだ。常に微笑みをたたえているかのような青い瞳で、まっすぐにこちらを見つめるその顔は、まさに超一流の美しさだった。そしてその時ぼくはふいに、モリーの左手の薬指に、ダイヤの指輪がはまっていることに気づいた。婚約者がジャックであるはずはなく、ぼくはぼんやりと、その幸運な男は誰だろうと思った。相手の男は本当に、実に幸運な輩に違いなかったからだ。

　最初にいざこざの気配を感じたのは」考え深げにパイプを一服して、一市民は続けた。「マルタ共和国でのことだったと思う。ぼくたちはそこに数時間上陸し、ミス・モリー・フェルステッドと、ジャックとぼくとで、バレッタを探検するはずだった。しかし、どうしてそうなったのかはもうわからないが、ぼくたちは二手にわかれていた。ぼくはユニオン・クラブで船の仲間と楽しい二時間を過ごしたが、ジャックとモリーはレール間隔のせまい列車で、島の中心の旧市街へ向かったようだった。まともな感覚の持ち主であれば、好んであの線路を行ったりはしないだろうから、ぼくはけげんに思い、二人が船に戻ってきた時、さらにいぶかることになった。ジャックはうまく感情を隠すには、あまりにあけっぴろげで裏表がなさすぎた。おそらくあの日、何かがあったのだ。

　もちろん、ぼくが気にするようなことではなかった。ジャックの色恋ざたはすべてジャックの問題であり、モリーの問題なのだから。しかし船というのは、時に、危険な場所になることもあった——

当時は火遊び、今は『お熱』と呼ばれる行為にふけるには最高の場所であり、その機会もいくらでもあったからだ。そして、ほかの男の婚約者に手を出すというのは――まあ、たいていいざこざのもとだった。だが、さっきも言ったとおり、ぼくが気にすることではなかった。ポートサイドに着く前の晩、ふいにぼく自身の問題にもなってくるまでは。

寝床に入る前に、ぼくは甲板でジャックと話していた。ぼくたちは船のあちこちをぶらぶらと歩いた。海は実に静かで、まばゆいばかりに青く光っていた。

『ミス・フェルステッドは、結婚のために渡航するのかい？』ぼくは何気なくたずねた。

『ええ』ジャックはぶっきらぼうに答えた。『モリソンという男と婚約しているそうです』

『モリソンだって？』ぼくは繰り返し、足を止めてジャックを見つめた。『まさか、ルパート・モリソンのことじゃないだろうね』

『ええ、名前はルパートですよ。知っているんですか？』

このころにはぼくも落ち着きを取り戻しており、ぼくたちはまたぶらぶら歩き始めた。

『ルパート・モリソンならよく知っているよ』ぼくは答えた。『あの国での距離からいうと、ジャック、モリソンはぼくたちの隣人だと言ってもいい』ジャックがいささかだしぬけに、息をのむ音が聞こえた。

『どんな男なんです？』ジャックは性急にたずね、それからこう続けたので、ぼくは答えずにすんだ。

『モリーは、四年も婚約者に会っていないんです。彼がイギリスを出る前に婚約して、今ようやく結婚しに行くところだそうで』

『なるほどね』ぼくはあいまいにつぶやき、少しあとで口実を作ってジャックから離れた。

船室に着いても、ぼくはすぐに寝床に入らなかった。事実を心の中で整理してみたかったからだ。まず第一に、寝台の上にある電灯と同じぐらい確かなのは、ジャック・マンダービーはモリー・フェルステッドに恋をしているのでないとしても、それとたいして変わらない状態にあるということだった。第二のはるかに重要な点――そこについてはぼくにはわからなかったが――は、モリーはジャックに恋をしているのかどうか、ということだった。もしそうなら、話はかなり簡単になるが、そうではなく火遊びをしているだけなら、ぼくたちがビルマに着いた時に、面倒なことになるだろう。厄介ごとは、ルパート・モリソンの形をしていることだろう。考えれば考えるほど、モリーのような女がかつて、モリソンのような男と婚約するに至ったというのは、驚くべきことだったからだ。

もちろん、四年というのは長い時間だった。特に、ほとんど一人ぼっちで過ごす場合には。初めてビルマに着いた時、モリソンがどんな男だったのかはわからないが、今のモリソンがどんな男かについては、ぼくはかなり意地の悪い見解を持っていた。たぶん孤独のせいなのだろう――孤独のせいで、より多くを失う者もいる――だが、理由はどうあれ、ビルマで四年を過ごしたモリソンは、モリー・フェルステッドのような女にとって、ふさわしい相手とはいえなかった。陰気で気難しく、かと思うと獣のような激しい怒りの発作を起こし、大酒飲みなのに酔うことができず、それに――」

一市民はしゃべりやめ、肩をすくめた。

「いや、これを言うのはフェアではないな。結局のところ、たいていの者がよく考えもせずにやっていることなんだから。だが、イギリス人の若い妻が実際にやってきて、いわば何も知らないまま、先輩たちのあとを継ごうとしているとなると、思案せざるをえないということだ。とにかく、そんなことは取るに足らないことだった。ぼくが恐れていたのは、花嫁が自分の頭の中にいるモリソンと結婚しようとしており、もう手遅れになってから、現実のモリソンの姿に気づくだろうということだった。そうなった時に、ジャック・マンダービーが五マイルと離れていない場所にいたりしたら、火に油を大量に注ぐようなことになるだろう。

事態が山場を迎えたのは、コロンボを過ぎたあとのことだった。ぼくたちはそこでピーアンドオーの船を離れ、ラングーン直通の、別の船に乗りこんだ。輝くようないい天気で、昼は炎の中にいるように暑く、夜になるとちょうどよくなった。到着の二日ほど前のある晩のこと、ぼくは夕食のあとで、まったく偶然に、ジャックとモリーが甲板の人目につかない場所にいるのに出くわした。ジャックはモリーに腕をまわしており、二人の声はいささか取り乱していた。もちろん、見なかったふりをしてもしかたなかった――二人が顔をあげてぼくを見たからだ。わびの言葉をつぶやいて、引きさがることもできたが、たとえ地獄に落ちろと言われるようなことになろうと、今夜若いジャックと話をせねばと、ぼくは決心した。

『いいかね、ジャック』少しあとで、ぼくはジャックに言った。『もちろんきみには他人のことに口を出すなと言う権利があるが、あえて言わせてもらうよ。今夜、きみたちが熱烈なキスをしているのを見てしまってね――悪いが、見ないふりをするわけにはいかないんだ。ぼくが知りたいのは、モリソンはどうなるのかということだ。それともモリソンは手を引いたのか？』

ジャックはぼくをいささか恥じ入ったように見て、煙草に火をつけた。

『ヒュー』ジャックは少しばかり、ゆがんだ笑みを浮かべて言った。『ぼくはただ、モリーの歩いた地面をあがめているだけです』

『おそらくきみはそうだろう、ジャック』ぼくは答えた。『だが肝心なのは、ミス・フェルステッドの気持ちはどうなのかということだ』

ジャックは答えず、しばらくしてぼくはあとを続けた。『ぼくがどうこう言うようなことじゃない』バーテンダーにウイスキー二杯を注文すると、ぼくは言った。『ぼくには関係のないことだ。ぼくたちが同じバンガローに住むことになっていて、呼べば容易に届く距離にモリソンの家があるのでなければね。いいかね、モリソンは奇矯な男だが、それをすっかりわきへ置いても、この状況は不穏なものに思えるよ。ミス・フェルステッドがモリソンとの婚約を破棄してきみと結婚するなら、それでいい。だが、ミス・フェルステッドにそのつもりがなく、まだモリソンと結婚するつもりでいるなら――モリソンの肩を持つ気はないが、お遊びはやめるべきだ。ぼくは牧師じゃないが、どちらか一方を選びたまえ。僻地へ行って、ほかの男の妻と火遊びをするようなまねをすれば、ジャック、わかっていると思うが、厄介なことが起きるよ。イギリスの法廷が起きあがって、困惑して頭をかくようなことがね』

ジャックは最後まで黙ってぼくの言うことを聞き、うなずいた。

『ぼくに遊びのつもりがないのは、わかってもらえると思います』ジャックは穏やかに言った。『モリーがぼくと結婚してくれないのは、誓ってぼくの熱意が足りないからじゃありません。それに、モリーもぼくと同じくらい、ぼくを好いてくれていると信じています』

『それならどうして――』ぼくは言いかけたが、ジャックはもどかしげに軽く手を振って、ぼくをさえぎった。

『モリーは道義上、自分はモリソンと結婚すべきだと思っているんです』ジャックは言葉を続けた。『モリーがもうモリソンを愛していないなら、道義なんてたいした問題じゃないだろうと、ぼくは言ったんですが。四年も待たせておいて、今さら約束を破るなんてできないと、モリーは思っているようです。それにモリーは、モリソンのことをとても気に入っているんです。運命がぼくたちを結びつけなければ、モリソンと結婚しないなんて思いもしなかったぐらいに。今夜はぼくたち二人とも、我を忘れていたんだと思います。もう、こんなことにはなりませんから』

ジャックは椅子に深く座り、換気用の小窓の外を見つめた。喫煙室は人気がなかったので、ぼくは遠慮なく本心をぶちまけた。

『きみは大馬鹿だな』ぼくは激高して言った。『ほかの男の婚約者にキスをした罪について、ぼくが説教をしているとでも思っているのか？　きみの間抜けな頭にたたきこんでもらいたいのは、こういうことだよ。ミス・フェルステッドがモリソンと結婚したとしても、きみは何回年が暮れようが、白人女性が彼女しかいない場所に行くことになるんだ。道義心がどうだの、我を忘れていただけだの、もうこれきりだのと言ったところで、そこにある使用済みのマッチほどの価値しかない。遅かれ早かれまた同じことになるだろうし、次はキスだけじゃすまなくなる。そうなれば、モリソンがきみを殺すか、きみがモリソンを殺すかになって、あとあと大変なめにあうことになる。頼むから、ジャック、現実をしっかり直視してくれ。ミス・フェルステッドと結婚するか、きっぱり縁を切るかだ。そして、そのためには、別の地区に派遣してくれと会社に電報を打つしかない。なんならぼくが、ラングーンで電報を打ってもいいがね。残念だが、血気にはやる火山の端に座るよりは、きみを失うほうがはるかにましだからな』

ぼくの言ったことをよくよく考えさせるため、ぼくはジャックを残して寝室へ行った。二人が気の毒でしかたなかったが、ぼくの心中がどうあれ、疑いようがないことがあった。モリー・フェルステッドがモリソンと結婚するなら、ジャック・マンダービーは地理的に可能なかぎり、誘惑から離れねばならない、ということだ。

ぼくの言葉にはそれなりの効果があったらしく、次の日、ジャックは甲板でぼくを引きとめた。『昨夜、あなたの言ったことをモリーと話し合いました。モリソンはラングーンでモリーを出迎えることになっているらしいんですが、モリーはモリソンに一部始終を話すと言ってくれました。モリソンが事情を知れば、きっと何もかもうまくいくはずです。もちろん、モリソンのことは心から気の毒だと思いますが、しかし――』ジャックは恋をしている者の誰もがやるような調子で、ぺらぺらとしゃべり続けた。

残念ながらぼくは、たいした注意を払わなかった。ぼくはモリソンのことを考え、ジャックの楽観主義は、はたして正しいだろうかと思っていた。気難しさや飲酒癖をわきへ置いても、モリソンにはまた別の噂があったからだ――白人としては、好ましくない噂が。今までまったく気にもとめていなかった噂がよみがえってきた。無知な無神論者だけがあざ笑ってみせることができるような、不可思議なもの――現地の神官や聖職者が秘密裏に行い、白人が手を出すのは不吉だとされる、不可思議なものの噂が。そしてそうしたことに、ルパート・モリソンが手を出すどころか深くかかわっていると主張していた者もいたのだった」

一市民は一息ついて、ウイスキーをすすった。

「モリソンはラングーンで船を出迎え、乗船してきた」少しあとで、一市民は続けた。「ミス・フェルステッドが時間を無駄にせず、すぐ事情を話したのは明らかだった。モリソンがジャックとぼくのほうへやってくるまで、ものの十分もかからなかったからだ。その瞳にはうっ積した感情がくすぶっていたが、表向きはきわめて穏やかだった。モリソンはぼくにそっけなくうなずいてみせると、他人の介入をよせつけない雰囲気で、ジャックに話しかけた。

『ミス・フェルステッドが、いささか予想外のことを言ってきたのだが』モリソンは言った。

ジャックは神妙に頭をさげて言った。『ミスター・モリソン、どんな形であれ、ぼくが不作法だと思われたのであれば、おわびのしようもありません』ジャックはややぎこちなく言葉を切り、ぼくはその場を離れた。こういった話し合いの場に第三者がいても、誰のためにもならない。だが、それからの十五分の間、ぼくは一度か二度、二人のほうを見やった。うまく隠そうとはしていたものの、モリソンの瞳にくすぶる怒りの炎は、ますます目立ってきているように思われた。二人の様子からして、モリソンがある行動方針を主張し、ジャックがそれに抗議しているようだったが、やがて、その推測が正しかったことが証明された。

『モリソンの提案はこうでした』モリソンとの会話を終えたジャックは、いらだたしげに言った。『モリーはここラングーンに――もうその準備はととのっているようなんですが――イギリス人の牧師夫妻と一緒に残るべきだと。そしてぼくたち、つまりぼくとモリソンは、一か月かもしくは六週間、地方へ行き、その間はモリーと会ってはならない。期限が切れたら、モリーにどうするか選ばせようと。まあ、無理もないことなんですが、四年以上もモリーと婚約していたのに、同じ船に乗ったからそうなっただけの、一時の気まぐれとじきにわかるようなことで、すべてを白紙にされるのは、あまりにひどいとモリソンは言うんです。もちろん、一時の気まぐれなんかではないと、ぼくは言ったんですが、モリソンはゆずりませんでした』

『それで承知したのか？』ぼくはたずねた。

『承知するしかないでしょう?』ジャックは叫んだ。『ぼくだってそんなことはしたくありませんよ。実に馬鹿げていますし、時間の無駄です。でも、あの気の毒な人にとっては、本当に不幸な巡り合わせだったと思いますし、苦しみを数週間あとにのばすことで、いくらかでも楽になるなら、彼の気のすむようにしてもらうのが、ぼくの義務ですから』

ジャックはモリーと話すためにその場を去り、残されたぼくは、煙草を吸いながら考えにふけった。モリソンの申し出の裏には何かが——何か邪悪なものがひそんでいるという疑惑を、どうしても打ち消すことができなかった。幸い、ジャックはぼくの目の届く場所——ぼくのバンガローに来ることになっていたが、そうであっても、ぼくは落ち着かなかった。モリソンがどんな男かということを考えると、安全だと思うには、モリソンはあまりにもおとなしすぎた。

まもなくぼくたちは上陸し、ぼくはクラブへ立ちよった。ぼくはモリソンに会わなかった——モリソンはジャックとの話し合いのすぐあとで姿を消したらしかったが、牧師の家への道順については、モリーにくわしく教えていた。ジャックはモリーをその家へ連れて行ってから、クラブへ来て、ぼくと合流することになっていた。

最初に出くわしたのは、マカンドリューだった。マカンドリューは、ぼくの担当地区よりも北にいる、なめし皮のような顔をしたスコットランド人で、仕事でラングーンに出てきていた。

『花婿には会ったのか?』マカンドリューはぼくを見るなり、うめくように言った。

『花嫁と出て行ったよ』ぜひともその話をしたいわけでもなかったので、ぼくは短く答えた。

『それで、どんな娘なんだ?』マカンドリューは興味津々でたずねた。

『ものすごく魅力的だよ』ぼくは答え、ベルを鳴らしてウエイターを呼んだ。

『そうなのか？』マカンドリューはゆっくりと言い、ぼくと目をあわせた。『なあきみ』マカンドリユーは、いっそうゆっくりとつけ加えた。『そいつはいけないな。かわいそうに！　本当にかわいそうに！』

その後、ジャック・マンダービーが入ってきて、ぼくはジャックを二、三人に紹介した。地方へは夕方から行くことになっていた――マンダレーまで列車で行き、翌朝そこからまた乗り継ぎをする。ジャックももちろん一緒だった。地方に行く前に、もう一度会いに行く予定はなかったので、ジャックはモリーにもうさよならを言ってきていた。ぼくたちは午後の後半を、ラングーンをぶらぶらして過ごした。ジャックがいきなりぼくの腕をつかんだのは、現地の市場をぶらついていた時だった。『見てください――モリソンがいます！』ジャックは小声で言った。『あそこの店からのぞいているのを、はっきり見ました』

ぼくはジャックが指さすほうを見たが、装身具やら楽器やらのがらくたを売っている、ごく普通の土着の店があるばかりで、モリソンの姿は影も形も見えなかった。

『モリソンなんていないぞ』ぼくは言った。『それに、モリソンが店にいたらいけないという理由はないだろう。モリソンがそうしたいなら』

『でも、突然消えてしまったんですよ。まるで見られたくないみたいに』ジャックは頑固に言い、ぼくの横をのろのろと歩きながら続けた。『ぼくはあいつが好きになれません、ヒュー。あんな男は大嫌いです。それは、モリーのせいなんかじゃありません』

ジャックはそのまま口をつぐみ、ぼくもそれ以上その話題を続けなかった。これからの数週間で、いやというほどモリソンとかかわることになるだろうと、ぼくは思った」

一市民は言葉を切り、煙草に火をつけた。それからいささかいやな笑いを浮かべた。

「自分が何を予期しているのか、ぼくにはわからなかった」一市民は、考えにふけりながら話を続けた。「もちろん、ぼくの漠然とした疑念については、一言もジャックに話さなかった。だが、ジャックが仕事に没頭していた最初の二週間も、ぼくはずっと不穏な空気を感じていた。しかし何事も起こらず、ぼくの疑いは消え始めた。

だいたい何が起きるというのだと、ぼくは自分に言い聞かせた。たぶんぼくは、ルパート・モリソンを誤解していただけなのだ。二、三度顔をあわせた時も、モリソンはいたって普通に見えた。当然、ジャックに対してはあまり感情を見せなかったが、それはいぶかるようなことではなかった。

だがある朝、寝不足の顔をしたジャックが、朝食にやってきた。ぼくはジャックを不思議そうに見たが、ジャックの様子については、何も言わずにいた。

『夜通し続いていた、例の音楽を聞きましたか?』食事の途中で、ジャックはいらだたしげに言った。『どこかの馬鹿な地元民が、ぼくの部屋の窓のすぐそばで、笛か何かを吹いていたんですよ』

『どうしてやめろと怒鳴らなかったんだ?』ぼくはたずねた。

『怒鳴りましたよ。起きあがって、外を見たりもしました』ジャックは紅茶をごくごくと飲み、途方に暮れたようにぼくを見た。

『でも、誰の姿もありませんでした。子猫ぐらいの大きさの何か黒いものが、白人居留区の中を動いていただけで』

『たぶん、開拓地の向こうのジャングルから来たんだろう』ぼくは言った。『また聞こえてきたら、レンガのかけらでも投げてやれ』

ぼくたちはそれ以上話さず、ぼくはそのことを心から追い出した。ぼくはバンガローの反対側にいたので、ぼくを寝られなくするには、複数の地元民が笛を吹く必要があった。だが、その夜も同じことが起きた。次の夜も、またその次の夜もそうだった。

『どんな音なんだ?』ぼくはジャックにたずねた。『きみは若くて健康なんだから、馬鹿な輩が一人で笛を吹いたからといって、起こされたりはしないと思うがね』

『笛の音で起こされるわけじゃないんです、ヒュー』ジャックはのろのろと答えた。『笛が始まる前に目が覚めるんです。毎晩ほぼ同じ時間に、突然目が覚めて――気がつくと耳をすましているんです。笛が始まるまで、十分かかることもあれば、すぐ始まることもありますが、必ずそれは聞こえてきます。三つか四つのかすかな心地よい旋律が、気が狂いそうになるほど、何度も何度も続くんです。まるでぼくを呼んでいるみたいに』

『いったいどうして、正体を確かめに行こうとしないんだ?』ぼくはいらいらと叫んだ。

『それはその』ジャックは両目に恥じ入ったような表情を浮かべて、ぼくを見つめながら言った。『その勇気がないからです』

『馬鹿なことを!』ぼくは怒って言った。『いいかね、ジャック。どこにいようが神経質になるとろくなことはないし、ここでは特にそうだ。しっかりしたまえ』

ジャックが顔じゅうを真っ赤に染め、貝のように口を閉ざしたので、ぼくはきびしいことを言ったのを、少し申し訳なく思った。だが、ジャングルでおかしな音を聞くのはよくあることだし、空想にふけってもいいことはない。

その後のある夕方、マカンドリューが夕食を食べにやってきた。ぼくは食事中に、ジャックの部屋の外で、夜ごとセレナーデを奏でる者がいると話した。ぼく同様マックも、たいしたことではないと言ってくれると思ったからだ。

『もう七回聞いたんだったな、ジャック』ぼくは言った。『いつも同じ音色だとか?』

『いつも同じです』ジャックは静かに答えた。

『今それを、口笛でふけるか?』ナイフとフォークを置き、ジャックを見つめながら、マカンドリューがたずねた。

『簡単です』ジャックは言った。『こんな感じです』ジャックは口笛で六つほどの旋律をふいた。『これがえんえんと続いて――変わることはありません。おや、マカンドリュー、いったいどうしたんですか?』

ぼくはマカンドリューを驚きの目で見やった。こっそりと現地の召使のほうを見ると、ゼリーのようにぶるぶると身を震わせていた。

『おい――確かなのか?』マックは言ったが、その顔は真っ青になっていた。

『もちろん確かですとも』ジャックは穏やかに答えた。『なぜです?』

『きみがふいたその旋律を――白人が聞くのはよくないんだ』スコットランド人は、妙に落ち着きを失っているようだった。『それに、七晩もそれを聞いたと言ったな? きみは知っているのか、ウォルトン?』

『いいや』ぼくはそっけなく言った。『どんな謎があるっていうんだ?』

しかしマカンドリューは陰気に頭を振って、しばらく答えなかった。

『いいか』しまいにマカンドリューは言った。『何かがあると言っているわけじゃないが、おれは自分の部屋の窓の外で、その笛の音を聞きたいとは思わない。おれも何年も前に一度だけ――そいつを聞いたことがある。アラカン山脈の上にいた時のことだった。その旋律は夜の空気の中を、甘く心地よく響いてきて、高くなり低くなり、絶え間なく続いた。はるか上には、白人がいまだ入ったことのない僧院があり、音はそこから聞こえてきていた。おれは進まなくてはならなかった。召使が足を止めようとしなかったからだ。わけをたずねると、神官がいけにえを求めているのだと、彼らは言った。足を止めれば、この中の誰かがいけにえにされるかもしれないと。死がどのように、誰におとずれるのかはわからないが、死の笛が聞こえる時――死は必ずやってくるのだと。そしてマンダービー、きみがさっき口笛でふいた旋律は、死の笛が奏でる旋律なんだ』

『だがマック、そんなのは全部たわごとだろう』ぼくは怒って言った。『ここはアラカン山脈の上じゃないぞ』

『まあな』マカンドリューは辛抱強く答えた。『だがおれは、スコットランド高地の人間だ。だから――あの笛の音を聞きたいとは思わない』

ジャックが心を動かされているのが見て取れた。実を言えば、ぼく自身も認めたくないぐらい、心が動いていた。ここではたわごとに聞こえようと、外を取りまく薄明かりに照らされた森の中では、まったく話が別だった。

その夜、マカンドリューはぼくたちの家に泊まった。ジャックは若者特有の頑固さで、部屋を換えることをきっぱりと拒み、早々と寝床に入っていた。マックとぼくはそのまま話しこみ、ぼくがまたあの笛のことを口に出したのは、もう寝室に引きあげようという時だった。

『あれに何か意味があるなんて、本気で思ってるわけじゃないだろう、マック？』ぼくはたずね、マカンドリューは肩をすくめた。

『たぶん、あの笛を聞いたことがある、ただの現地人だろう』マカンドリューは用心深く言い、それ以上意見を言おうとはしなかった。

蚊帳の中に突っこまれた手に起こされたのは、深夜二時ごろのことだったと思う。

『ウォルトン、すぐ来てくれ！』マカンドリューの声がしたが、その声は震えていた。『悪魔のわざが行われているんだ。まさに、悪魔のわざだ』

ぼくはすぐさま起きあがり、ぼくたちは廊下を忍び足で進んで、ジャックの部屋へ行った。ドアのそばでいったん立ち止まった時、ぼくはほとんど本能的に銃を手に取り、かまえていた。

『聞こえるか？』マックが少しおびえたようにささやき、ぼくはうなずいた。澄んだ心地よい旋律が、高くなり低くなり、えんえんといつまでも同じ調子で続いていた。笛をふく者は、はるか遠くにいるように思える時もあれば、部屋の中にいるように思えることもあった。

『あの音色だ』忍び足でベッドに向かいながら、マカンドリューがつぶやいた。『死の笛だよ。おい、起きているか？』

マカンドリューは小さく悲鳴をあげ、ぼくの腕をつかんだ。

『いったい、枕の上のあれはなんだ』マカンドリューはささやいた。『マンダービーの頭の、すぐわきにいるものは？』

薄暗い明かりの中で、ぼくはしばらく、それがなんなのかわからなかった。白い枕の上で、黒くて大きなものがじっとしており、ぼくはそいつの正体を見きわめようと、そっと近づいた。そしてだしぬけに、心臓が止まったかのような感覚を覚えた。二つのビーズのような目が瞬きもせず、すぐそばにあるジャックの頭を見つめているのが見えた。ジャックが大きく目を開き、恐怖におののきながら、ベッドにいるものを凝視するのがわかった。外ではなおも音楽が続いていた。

『あれはなんなんだ?』乾いた唇で、ぼくはつぶやいた。

『おい、銃をよこせ』マカンドリューがかすれた声でささやいた。『笛の音が止まったら、マンダービーは終わりだぞ』

マカンドリューはゆっくりと銃を一気に一インチあげた。細心の注意を払って銃口を悪意にぎらぎらと光る目に近づけ、しまいには銃が今にもそいつの頭に触れそうになった。その瞬間、音楽が小さくなり、ぴたりと止まった。二つの黒い触手が、ジャックの顔めがけて矢のようにのばされるのが一瞬ちらりと見え——銃声が響いた。ジャックが小さくすすり泣きながらベッドから転がり出て、なかば気を失ったように床に横たわり、枕の上の黒い塊は、激しくのたうちまわった末に動かなくなった。

ぼくたちは明かりをつけ、無言でそいつの残骸をながめた。最初に口を開いたのは、ジャックだった。

『ベッドの上で何かが』ジャックは取り乱した様子で言った。『ぼくの体の上をはいまわっているような気がして、目が覚めました。外ではあのいまいましい笛の音が響いていて、そしてとうとうぼくは——あいつの、あいつの姿を——ああ!』ジャックは不明瞭な声で叫んだ。『マック、あれは——あれはいったいなんなんですか!』

『落ち着くんだ!』マカンドリューは言った。『とにかく、やつはもう死んでいるよ。きわどいところだったがな。おれはアラカン山脈で、これよりでかいのを見たことがある。こいつは毒を持った吸血蜘蛛で、いくつかの宗派では神聖なものとされてる』

ふいに、ジャングルから、耳をつんざくようなおそろしい悲鳴が聞こえてきた。

『なんでしょう?』ジャックが小声で言ったが、マカンドリューは頭を振った。

『明日になればわかるさ』マカンドリューは言った。『今夜はあちこちで、おかしなことが起きているな』

ぼくたち三人はウイスキーの瓶をかこみ、外の暗闇をながめた。

『マンダービー、彼らは一週間もきみをいけにえにしようとしていた』スコットランド人は言った。

『今夜はあやうく成功するところだったが』

『でも、なぜです?』ジャックは叫んだ。『ぼくは何も悪いことをしていないのに』

マカンドリューは肩をすくめて答えた。

『おれに聞くなよ。現地人の流儀は、おれたちとは違う』

『あの化け物は、毎晩ぼくの部屋へ来ていたんですか?』

『ああ、毎晩だ』マカンドリューは重々しく答えた。『おそらくは二匹。現地の人間はあいつらをつがいで狩り、飢えさせる。そして音楽が止まると、あいつらは食事をする』マカンドリューは考えにふけりながら、さらにウイスキーをついだ。

その後、ついに夜が明けると、ぼくたちは外に出て周囲を調べた。それを見つけたのはジャックだった。その顔はふくらんで無残な有様になっており、ぼくたちが近づくと、大きな子猫ほどもある黒いものが死体から離れ、よろよろと緩慢にやぶの中へ消えていった。

『きみはもう安全だ』マカンドリューがゆっくりと言った。『神官のしわざなんかじゃない。こいつは殺人だ。ただの殺人だよ』

マカンドリューはハンカチを出すと、こちらをじっとにらみつける、おぞましいルパート・モリソンの瞳に、ハンカチをかぶせた」

第五話　軍人の話　オレンジの皮の切れ端

「これだけは安心してくれ、諸君」軍人は話を始めながら、にやにや笑いを浮かべた。「私が語るのは戦争の話ではない。私があれこれつけたしをしなくても、戦争という行為にまつわる嘘は、すでにたくさん語られているからな。そう、私の話は、平和時の軍隊生活にかかわることだ。そして不思議なことに、二日前の晩のリッツホテルでの食事で、私はこの話がほぼ申し分のない形で完結したことを、この目で確認している。評判のいい物語の本のようにな。まあ少なくとも、ほぼ申し分のない形と言うからには、それなりの代償があったということなのだが——その代償は、ある一人の重要な登場人物によって支払われることになった。だがそれは、この世の不変のルールであり、我々は肩をすくめて、しかるべき対価を支払うしかない。

その当時、私は少佐だったが——連隊がマーチェスターで宿営することになった。悪い持ち場ではなかった。狩猟をするにはかなりいい場所だったし、鹿撃ちを毛嫌いしているのでなければ特にすばらしく、ポロや最高級のクリケットの試合もできた。近所にはいい雰囲気の家もあったし、国外遠征から母国に戻ったばかりでもあったので、我々はその場所がひどく好みにあっていることがわかったのだった。ロンドンは、そこから列車で一時間と少しだった。実際、イギリスには、私がマーチェスターを位置づけた場所よりもさらにひどい持ち場が、いくらでもあった。

我々が初めてそこへ着いた時に、一つだけ問題が起きたが、それはまあ当然のことであり、時間が解決するしかないことだった。兵士たちが少しばかり、落ち着きをなくしたのだ。忘れないでほしいが、十年以上も外国で——インドやエジプトや南アフリカで——暮らしていると、母国の土を踏んでいるという感覚が、兵士たちを一時的に浮足だたせる。そこまで最悪なことにはならず、許可なしの不在や脱走がはやるぐらいだったが、士官たちは事態の収拾に追われることになった。脱走のせいで繰り返し軍法会議が開かれるのは、上層部に対してもかんばしくないことなので、ぜひ止めなくてはならなかった。

この種のトラブルが起きた時に真っ先に頼るべきものの一つは、むろん普通の標準的な下士官だった。私の部隊には少しばかり若い者が多かったが、申し分のない状態だった。上級曹長——きわめて優秀な男だったが——と、ある日、この問題についてかなり徹底的に議論したのを覚えている。

『大丈夫であります』曹長は言った。『連中はあと二、三年もすれば、英国軍最高の戦力になるでしょう。特にトレバーは』

『おや、曹長！』私は曹長の顔をまっすぐに見て言った。『トレバーは優秀な男だと思うんだな？』

『はい、これ以上はないぐらいに』曹長は静かに答え、まっすぐに私を見つめ返した。

『トレバーが来たばかりのころは、そこまでの信頼はなかったように思うが』私は思い出させた。

『自分はその、少しばかり嫉妬していたのだと思います』曹長は答えた。『トレバーは多くの同胞の頭を飛び越えて、関連部隊からやってきたわけでありますから。しかし、トレバーが我々と行動をともにするようになって、もう三か月になりますし、トレバーのことも前よりは、よくわかるようになりました』

『私にも同じことが言えるといいのだが』私は答えた。『トレバー軍曹は、いつも私を打ち負かすんだ』

曹長は穏やかに笑った。『そうですか？　自分にはそんなふうには思えませんが。そういえば、あのキップリングが、トレバーによく似た男のことを書いていましたね』

『キップリングは軍隊について、さんざん書いているからな』私は答えるような笑みを浮かべて言った。『マルヴェイニーと部隊長の話は古典だ』

『自分が言っているのは、マルヴェイニーのことではありません』曹長は答えた。『キップリングは、紳士の下士官よ、浮かれ騒げといったような詩を書いていませんでしたか？』

『ああ、そうだったな』私は考えこみながら、煙草に火をつけた。『確かに私もそう思うよ、マンフィールド。トレバーというのは、本名なのかね？』

『わかりません』だがその時、当の話題の主が通りかかり、敬礼した。

『トレバー軍曹』私がとっさに後ろから呼びとめてしまったので、トレバーは駆け足でこちらへやってきた。実のところ、トレバーに話があるわけではなかったし、トレバーが会話に加わってからずっと私は当惑していた。曹長が言ったとおり、ほかの下士官はトレバーのことを理解するようになったのかもしれないが、私はまったくトレバーのことがわからなかった。

『きみはクリケットをやるらしいな』トレバーがやってくると私は言った。

私の問いを受け、トレバーの顔にかすかな笑みがひらめいた。『はい、昔、よくやっていました』

『よろしい。調子よく試合をしたいからな』私はその二人――いわば部隊の専門部門――と、もう少し話をした。そしてその間ずっと、トレバーの落ち着き払った仮面の裏にあるものを探ろうとしてみた。ついでに言えば、トレバーもそれをわかっていたと思う。一度か二度、トレバーが面白そうに――しかし私から見ればいささかうんざりしたように、小さく目をきらめかせたのがわかった。そして、私が二人を残して閲兵場を横切り、食事に向かっても、トレバーの顔はずっと私につきまとっていた。私は八分の一インチも探りを入れることができず、トレバーは相変わらず、謎に満ちた男のままだった。トレバーの両目は深い青色をしており、男の瞳に魅了されるような若い娘ではないというのに、私はその瞳を心から追い出すことができずにいた。トレバーの二つの瞳と、トレバーという男の存在が私を当惑させた――そして私は、当惑させられるのが好きではなかった。

パズルの次のピースが手に入ったのは、数日後の夜、食事の席でのことだった。連隊に――気の毒なことに、彼は戦死したのだが――ブレントンというかなり年長の大尉がいた。私の隊の者ではなかったが、主に、すぐれたクリケット選手として評判だった。定期的にプレーすることができれば容易に一流の選手になれただろうし、現に一定期間ごとに州のために出かけていたが、いつもは軍の一番打者に入っていたので、皆はブレントンのやり口を見ることができた。

その会話が起きたのは、ポートワインを飲んでいる時だったが、私が興味をひかれたのは、トレバーに関することだったからだ。クリケットに関しては、私はバットのどちら側を持てばいいのかすら、ろくに知らなかった。

『ドッグフェイスの隊に、いい選手がいます』テーブルの向こうで、ブレントンが言うのが聞こえた。私がその粋なあだ名に反応したのは、特に立ち入る必要もない理由からだった。『あなたの隊の、トレバー軍曹のことですよ』ブレントンは私のほうを向いて言った。『今夜、自分は、ネットのそばで彼のプレーを見ておりました』

『うまいのか？』

『親愛なるドッグフェイス』ブレントンはゆっくりと答えた。『トレバーは間違いなく、これまで隊にいた者の中でも、最高の打者だと思われます。軍のいい選手になれるでしょう！』

『誰の話だね？』居住まいを正し、すぐさまこちらに注目した部隊長がたずねた。

『B隊のトレバー軍曹です、大佐』ブレントンは言った。『自分は今日の夕方、ネットのそばで、トレバーを見ておりました。もちろん、投球はお粗末でしたが、トレバーの技術は、標準的な軍のクリケット選手とはまるでくらべものになりません』

『トレバーと話したのか？』私は好奇心にかられてたずねた。

『はい。まるで打ち解けない感じでしたが。どこでクリケットを習ったのかと聞いても、口ごもってぶつぶつ言うばかりでした。しまいに軍隊に入る前に、村でよくやっていたんだと言っていましたがね。ドッグフェイス、自分にはトレバー軍曹のことが、まるで理解できませんでした。それにいったいなぜ、トレバーはヨハネスブルクで、我々と一緒にプレーしてくれなかったんです？』

『トレバーは我々が航海に出る二か月ほど前に、入隊したばかりだ』私は答えた。『最後の募集の時に来たからな』

『トレバーの村で練習をつんだ選手が、もう数人いればいいんですがね』ブレントンが言った。『それならどうにかなるでしょう』

食事がすむと、私は談話室でフィリップ・ブレントンをつかまえた。

『フィリップ、正直に言ってほしいんだが。トレバーのことをどう思う？』私はせまった。

ブリッジをやりにいく途中だったブレントンは足を止め、葉巻の端をかみ切った。

『クリケット選手としてですか、それとも人間として?』ブレントンは言った。

『両方だ』

『まあ率直に言えば、トレバーは一流パブリックスクールでゲームを学んだのだと思いますね』ブレントンは答えた。『トレバーと二言三言話したうえで、さらに言わせていただけるなら、トレバーは軍曹同士の会食ではなく、ここにいるのがふさわしいと思われるようなタイプでしょうな。どういう経歴の持ち主なんです? 少佐はご存じなのですか?』

『いいや』私は頭を振った。『何もわからない。しかしきみは、私の印象が正しいと証明してくれたよ』

そしてそれから、私は数か月トレバーの件を棚あげにしなくてはならなかった。定期的にトレバーと話し、過去についての手がかりをもらさせようと、周到に罠をはってもみたが、トレバーは狐のように狡猾で、牡蠣のように口がかたかった。結局、すべては彼の問題なのだし、なぜわざわざそんなことをするのか、自分でもわからなかったが、私は興味をそそられていた。トレバーは並外れて優秀な下士官で、多くの紳士の下士官が最後にそうなるように、大酒を飲むようなそぶりもまるでなかった。さらに、彼のような男の入隊動機としてよくある、大きなしくじりをするようなタイプにも見えなかった。

だが、その後のある日、期せずして問題は解決のきざしを見せ始めた。朝、朝食のあとで、フィリップ・ブレントンが電話をしてきたのだった。ブレントンは近所の家に、二つのツーデイマッチのために滞在中だった。最初の試合に、なんとかトレバー軍曹を貸していただけないでしょうか? 鼻息の荒いチームを倒したIZが相手なのですが、オックスフォード代表選手のカーターが、土壇場でこちらの十一人に入れなくなってしまいまして。だめなら庭師の一人を駆り出すしかないんですが、あいつらはそこまで強くないんです。

そうしたわけで、私はトレバーに使いをやり、プレーしてもらえるかとたずねた。一瞬トレバーの目がきらりと光るのがわかったが、トレバーは頭を振った。

『すみませんがお役に立てません』トレバーは静かに言った。

『ブレントン大尉を失望させるとは、まったくきみらしくないな、トレバー』私は言った。『ブレントンはきみを頼りにしているんだ』

トレバーをその気にさせるにはこんなふうに言うのがいいのはわかっていたし、私はぜひトレバーにプレーしてもらいたかった。私自身も午後から観戦にいくつもりだったので、違った環境の中で、トレバーを見てみたかった。私たちはしばらく議論をし——ある意味、トレバーもプレーしたくてたまらないのが私にはわかった——少しあとで、トレバーは試合に出ると言った。トレバーは部屋を出て行ったが、それが起きた時、私はトレバーの後ろにいた。外の廊下にひびの入った古い鏡があり、私はトレバーが後ろ手に閉めたドアをあけた。するとトレバー軍曹が、鏡で自分の顔を吟味しているのがちらりと目に入った。トレバーは口ひげを覆い隠すように手をあてており、鏡に映った顔にすっかり夢中になっているようだった。それからトレバーは私に気づき、私たちはしばらくの間、無言で見つめあった。少佐と中隊の軍曹という立場は消え、私たちはただの二人の男で、廊下は人気がなかった。そして私はふいの衝動にかられ、トレバーの背中をぽんとたたいていた。『馬鹿なことをするな』私は叫んだ。『顔を見分けられたら、困る理由でもあるのか?』

『やましいことは何も、少佐』トレバーは穏やかに答えた。『ですが、ある道を歩き始めたら、それをつらぬくのが最善と思いますので』

その瞬間、雇われの軍曹が現れ、トレバーは落ち着きを取り戻して如才なく敬礼すると、その場を去った。

こうしたことは、前々から計画されていたのだろうと私は思う」軍人は考えにふけりながら話を続けた。「すべてをまったくの偶然としてかたづけるのは、私にはとても不可能だ。オックスフォードの裏道でオレンジを食べていた子供と、まれに見る勇敢な心の持ち主が、アイルランドで釣りの最中に命を落としたこととを結びつけたりすれば、皮肉屋どもはきっと笑うことだろう。だが、子供がオレンジを食べて、皮を舗道に残していかなければ、そしてオックスフォード代表選手のカーターが、すべって足首をくじくことがなければ、私が語ろうとしているできごとは、たぶん起こらなかったはずだ。しかし、なんとかして事実を受け入れるほうがいいのだろう。原因と結果に深くこだわりすぎると、確実に頭がおかしくなってしまうからな。

三時ごろ、私は連隊の四、五人の仲間と一緒に、クロスビー・ホールに到着した。天幕やレモネードなどお決まりのものがあり、ろくでなしのために、裏にウイスキーも用意されていた。IZのメンバーが守備についており、打者はトレバーだった。トレバーはイートンの選手と組んでおり、スコアは打者五人で二百点あまりだった。フィリップ・ブレントンが私を見るなりぶらぶらとこちらへやってきて、顔じゅうで笑った。

『トレバーをよこしてくれて助かりました！　トレバーはようやく実力の八割を出してくれたあたりですが、アウトになりそうもありません』

『フィリップ、トレバーは初めは来ないと言っていたんだ』私は言い、ブレントンはびっくりして私を見つめた。『顔を見分けられるのを、こわがっていたようだ』

　カバーポイントのあたりを越える、すばらしい打球にどっと拍手が起こり、私たちはしばらく無言でゲームを見守った。そしてそれは、再び長い喝采が起き、トレバー軍曹が一人で百点をたたき出したことがわかるまで続いた。前にも言ったとおり、私はクリケット選手ではなかったが、トレバーが並外れた実力の持ち主であることは、専門家でなくてもわかった。IZの投球も決して並みではなかったにもかかわらず、トレバーによって最大の屈辱を味わうことになっていた。そして我々のホストであるアプソン卿は、喜びで我を忘れていた。アプソン卿は過激なクリケット愛好家で、その一週間は、年単位の行事でうまっていた。そしてアプソン卿は長い年月の中で初めて、自分のチームがIZ相手に雪辱を果たすのを見たのだった。親しくしていた旧友がすこぶる魅力的な女性とともに、かこいまでやってくるのが見えたのは、私が少しばかり、称賛のおこぼれにあずかっていた時だった。

『やあ、ジャイルズ・イェバリー、調子はどうだ?』私は大声で言った。

『おまえか、ドッグフェイス!』ジャイルズは叫び、両手で私をがっしりとつかんだ。『驚いたな、会えてうれしいぞ。妻のドリスを紹介するよ。ドリス、チルハム少佐だ――またの名をドッグフェイス』

　私はジャイルズのかたわらで微笑んでいる女性と握手をかわし、私たちはしばらくその場で話をした。ジャイルズは私より十五歳かそこらも年上で、大尉で職を退いていたが、私たちは同じ地区の出身で、実際私は昔からジャイルズのことをよく知っていた。ジャイルズが結婚したのは四年前、私が外国にいた時のことだったが、こうして妻となった女性と初めて顔をあわせると、家からの手紙で聞かされたゴシップが、徐々に私の頭によみがえってきた。ジャイルズが娘といってもいいほど若い相手と結婚し、周囲が仰天したということ。誰もかれもが不幸を予言し、花嫁がジャイルズ・イェバリーのような選ばれた人間に、半分もふさわしくないと主張したこと。別の男と婚約していた花嫁が、その相手を捨てたという事実。しかし、こうして二人を目の前にすると、例によって悲観主義者どもの言い分は、完全に間違いだったと思わざるをえなかった。実際、妻を見る時、常にジャイルズの目に浮かんでいる一途な愛情にまさるものなど何もなかった。

私たちは居心地のいい椅子を見つけようと歩き出したが、ジャイルズはまるで妻が病人ででもあるかのように、やきもきと右往左往していた。ドリスは愛らしい小さな笑みを浮かべて当然のことのように平然とそれを受け入れ、しまいにジャイルズが私を彼女のそばに残してせかせかとアプソン卿の所へ行ってしまっても、まだ微笑んでいた。

『ジャイルズをよく知っていらっしゃるの？』ドリスは言った。

『とてもよく知っています』私は答えた。『こうして荒野での滞在を終えて戻ってきたからには、奥方のことも同じように知りたいものですな』

『あなたはとてもいい方ね、ドッグフェイス』ドリスはこちらを向き、私を見たが——その顔は実に美しかった。『ジャイルズに少しでも似たところがあるなら、最高にすてきな人に決まっているけど』

こういったことをしかるべき言い方で言われるのは、気分がよかった。誤解の危険もなく、すぐにいい足場ができる。半端な狩りで時間を浪費せずとも、あぶみに足を入れた瞬間、新しい馬と仲良くなれるようなものだ。とにかく、それからの十分かそこらの間、私はクリケットにたいした注意を払わなかった。夫妻の間には、父親にとって掌中の珠ともいえる、幼い一人息子——ジャイルズ・ジュニアがいることがわかった。そして現在、この三歳の小さな紳士と、四歳の大将令嬢との間で、はばかることのない熱い恋が進行中であるらしかった。さらにジャイルズとドリスは、一週間か十日の間、大将夫妻のもとに滞在するということだった。

事態がここまで進んだ時、割れんばかりの長い拍手が響き、私たちはクリケットに目を向けた。経緯はわからないが、トレバー軍曹がアウトになったらしく、打席と私たちの座っているテントの隣のテント――アプソン卿がいつも地元の村人や、その友人のために立てるものだった――の間にやってきていた。得点板でトレバーが百二十五点を取ったことが発表され、私は拍手の列に加わった。『彼は、いい選手です』私は言い、トレバーを目で追った。『私にはゲームのことはよくわかりませんが、クリケットの達人である男が私に――』その時、私はドリスの顔を見て、ふいに話すのをやめた。ドリスは真っ青になっており、パラソルの柄を持った関節が、象牙のように白く光っていた。『チルハム少佐』ドリスは言ったが、その声は聞いたこともないぐらいはりつめていた。『今、出てきた人は誰です?』

『トレバーという男です』私は穏やかに答えた。『私の部隊の中隊にいる軍曹の一人です』ドリスの顔にはゆっくりと赤みが戻ってきており、私はけげんそうにドリスを見た。『なぜです? 知っている顔だったとか?』

『何年も前の知り合いを思い出しましたの』ドリスは言い、深く椅子に座った。『もちろん人違いに決まっていますけど』

それからドリスはかなり唐突に話題を変えたが、トレバーの姿をとらえようとでもするかのように、ちらちらと隣のテントを見やっていた。私はドリスのかたわらで、かなり深刻な事態が起こりつつあることを悟っていた。表に出さないようにはしていたもののドリスはぴりぴりしており、トレバーもしくはトレバーと名乗っている男が、その原因だった。好奇心がすっかりよみがえったが、私はトレバーの話題を出したりはせず、次の展開を待つつもりでいた。

次の展開が来るまで、長くはかからなかった。地元のチームはお茶の時間までに、三百五十点あまりの立派な総得点をあげてアウトとなり、両チームの十一人が背後のテントに集まってきた。といっても、トレバーは別だった。選手たちの中にいたものの、アプソン卿に直々に、外に引っ張り出されたからだ。私は楽し気な笑みを浮かべてトレバーの肘をつかみ、文字どおり椅子の上から引きずり出す老人をながめた。そして、青い服を着たトレバーが、いまいましいほど優雅にジャケットを脱ぎ、ホストとともにこちらへ来るのを見守った。それから私はとても慎重に、ジャイルズ・イェバリーの奥方を見た。ドリスは私の頭越しに、じっと二人を見つめ、パラソルを低くさげた。

『結局、人違いではなかったようですね、ジャイルズ夫人』私は静かに言った。

『ええ、ドッグフェイス』ドリスは答えた。『ジャイルズを探して、私が帰りたがっていると伝えていただけませんか。ちょっと気分がすぐれないからと』

私はすぐに立ちあがり、彼女の夫を探しにいった。そしてジャイルズが、ジンガリチームのキャプテンとトレバー軍曹に話しかけているのを見つけた。ジャイルズはかなり興奮しているように見え、IZのキャプテンに話しかけつつ、何やら訴えているようだった。トレバーはかすかな笑みを浮かべて、二人の話を聞いていた。

『トレバー軍曹、彼の言い分はもっともだ』私が近づくと、ジンガリのキャプテンは言った。『考えてくれる気があるのなら――きみは確実に、州で一番の選手になれるだろう。もちろんきみの居住条件がどうなっているかは知らんが、だいたいのことはどうにかできるはずだ』

『ドッグフェイス』ジャイルズ・イェバリーは私を見るなり叫んだ。『トレバー軍曹はおまえの部隊にいるんだろう？　軍隊を離れてずいぶんたつから、規律についてはすっかり忘れてしまったが、今ここで、当人の前で言わせてもらうぞ。トレバー軍曹は軍隊をやめて、プロのクリケット選手になるべきだ。ここにいるビンボーも、私と同意見だ』

『ジャイルズ、そんなに興奮すると、ベストが破れてしまうぞ』私はくだけた口調で言った。『ところで、イェバリー夫人が、家に帰りたいそうだ』

夫人の名前を口にしながら、私はトレバーを見た。その結果、私の中にある最後の疑念は消え去った。すぐに大急ぎで妻のもとへ去ったジャイルズは気づかなかったが、トレバーはふいにぎくりと身をかたくし、お茶用のテントの一番遠くの隅へ行こうとした。だが、またもや老アプソンが、トレバーの邪魔をした。最高級のクリケットが長々と中断し待たされるのはアプソン卿の本意ではなく、アプソン卿は五分も歩きまわると、自分のチームを競技場に導いた。トレバーは聖域を出て行かざるをえなくなったが、かこいの出口はテントの正面にしかなかった。

こうして二人は――ジャイルズ夫人とトレバーは、本当に、出口で出くわすことになった。皮肉なことに、二人が出会う原因を作ったのはジャイルズだったように思う。ジャイルズは急ぎ足で前に進んでいたが、トレバーが出てくるのを見ると、その腕をつかんだ。愛すべきあの男は、まさしくクリケット狂と呼ぶにふさわしい輩だった！　そして幸せにも彼の存在をすっかり忘れ、もっと大きなできごとが、ジャイルズの鼻先で進行していた。

『トレバー、私の言ったことを忘れないでくれたまえ』ジャイルズは熱心に言った。『どこの州も、きみが来れば喜ぶだろう。チルハム少佐とは、あとで真剣に話をしてみるつもりだ』

トレバーがジャイルズの言葉を聞いていたかどうかは疑わしかった。トレバーはジャイルズの肩越しに、夫人を見つめていた。夫人は軽く息をのみ、胸を上下させてトレバーを見つめ返した。その唇は震えているように見えた。そしてその一幕は終わった――トレバーは競技場へと出て行き、ジャイルズはせわしなく妻のもとへ戻った。そしてろくでなしの私は、アルコールを探しにいった」

軍人は一息つき、別の葉巻に火をつけた。

「ジャイルズは私に対する脅しを、実行に移した。二、三日後に私は大将と昼食を食べたが、トレバーから話題がそれることはないように思われた。ジャイルズだけでなく、IZのキャプテンのビンボー・ローレンスも、イギリスで最も抜け目のないクリケット審判の一人も、同意見なのではなかったか？　こんな調子でクリケット選手トレバーの話題は、つきることがなかった。そして一方、テーブルの反対側、私の隣では、ドリスが噂の的のトレバーから話をそらすことができずにいた。一度か二度、ドリスはまるで『お願いですから主人を止めて！』と訴えかけるように私を見たが、それは私の手にあまる任務だった。少しばかりむなしい努力をしてみたものの、やがて私は匙を投げた。私の手に負えるような状況ではなく、好きに話させて昼食が終わるよう祈るしか、できることはなさそうだった。

その後ジャイルズは、クリケットから離れ、トレバーの人となりに話題を移した。

『ドッグフェイス、トレバーについて何か知っているか？』ジャイルズはたずねた。『アプソン卿の所で見たかぎり、紳士階級のようだが。とにかく、すばらしい男だよ。どうして入隊したのだろうな？』

『ああジャイルズ、お願いですから、別の話をしないこと？』ふいにドリスが言った。『昼食が始まった時から、トレバー軍曹のことばかりじゃないの』
気の毒なジャイルズは仰天したように妻を見やり、ドリスはジャイルズに素早く微笑んでみせて、自分の言葉からいらだちの色を消し去った。だが私は、ドリスが苦しんでいるのを見て取ることができた。私は真相については何も知らなかったが、ドリスの苦悩の原因を目ざとく察するのは、決して難しくはなかった。
あたりさわりのない会話を装って、ドリスが私にこう言ったのは、私たちがテーブルを離れる直前だったと記憶している。『ああ、ドッグフェイス――こんなのはフェアじゃないわ』『事情を話してもらえませんか？』私は答えた。『手助けできるかもしれません』『ええ、そのうちにね』ドリスは静かに言った。『でも手助けはできないわ。誰にも手助けなんてできない。悪いのはすべて私なんですから。大切なのは、ジャイルズに知られてはならないということだけよ』
ドリスがなぜ急に私をこうまで信頼してくれたのか、私にはよくわからなかった。女の直感で、私が何かを察していることを感じ取ったのかもしれない。時にはそれが、胸のつかえをおろす助けになることもある。あれが予期せぬ邂逅だったことは間違いがなく、私はトレバーをプレーさせた自分を呪った。だが、どうしてそんなことを予測できただろう？　何もかもいまいましいオレンジの皮から始まったジグソーパズルの連鎖にほかならないのだ。ドリスの言うとおり、肝心なのはジャイルズに――愛すべきジャイルズに、知られてはならないということだけだった」
軍人は少し悲しげに微笑んだ。「それが人間の思惑だったが、パズルのピースを絶え間なく動かしている神は別の考えを持っており、まさにその午後――考えを実行した。青ざめた顔をした二人の子守がおびえた子供二人を抱えて現れ、ぶつぶつとわけのわからぬことをまくしたてたのは、私がその場を去ろうとしていた時だった。その後、顔にひどい切り傷を作り、膝を震わせながら、大将の馬丁が姿を見せた。私たちは馬丁から、次のような話を聞いた。

彼らはどこかの子供のパーティーに行くため、大将の二輪馬車で出発したが、馬が何かに驚き、いきなり駆け出した。私はその馬――巨大な素早い黒馬――を知っていた。一流の御者である馬丁なら、たいていは苦もなく制御できるはずだった。だがこの時は、馬が道を抜け、街まで入ってしまったらしい。しばらく時間があれば馬を制御できたかもしれなかったが、おそろしいことに、前方の踏切の遮断機がおりているのが見えた。その時、男が――兵舎にいる軍曹の一人が、ふいに舗道から馬の鼻先に飛び出してきた。軍曹はひどく踏みつけられたが決して手を離さず、馬は軍曹もろとも遮断機にぶつかって暴走をやめた。馬車の長柄が壊れたがそれ以上のことはなく、馬も無事だった。軍曹は即席の担架で運ばれていったが、意識はなく、何も言わなかった。

『どの軍曹だ?』私は静かにたずねたが、馬丁に聞くまでもなく、答えはわかっていた。

『トレバー軍曹です』馬丁は言った。『B隊の』

『けがは――ひどいの?』ドリスが言ったが、その顔は青ざめ、まるで血の気がなかった。

『わかりません、奥様』馬丁は答えた。『軍曹は病院に運ばれましたが、私は馬のことで手一杯でしたから』

『よろしければ、私が電話をしてみます、大将』私は言い、大将はうなずいた。

私は英軍医療部隊のパービスと話したが、パービスの声はひどく深刻だった。運びこまれたトレバーはまだ意識がなく、今のところ断言はできないが、背中をやられているかもしれない。トレバーが意識を取り戻すまでは、確かなことは何も言えない。受話器を置いた私は、ジャイルズ夫人が後ろにいるのに気づいた。彼女は何も言わず、私が話すのを待っていた。

『パービスにも、確かなことはわからないそうです』ドリスの両手を取りながら、私は言った。『ですが、背中をやられた可能性があるとか』

ドリスは育ちのいい女性だった。騒ぐことも叫ぶこともなく、私の顔をまっすぐに見て、一度か二度、うなずいただけだった。

『ぜひ、あの人の所へ行かなくては』ドリスは真剣な顔で言った。『手配をお願いできるかしら?』

『まだ意識が戻っていないそうですよ』私は言った。

『なら、あの人が気づいた時に、そばにいなくてはいけないわ』ドリスは答えた。『ほかのことがなかったとしても――あの人は私のぼうやの命を、救ってくれたんですから』

『私が車でお連れしましょう』ドリスの決意がかたいのを見て取った私は言った。『すべて私にまかせてください』

『ドッグフェイス、あの人と二人きりで会わなくては』ドリスはドアのそばで立ち止まり、手の中でハンカチをかたい小さな玉にまるめた。『許してもらえたのかどうか、知りたいの』

『二人きりで会えるでしょう。どうにかそれが可能なら』私は重々しく答え、ドリスはそのまま出て行った。

どうやったのかはよく覚えていないが、私はなんとかジャイルズに知られることなくドリスを大将の家から連れ出した。ジャイルズの息子はほとんどけがもなく、すべてを自分のために特別に準備された余興だと思っているようだった。ドリスはそれを確認し、熱烈なキスをして息子を思いきりうんざりさせたあとで、私と一緒にこっそり車で抜け出した。

『たとえ二人きりで会えなくても』車を走らせながら、私はドリスに警告した。『がっかりしないでください。トレバーはほかの病人と同じ病室に入れられたかもしれませんから』

『それなら、まわりに衝立でも置いてもらうことにするわ』ドリスは小声で言った。『キスをしてあげなくてはいけないの。万一あの人が――』ドリスは最後まで言うことができなかったが、その必要はなかった。

病院の門を入るまで、私たちは口をきかなかった。それから私は、何度も喉まで出かかっていた質問をした。

『あの男は本当は――何者なんです?』

『あの人の名前は、ジミー・ダラスです』ドリスは静かに答えた。『私の婚約者でしたが、その後、彼の父親が全財産をなくしました。私がひどいことをしたのは、そのせいだと彼は思っています。でも――ドッグフェイス、それは違うの! 彼が別の女性を好きになったと私は思っていて――それは全部誤解だったのだけど、わかった時にはもう遅かった。ジミーは姿を消し、私はジャイルズと結婚しました。結婚してから彼に会ったのは、あのクリケットの試合が初めてです』

私たちはドアの前で止まり、私は車をおりた。これはきっと同情すべきささやかな悲劇、ささやかな誤解の典型なのだ。きちんと説明をし、相手に説明をもとめるには、あまりにも誇り高すぎる若い男女がいて――ついに大きな悲劇が起きた。あまりにもむなしすぎた。

ドリスを車に座らせたまま、私はパービスを探しにいき、パービスがトレバー――私はなおも彼をこの名で思い浮かべていた――のそばにいるのを見つけた。トレバーは意識を取り戻していた。私がつま先立ちで入っていくと、医者は顔をあげ、私に向かって警告するように頭を振った。私がその場で待っていると、パービスはしばらくしてベッドを離れ、私を廊下に引っ張り出した。

『はっきりしたことは言えないが』パービスは言った。『打撲がひどく、あちこちやられている。左腕が二か所、あばら骨が三本折れているし、背中もいかれているかもしれない。体が麻痺しているようだしな。断言はできないが』

『イェバリー夫人が来ている』私は言った。『トレバーが助けた子供の母親だ。トレバーに会いたがっている』

『だめだな』パービスはぴしゃりと言った。『面会などとても許可できない』

『だめだなんて言わせなくてよ、ドクター』私たちは振り返り、ドリスが背後に来ているのを見た。『あの人に会わねばなりません。私のぼうやを助けてくれたということ以外にも、会わねばならない理由があるの』

『イェバリー夫人、しばらく待っていただかなくては』医者は答えた。『今回のような場合、面会を許可できるのは、トレバーの妻だけです』

『私が愚かなことをしなければ』ドリスは落ち着いて言った。『今ごろあの人の妻になっていたのよ』

パービスは口をあんぐりとあけた。

ドリスはそれ以上何も言わずにパービスのわきを抜け、病室に入っていった。パービスは息をつめて、その場に立ちつくした。

『まさかそんな！』パービスはつぶやき、私は笑みが浮かぶのをおさえられなかった。総司令官の家に滞在している女性が、騎兵連隊の軍曹相手にそんなことを言うのは、かなり衝撃的だ。

そしてその後、突然予期せぬうちに、歯車が最後の一巡りをする瞬間がやってきたのだった。私はパービスとともに、外をぶらぶらと行ったり来たりしていた。医者であると同時に紳士でもあるパービスは、何も聞こうとしなかった。

『背中がやられていてもトレバーは大丈夫だろうし、やられていないなら、いい影響があるだろう』と、パービスは話していた。

私たちはそのままトレバーの話をせずにいたが、ふいにジャイルズが病院に入ってくるのを見た私は、ぎょっとした。

『おい、ドクター！』私は叫び、全速力でパービスのあとを追った。『夫人の旦那が来た。旦那は夫人がここにいることを知らないんだ』

だがほんの数秒遅すぎた。数秒あれば、多くのことが起こりうるものだ。ドアにたどり着いた時、正面にいるジャイルズが病室の入り口で石になったように立ちつくしているのが見えた。大きな衝立がベッドを視界から隠していたが、衝立は音までは消してくれなかった。私が近づくとジャイルズは私を見やり、私はジャイルズの顔を見て、知らず知らずのうちに足を止めた。そしてその時、部屋の中からかなりはっきりと、ドリスの声が響いてきた。

『ああ、いとしい人！　いつまでもあなただけよ！』

ジャイルズがどこまで察していたのか、私にはよくわからない。最初の婚約のことは知っていただろうが、それとトレバーを結びつけたりは、きっとしていなかったと思う。一、二年後に、ドリスはこう言った。ジャイルズと結婚した時、ほかに好きな男がいて、まだその男を愛しているという事実を隠そうとはしなかったと。

ジャイルズはそれを承知でドリスを手に入れたのだったが、当時の私はそれを知らなかった。わかっていたのは、大切な親友の世界が、彼の頭の上で、あまりにも突然に崩壊したということだけだった。最初に立ち直ったのは、ジャイルズだった――ジャイルズは皺のきざまれた血の気のない顔で、私に向かって大声で言った。『ドッグフェイス、病人はどこにいる?』

そしてジャイルズはしばらく待ってから、衝立をまわりこんだ。

『おや、きみ』妻を見ると、ジャイルズは落ち着き払った声で言った。『ここにいたのかい?』

ジャイルズは唇をこわばらせ、十分の間、ためらいなく役を演じとおした。そしてジャイルズと妻は、一生出演が決まっている芝居を続けるため、一緒に出て行った。トレバーの背中はだめになってはおらず、トレバーは二か月ほどで仕事に戻った。ジャイルズがアイルランドでの釣りの最中に溺死しなければ、すべてはそのまま長いこと続いていたかもしれなかった」

軍人は、物思わしげに火を見つめた。

「ジャイルズ・イェバリーは、一流の釣り人で泳ぎも達者だったので、私は――いぶかしく思うことがあった。突然の高潮にさらわれたのだろうとか、たぶんけいれんを起こしたのだろうとか言われたが――今言ったとおり、私は時々いぶかしく思った。

二日前の晩、私は二人に――トレバー軍曹ことジミー・ダラスとその妻に、リッツホテルで再会した。結婚して十年になるというのに、二人はとても仲睦まじく、私は二人のテーブルのそばで足を止めた。

『お座りになって、ドッグフェイス』ドリスは命じた。『リキュールを飲んでいってちょうだい』

私は腰をおろし、リキュールを飲んだ。ドリスが極上の笑みを浮かべて私を見やり穏やかな声でこう言ったのは、私が帰ろうとした時だった。『ジャイルズに知られずにすんで、本当によかった！でも知っていても、ジャイルズはわかってくれたと思うわ』」

軍人は立ちあがると体をのばした。

「すべて黄色いオレンジの皮の切れ端が、引き起こした結末というわけだ」

第六話　作家の話　アップルドアの花園

「厳密に言えば、ぼくの物語は、ぼくの職業に関するものかどうかわからない」お客がくつろいでいるのを確認して、作家は話し始めた。「だが、ぼくの小さな冒険が、仕事をこなそうとしたせいで起きたことは間違いない。だからクラブのルールもそれをふまえて解釈させてもらうことにするよ。

始まりはケント州の、史上最高の巨大カボチャだった。ほら、まるで誰の得にもならない悪趣味な写真入り新聞の一面に、大きな写真がのるようなたぐいのカボチャだよ。だがこのいまいましいおばけカボチャはじきに、ぼくのいささか味気ない人生の中の、最も刺激的なエピソードの出発点だったことがわかった。実のところ、めったにない幸運にめぐまれなければ、ぼくはこのカボチャのせいで、人生同様、味気ない葬式を出すはめになっていたかもしれないんだ」作家は追憶にふけりつつ微笑んだ。

「数年前、大衆が何を血迷ったかぼくの本を読み始め、なんとか食べていくだけの金を落としてくれる前のことだった。だが、ぼくは若く希望にみちており、フリート街は最高にすてきな場所のように思えた。こう聞けば、ぼくが新聞記者だったことは見当がつくと思うし――正直、最低最悪の記者だったと、認めなくてはならない。当時はそうは思っていなかったけどね。編集長がぼくをまったく評価しようとしないのは、ぼくのせいではなく編集長がおかしいのだと思っていたよ。それでもぼくはぶらぶら歩きまわって半端な仕事をし、念入りに書いた名文が修正で跡形もなく壊され、二行に削られるのをまのあたりにする幸福にひたっていた。

そんなある朝、ぼくは本殿に呼ばれた。編集長を最低の無能だと思っていたとはいっても、社内の習慣について、ぼくはよく知っていた。この手の呼び出しが、ぼくの優秀な仕事ぶりについてのお墨付きをもらったうえ給料をあげてもらうなんてことにつながるとは、とても思えなかった。むしろ、くびを宣告されるほうがよほどありそうだったし、その予想はありがたいものではなかった。当時ですらフリート街は、編集長よりものを知っていながら仕事にあぶれた新聞記者であふれていたからだ。

ぼくが中に入った時、ローカル記事の編集長は事務所にいた。アンドリュース編集長は寛大な男だった。アンドリュースはしばらく何も言わず、大きなもじゃもじゃの眉毛の下からぼくをながめ、それから椅子を指さした。

『グラハム』アンドリュースは、深い低音の声で言った。『うちの新聞はいまだかつて、おまえのような言語に絶するクズを書く記者をかかえたことがない。わかっているか?』

ぼくは抜け目なく黙ったままでいた。反論するのは得策ではなさそうだったし、おっしゃるとおりですと言う必要もなかったからだ。

『それについて、どう対処するつもりだ?』しばらくあとで、アンドリュースは続けた。

そこまでお粗末だとは思っていなかったが、今後は文章を改善して、ご満足いただけるよう全力をつくしますとぼくは答えた。

『文章はそれほど悪くない』アンドリュースは認めた。『何年も前に、おまえよりひどい文章を書くやつを、見たことがあったからな。わずかな差だが、おまえよりひどいことには変わりない。だがな、おまえのニュースに対する嗅覚は――フリート街史上最悪だ。たとえばだ、昨日おまえは何をしていた？』

『ブロンプトン礼拝堂での結婚式の記事を書いていました』ぼくはアンドリュースに言った。

『ああ、そうだな』アンドリュースは答えた。『だが、教会から三百ヤードも離れていない裏道で男が一人死んだのを知っていたか？　賭けの結果、巻き貝を食いすぎて？　おまえが現場にいるまさにその時に、やつは巻き貝のつまった手押し車のせいで死んだっていうのに、おまえはそれを知らなかった。おまえの結婚式に関する記事が公正さに欠けることも否定しないが――大衆には、巻き貝の食いすぎは危険だと知る権利がある。大衆の権利なんかどうでもいいという意味じゃないが、とにかくおれの信条はこうだと、肝に銘じておけ。目の前の仕事のわきで起きていることにも気を配れ。それが優秀な記者になる秘訣だ』

これからはそうしますとぼくが請け合うと、アンドリュースはあいまいなうなり声をあげた。そして、震えながら待っているぼくの前で、引き出しをかきまわし始めた。

『もう少し猶予をやろう、グラハム』アンドリュースはしまいに宣言し、ぼくはまた、ちゃんと息をし始めた。『ただし、改善が見られなければ、くびだからな。それはそうと、午後から仕事がある。ある公共心に富む慈善家が、ケント州のアシュフォードの近くで農業祭を開いている。おれの拾った情報によれば、その男はいささか頭が足りないらしいが、あらゆる意味で、世間の関心を集めている。一番目方のあるジャガイモや大きな卵には賞金が出るそうだ――めんどりのやったことが飼い主とどんな関係があるのか、おれにはわからないがな。現地へ行って、半分のかこみ記事を書いてもらいたい。細部まできちんと書いてくれよ。事務所のどこかに、土と堆肥に関する本があったはずだ。記事には、イギリス人には田園回帰が何よりも必要だという段落を入れること。効果があるとは思えないが、フリート街を掃除する役には立つかもしれん』

アンドリュースはもう別のことに没頭し始めており、手を振ってぼくに行けと命じた。アンドリュースがクレスウィルを呼べと後ろから声をかけてきたのは、ぼくがドアまで来た時だった。クレスウィルはあらゆる特別な人間の中でも、花形と言っていい男だった。クレスウィルの評判はぼくとはいささか違ったものであり、クレスウィルを探しにいきながら、ぼくはそのことを少しばかり苦い気持ちで思い返していた。クレスウィルは木のてっぺんまでのぼりつめた男であり、当時、本物の大きな仕事についていた。殺人事件の裁判から何から、あらゆる犯罪事件を扱い、ぼくたち若輩者は皆、クレスウィルをうらやましく思っていた！　そのうちにそうした目もくらむような高みに、たどり着けるかもしれない。アシュフォードへ向かう三等車に腰をおろしながら、ぼくは思った。そうなったら巨大なジャガイモや黄身の二つ入った卵ではなく、本当に価値があるもののために仕事をさせてもらえるのだろうと。

乗り換えのため、ぼくはアシュフォードで列車をおりた。アップルドアがぼくの目的地で、乗り換えた列車はぼく同様、農業祭に行くのだろう人たちでごった返していた。アップルドアはケント州の、ぼくがまだ行ったことのない地域で、駅を出ると、そこにはダンジネスから内陸へと続くロムニーマーシュ種の羊が住む平地が広がっていた。今いる村の中以外に家はあまりなく、家と家の間には広い距離があった。もちろん、この地区全体がかつては海面より下にあったに違いなく、問題の祭りは、アップルドアのはずれの広い空き地で開かれていた。駅からは一マイルほどの距離があったので、ぼくは歩き始めた。

暖かい日で道はほこりっぽく、正直に認めると、ぼくはうんざりしていた。花は大好きだったが、田舎のフラワーショーの記事を書くよりもましな運命がぼくにはあるはずだった。とはいえぼくは、ショーのためにむっとするテントの中に並べられ、汗にまみれた人々にかこまれている花ではなく、しかるべき場所に育っている花は好きだった。そんなわけで、かなり大きな家の門の向こうに鮮やかな色彩が氾濫する庭が見えた時、ぼくは知らず知らずのうちに、足を止めて中をのぞいていた。

家そのものは道から百ヤードほど離れた場所にあった。蔦におおわれた古い魅力的な家で、庭はうっとりするほど美しかった。少しばかり手入れを怠っているらしく、私道のそばのアイリスの花壇にかなり雑草がはびこっているのが見て取れたが、広い庭なのでしかたがなかった。たぶん、大勢の使用人を雇う余裕のない一家の家なのだろうと、ぼくは思った。だがその時、数ヤード向こうの低木の間から、一人の男がぼくを見つめているのが目に入った。

こっちを見つめてはならない理由はなかった。彼は門の中にいるのだから、おそらくぼくよりはこの庭に対し権利を持っているのだろう――だが、その男の中には、しばらくの間無言で見つめ返さずにはいられない何かがあった。草の上を音をたてずに近づいてきて忽然と現れたからか、本能的にかはわからないが、この男は、こんな眠たげな場所にはふさわしくない人種だとぼくは思った。あるいはたぶん、男からふいの稲妻のような、敵意と疑惑を感じたせいかもしれない。彼はまるで、ずうずうしく門の中をのぞかれたのを怒ってでもいるかのようだった。

男がこちらにやってきたので、ぼくは何か言わなくてはいけないと思った。だが、話し始めるやいなや、この男は、だだっ広いアップルドアの庭にいるよりも、ロンドンのバーにいるほうがはるかにくつろいで見えるという考えが、ぼくの心をよぎった。

『花に見ほれていました』男がやってくると、ぼくは言った。『見事なアイリスですね』男はぼんやりとルピナスの花を見やったが、視線を戻してじっとぼくを見つめた。

『この庭は、このあたりでは有名です』男は言った。『あなたはこの地区の方ですか?』

『いいえ、ロンドンから来ました』ぼくは答えた。男の視線がますます強くなったように思われた。

『私も一時こちらに来ているだけです』男はあっさりと言った。『こちらにいるのは今日だけですか?』

ぼくは男に、この地区の祭りを記事にするためここへ来たのだと伝えた。若くて愚かだったので、主催者がぜひぼくをよこしてくれと熱心に望み、編集長がほんの数時間ぼくの貴重な助けなしで過ごすことを承知しただけだとほのめかしたように思う。その間も、黒く底知れない男の目は、ぼくの顔からずっと離れなかった。

『ショーが開かれているのは、四分の一マイルほど先の空き地です』ぼくが話し終えると、男は言った。『では、ごきげんよう』

男はおもむろにくるりと向きを変え、ゆっくりと家のほうへ歩き去った。残されたぼくは、鼻であしらわれたどころか、さらに悪いことに、すべてを見すかされてしまったと感じ、いささかいらだっていた。ぼくの力を借りられなかったせいで編集長が髪をかきむしり爪をかんでいると、彼に信じさせることはできなかった。実際ぼくは、自分がむやみやたらに自慢をし、うんざりされながらもいささか面白がられている、ある種の間抜けであるかのように感じていた。農業祭の会場に向かってまた歩き始めながら、彼はろくにものを知らない気取った田舎者にすぎないのだからと思い、自尊心を取り戻そうとしたのを認めねばならない」

作家は椅子によりかかり、小さく笑みを浮かべた。

「あの悲惨なショーは、今もぼくの記憶に残っている」少しあとで、作家は続けた。「船の形をしたぶらんこや、馬がぐるぐる船酔いしたような動きを続けるひどい見せもの、機械の中からえんえんと流れ続ける『スコットランドの釣鐘草』の民謡。

ココナッツの実落としゲームや、馬の首輪の中をのぞき、写真をとってもらおうとする人々。おまけに暖かい日だというのに、場違いなよそ行きを着こんだ人たちの匂いが、そこらじゅうに充満していた。だが、仕事はかたづけねばならないので、ぼくは勇ましく野菜の品評会用のテントに突っこんだ。周囲にいる野菜の専門家が、しかるべき地方色を出すということについて話しているのに耳を傾けたが、ほとんど理解できなかったので、すぐにあきらめ、ぼくはまわりを見まわし始めた。

ジャガイモやらニンジンやら、食べられそうなものが山ほどあったが、自然のままの状態では見分けることはまったくできなかった。だがその時ふいに、アスパラガスの隙間から、巨大な黄緑色の物体が見えた。普通のラグビーボールの四倍はあろうかという代物で、人の波が絶えずそのまわりをゆっくりとまわっていた。老人が定期的に大きな色つきのハンカチでその物体を手入れしていた。ぼくは、右にいるうるんだ目をした輩と、左にいる手をつないだカップルの間でジグザグの進路を取り、人の波に加わった。間近で見ると、それはテントの反対側から見た時よりも、いっそう大きく見えた。二回周回したあとで、ぼくは老人と会話したように思う。不幸にも、老人は死ぬほど耳が遠く、気の毒なくらい歯がなくなっているせいで、言葉もいささかあやふやだった。そんなわけで、テントにいるあらゆる人のうっとりした視線が、ぼくらの間に釘づけになることになった。これは、ケント州で今までとれた中でも最大のカボチャだという情報と引き換えに、ぼくはカボチャの記事を書くために特別にロンドンから来たと、自分から話した。ロンドンと言われても、老人はいささかぴんとこないようだったが、このカボチャはアップルドアよりも大きいとぼくが話すと、老人は自分のカボチャが正しく評価されたことに、いたって満足そうだった。

老人はぺらぺらとしゃべり始めたが、話す時に親指で入れ歯を具合よくささえるくせのせいで、会話のほとんどは意味をなさなかった。幸運なことに、解説をしてくれる地元民がすぐそばにいたので、ぼくはその地元民から、老人が八十五歳であり、四十八年前からアシュフォードより遠くへ行ったことがないのだと、聞くことができた。老人は今もなお、駅から来る時にぼくが通り過ぎたであろうシーダーライムという屋敷で庭師をやっているのだという。ここからずっと先にある、すばらしい花園だという話だった。『昔ほどすごくはないけどね。一年前、新顔の紳士が来てからは、それまでほど庭をかまわなくなったから。学者先生だと言われてるよ。何箱もの本が家に来て、持ちあげるには七人ぐらい人手が必要だったらしい』

老人がぜいぜいとけいれんするような息を吐きながら、年季の入ったやり方でカボチャをみがいている間、地元民はとりとめもなく話し続けた。だがぼくは、たいした注意を払わなかった。ぼくが謎めいた男と話をした屋敷の名がシーダーライムであったことを、ふいに思い出したからだ。道を渡った時、なかば無意識に気づいていたことが、今、記憶の中によみがえったのだった。

『シーダーライムのあるじは、まだ若い男ですか?』ぼくは情報提供者に聞いた。『黒っぽい髪で、ちょっと青白い顔の』

地元民は頭を振った。シーダーライムのあるじは灰色の髪の中年男だが、しばしばロンドンから来た友人を家に泊めていると聞いている。その友人は長いこといるわけではなく、週末の間か、四、五日しか滞在しない。たぶんぼくが言っているのは、その友人の一人だろうということだった。

情報提供者は、毛のはえた赤いスグリを観察しにいき、ぼくはゆっくりと息苦しいテントを離れた。たぶん――いや疑いなく、あれは友人の一人なのだろう。だが、どんなにいまいましいフラワーショーに集中しようとしても、ぼくの思考はシーダーライムに逆戻りするのだった。どういうわけか、あの静かな家と、音もたてずに低木の間から現れた男は、ぼくの好奇心をかきたてた。だがその瞬間、ぼくは船型のぶらんこのせいであやうく死にそうになり、目の前の仕事に引き戻されることになった。

ぼくがぶらぶらと駅へ戻り始めたのは、三時間ほどあとのことだったと思う。五時の列車に乗り、ロンドンに戻る途中で記事を書く予定だった。だが、ぼくの興味をひきつけた例の家の門まで来た時、ぼくの目の前にいたのは、ほかでもないあの尊敬すべき、カボチャみがきの老人だった。ぼくが老人の横へ行くと、老人は振り返ってぼくの顔を見分け、喉の奥で笑った。そして老人は、すぐにしゃべり始めた。老人の庭には、見事なスイートピーや巨大なカボチャなど、ほかにもたくさんの貴重なお宝があるらしかった。そして、少しあとで、中へ来て自分の目で確かめろと勧められていることもわかった。

ぼくはしばらくためらい、時計を見たが、時間はまだ十分あった。ぼくは門の中をのぞき、心を決めた。ぼくは祭りの記事の中でこの老人を紹介し、彼自身の庭を背景に、四十八年もアップルドアを離れたことがない稀有な老人について、くわしく書くことができるはずだった。ついでに家をもっと間近で見ることができ、ひょっとすると学者だというあるじの姿すら、見ることができるかもしれなかった。

老人のあとについて私道を歩きながら、ぼくは物珍しげに周囲を一瞥した。ぼくたちは家まであと半分ぐらいの所まで進み、それから小さな脇道へ曲がって家庭菜園に入った。そして老人はとうとう、カボチャの列の前で足を止めた。老人は明らかにカボチャマニアで、ぼくが周囲を見まわしている間、五分もカボチャの生態について長話をしていたと思う。ぼくは時々『ええ』と言ったり、もっともらしくうなずいてみせたりしたが、それ以外の時は、まったく話を聞いていなかった。

ぼくのいる場所からは、家の片側と前半分が見えたが――住人のいる気配はなかった。ぼくが老人に、ここの住人についてたずねようとした時、ある窓の近くに、ワイシャツ姿の男が立っているのが見えた。門のそばでぼくに話しかけた男ではなく、灰色の髪ではなかったので、たぶん家のあるじでもなかった。彼は手に持っているものに夢中になっているように見え、しばらくすると、感光板を持ちあげるようにそれを持ちあげ、光にかざした。彼がぼくに気づいたのはその時だった。

ぼくは想像力過多な人間ではないが、その男の消え方には、どう見ても尋常でない何かがあった。文字どおりぱっと姿を消し、窓には誰もいなくなっていた。ぼくは想像力をかきたてられ始めた。どうしてあの男は菜園にいるよそ者を見て、あんなにも早く、姿を隠したのだろう?

それからぼくはまた、別のことにも気づき始めた。ついさっきまでそこにあったもの――絶え間なく続いていたため、止まるまで気づかなかった、かすかなにぶい音――がふいにぴたりとやんだのだ。今、その音が聞こえたら、はるか遠くの飛行機の音とでも評されるような音が、かなり唐突に止まってしまったのだった。男がぼくの姿を見て窓から消えた一、二秒後に、かすかなうなるような音も消えた。ぼくはそれを確信し、いっそう想像力を刺激され始めた。

だが、そのころまでには尊敬すべき案内人の老人は、カボチャについてしゃべりつくし、不可解な言葉をつぶやきながら、ぼくを庭の別の箇所へと案内し始めた。今度はスイートピーの花壇だったが、ほれぼれするほど美しかった。実際ぼくは、花にすっかり見とれてしまい、窓から消えた男のことを忘れてしまったほどだった。だがその時ふいに、老人が体をまっすぐに起こし、片手で入れ歯をしっかりつかんで、残った手で帽子に触れるのが見えた。老人はぼくの肩の向こうを見ており、ぼくは振り返った。

三人の男が、ぼくの背後の小道に立っていた。一人は今朝ぼくが話をした男で、一人はぼくが窓の近くにいるのを見た男だった。あとの一人は灰色の髪だったので、この家のあるじだろうとぼくは思った。ぼくはあるじらしき男に向かって話しかけた。

『勝手に入ったりして申し訳ありません』ぼくは切り出した。『ぼくはこの地区の農業祭の記事を書いていまして、お宅の庭師にスイートピーを見ていけと誘われたものですから。本当に見事な花ですね』

年配の男は、無言でぼくをにらんだ。

『私の庭のスイートピーが農業祭とどう関係があるのか、まったくわかりませんな』彼は冷ややかに言った。『庭師に誘われたからといって、主人が家にいる時に庭をうろうろするというのも、あまり常識的とは思えません』

『では、おわびをしてすぐに退散することにします』ぼくはぎこちなく答えた。『あなたの家の小道を、手ひどく荒らしたりはしていないと思いますが』

あるじは腹立たしげに眉をひそめ、何か言おうとしたようだったが、その時ぼくと門で話をした男が彼の腕をつかみ、耳に何事かささやいた。なんと言ったのかはわからないが、すぐに効果があり、灰色の髪の男は機嫌をなおした。

『愛想がなくて申し訳ありません』あるじは丁寧に言った。『隠遁生活をしているものですから。えと、ミスター――』

『グラハムといいます』ぼくは少し気をよくして答えた。

あるじはおじぎをした。『隠遁生活をしているもので、ミスター・グラハム。庭いじりが私の趣味でしてね。庭と本が、ということですが。最初にお話しした時、いささかいらいらしているように思われたかもしれないが、私はスイートピーの育て方については独自の特殊な方法を取っていまして、その秘密をかたく守っているんです。一瞬、不当にも、あなたが庭師から情報を聞き出そうとしているのではないかと疑ってしまいましてね』

ぼくはまだ入れ歯をつかんだままでいるユダヤの族長メトシェラさながらの老人をながめ、無意識のうちに微笑んだ。ぼくの考えを察したのか、年配のあるじも、笑みを浮かべた。

『ジェイクの言葉を理解するには数か月かかるということを、私はすぐ忘れてしまうんですよ』あるじは続けた。『ジェイクの入れ歯は魅力的でしょう？　ジェイクが入れ歯を温床に落として、大変なめにあった時のことは忘れられません。苦労して探しまわって、しまいには、その不屈の努力がむくわれたんですがね。入れ歯は無傷で救出され、しかるべき場所に戻ることになりました』

あるじはその後も気さくに話し続け、しまいにはぼくは、なかば無意識のうちに、あるじと一緒に家のほうへ歩き出していた。あるじは時々足を止め、自慢の花を指さしたりしたので、知らないうちに二十分かそこらの時間がたってしまっていた。駅から聞こえる汽笛でようやく時間のことを思い出したぼくは、あわてて時計を見た。

『なんてこった！』ぼくは叫んだ。『列車に乗り遅れてしまった。次の列車はいつです？』

『次の列車ですか、ミスター・グラハム。残念ですが、明日の朝まで列車はありません。ご承知のとおり、ここは支線ですから』

くそ！　ぼくは心の中で毒づいた。今朝アンドリュースにあんなことを言われたばかりなのに、わざわざ出かけてまた失敗したとなれば、ぼくはもうおしまいだった。当時はまだ自動車の時代ではなかったのはきみらも覚えていると思うし、祭りの最中なので、アシュフォードまで十二マイルかそこらもぼくを運んでくれる荷車をつかまえることはできそうになかった。どのみち、料金も払えなかっただろうしね。

狼狽が顔に出ていたらしく、灰色の髪の男は、かなり取り乱し始めた。

『時間を考えないとは、私は本当に馬鹿でした』彼は叫んだ。『どうするのが一番いいか考えなくては。ああ、そうだ』突然、彼は言った。『記事を電報で送りなさい。今夜はここに泊まって、電報を打つんです』

ぼくはいささかみじめな気分で、新聞社は重要なニュースでもないものを、金をかけて電送するのは好まないと指摘した。どう考えても、アップルドアのフラワーショーは、そういったたぐいの記事とは言えないでしょうと。

『お金は私が払います』彼は主張し、ぼくの辞退を手を振って払いのけた。『ミスター・グラハム』彼は言った。『こうなったのは私のせいです。私は裕福な男ですし、私のよけいなおしゃべりのせいであなたを困らせるなど、思いもよりません。私がお金を払いますから、記事を電報で送ってください』」

作家は追憶にふけりつつ微笑んだ。

「これ以上魅力的な申し出があるだろうか」作家は続けた。「これ以上親切で、礼儀正しい申し出があるだろうか。生まれつつあったぼくの馬鹿げた疑念は、あるじと庭を歩いているうちにどんどんうすれ、このころには完全に消えうせていた。あるじがペンとインクと、いわゆるフランスノートの中にあった紙を探してきてくれた時、ぼくはどもりながら礼を言った。あるじは笑ってぼくをさえぎり、早く記事を書くようにと言った。彼は記事を電報局に届けてくれるつもりでおり、使用人に向かって、ぼくのために部屋を用意するよう言いつけた。あるじがまた笑みを浮かべてぼくを一人にすると、ぼくは記事を書きながら、庭を歩きまわっているあるじをながめた。

きみたちに経験があるかどうかはわからないが」作家は煙草に火をつけた。「心に抱いていた疑いが徐々にうすれていたというのに、ふいにそれが倍になって戻ってくることがある。ぼくはあそこで、平和にアップルドアの祭りの記事を書き、外では大の庭いじり好きであるあるじが言葉どおり趣味に精を出していた。これよりありふれた、平凡な光景があるだろうか？　その時あるじは、薔薇に夢中になっており、薔薇におそらくアブラムシ用だろう、何かの薬をふきかけていた。ぼくは知らず知らずのうちに、あるじを見守っていた。いや、アブラムシのはずがないと、ぼくは考えた。あるじは根元にしか薬をかけていなかったし、専門家ではないぼくですら、アブラムシは芽にはつかないと知っていた。さらにその時、ちらりと他の二人の男の姿が目に入った。二人は大声で笑っており、その理由はこの家のあるじであるように、ぼくには思われた。あるじは目をあげて二人を見やり、二人はぴたりと浮かれるのをやめた。次の瞬間、彼らは姿を消し、あるじは薬をふきかける作業を続けた。数分熱心に仕事を続けたあとで、あるじは芝生を横切り、ぼくが記事を書いている部屋の、開いた窓のほうへやってきた。

『そろそろ書き終わりますか?』あるじはたずねた。

『もうじきです』ぼくは答えた。『今年はアブラムシが多いんですか?』

『アブラムシ?』あるじはいささかぼんやりと言った。『ああ! ええ、そうです』

『薔薇についたアブラムシを、退治しているのかと思っていました』ぼくはたたみかけた。

『まあ——そんなところです』あるじは言った。『たちの悪い虫ですね』

『根元に薬をかけるのが、独自のやり方なんですか?』ぼくはたずねた。

あるじはぼくを探るように一瞥し、謎めいた笑い声をあげた。

『ねえ、お若い方』あるじは答えた。『私の大切な秘密を探ろうとしてはいけません』

彼が嘘をついていると感じたぼくは、よく考えもせずにあてずっぽうをしかけ、矢はまともにこちらへ戻ってきた。

『きれいなヒエンソウですね』窓から身を乗り出し、下の花壇を指さしながらぼくは言った。

『ええ』あるじは言った。『私の自慢の花です』

ぼくが指さした花はアイリスだった。この庭いじりが大好きだという男は、ヒエンソウとアイリスの区別すらつかないのだ。あらゆる疑念が、圧倒的な波となって戻ってきた。どこかに謎があることが、ぼくにはわかった。この男は、庭いじりが好きなわけではない。もしそうなら、どうしてこんな芝居をするのだろう? ぼくの注意をひこうとする時に、彼がいつも花につけられた札を手に取っていたことを、ぼくは思い出した。さりげない動作だったので、その時は気にもとめなかったが、ふいにそれが重大な意味を持ってきていた。彼はなぜ、ぼくのために役を演じ、偽装するのだろう。薔薇の根にききもしない薬をかけ、ぼくが列車に乗りそこねるようしむけるのだろう。今やぼくは、それも計画の一部だと確信していた。だが、なぜ？　どうして電報を打ち、泊まっていくよう勧めたのだろう？

このころまでには、賢明なる脳が、かなり活発に動いていた。どんな仕事をしているのであれ、祭りの記事を書いている善良な新聞記者をいやがる者などいない。そして、よからぬ仕事をしているのなら、それにかかわる者たちは、真っ先に記者を追い返そうとするだろう。この種の人間は、警察の次に記者を嫌う。それならなぜこんなことを？　答えは単純明快だった。ぼくが記者ではないのではないかと、疑っているのだろう。たとえそこまで疑っていなかったとしても、あくまで安全策を取るつもりなのだ。

実際、この時にはもう、ぼくは自分がうかうかと犯罪者の群れの中に迷いこんでしまったことを、頭の中ではっきり確信しており、さっさと退散したほうが身のためだと思っていた。そういうわけで、ぼくは記事をポケットに入れると、ドアへ向かった。記事を電報で送り、もう戻ってこないつもりだった。

だが、ドアの前でまず、つまずくことになった。周到にも、ドアには鍵がかかっていたのだ。物語の主人公ではないので、正直ぼくは、かたく閉じられたドアを前にして、ひどいショックを受けた。ドアの前に立ったまま気持ちを落ち着かせていると、窓の外から灰色の髪の男の声が聞こえてきた。

『終わりましたか、ミスター・グラハム？』

ぼくは部屋を横切り、できるだけ平静な声をしぼり出して、ドアに鍵がかかっていると伝えた。

『邪魔が入らないようにですよ、ミスター・グラハム』ただたどしい質問のすべてに、文句のつけようがない答えを返す、『赤ずきん』の狼をぼくは思い出した。

『ドアをあけてもらえれば、電報局へ行ってきます』ぼくは言った。

『あなたにそんな面倒をかけるなんて、とんでもない』彼は穏やかに言った。『庭仕事をさせている、ものぐさな若いのがいますから、彼に持っていかせましょう』

ぼくは一瞬ためらったが、相手の目に光が宿るのを見て、慎重にやらねばと思った。

突然、名案が浮かんだのはその時だった。それがなければ、ぼくは今ここにはいなかっただろうし、報道の世界で生きる実力者が、我々が日々出会う者たちの中でも最も察しのいい人種でなければ、やっぱりここにはいられなかっただろう。かつて聞かされた南アフリカ戦争の従軍記者の話が閃光のようにぼくの心によみがえってきた。検閲がきびしくなる中、ある株式の、あがりさがりをほのめかすことにより、彼らは戦争に関する十分なニュースを送っていた。イギリスの編集者たちは、カナダ太平洋鉄道ならカナダ人、といったように、株式を軍隊に置き換えて行間を読み、戦争の記事だけを発行したのだった。

ぼくに同じことができるだろうか？　ぼくはためらった。

『ああ！　一つ忘れていました』ぼくは言った。『待っていてもらえれば、すぐつけ加えます』

ぼくはテーブルの前に腰をおろし、記事に次のような文をつけ加えた。『また最高級のからしと、クレソン《クレス》もあった。すぐ来てくれ《ウィル・カム・アット・ワンス》。ただし明日の朝では遅すぎ、ロナルドシェイの件に間に合わない』

そしてぼくは、窓から灰色の髪の男に記事を手渡した」

作家が椅子にもたれると、軍人は困惑顔で作家を見つめた。

「私にはいささかわけがわからんな」軍人は認めた。

「ありがたいことに、社の人間にとってはそうではなかったのさ」作家は言った。「ロナルドシェイの件なんてのはなかったから、皆の注意をひけることはわかっていた。それにきみは、犯罪事件を扱っていたぼくらの看板記者の名前を忘れているだろう。クレスウィルだ。クレソンの最初のつづりを大文字で書いて、ピリオドを抜かせば、ぼくが社の人間に解読させたメッセージが読めるだろう」

「看板記者の名前がスヌークスでなくて、本当によかったな」俳優がにやにやしながら言った。「それでどうなった?」

「ぼくたちは夕食を食べた。くつろいでいるように見せようとしたが、連中は納得しなかったらしい。その夜のぼくの最後の記憶は、コーヒーを飲み——使い古された手だが、一服もられたということに、ふいに気づいたというところまでだった。ぼくはよろよろと立ちあがり、連中はテーブルに座ったまま、ぼくを見守っていた。灰色の髪をした男の顔をちらりと見たのを最後に、ぼくはもうろうとなった。

気がついた時、ぼくは見知らぬ部屋にいて、ひどく気分が悪かった。窓のそばにいた男が振り返り、それがクレスウィルその人だとわかった時の激しい安堵の気持ちを忘れることはないだろう。クレスウィルはベッドまでやってきて、ぼくを見おろし、微笑んだ。

『よくやったな、きみ』クレスウィルは言い、あふれる誇らしさが、洗面器がほしいという欲求に、一時的に取ってかわった。『本当によくやったよ。ギャングどもは、皆つかまえた。我々はやつらの行方を、何か月も追っていたんだ。やつらは大規模な贋金づくりでね。ぎりぎりできみを救うことができたんだ』

『何があったんです?』ぼくは弱々しく聞いた。

『やつらは、もうきみには用がないと判断したんだろうな』クレスウィルは言い、にやりと笑った。『だから、きみの記事を電報で送って疑念を晴らすと、きみにうまい食事をふるまった。そして、若者にはありがちなことだが、きみはしたたかに酔っぱらった』

『薬をもられたんです』ぼくは怒って言った。

『たいした違いはないさ』クレスウィルは穏やかに答えた。『酔っていようが薬をもられていようが、列車にひかれれば同じことだ。我々は十一時半に、一味の二人がきみを運んでいるのを見つけたんだよ。線路に向かう細道でね。ヘイスティングス行きの貨物列車が十一時四十分に通るはずだった』

その瞬間、優しき神の摂理によって、ぼくの吐き気はぴたりと止まっていた」

第七話　古びたダイニングルーム

一

説明しようというつもりなどない。私はただ、悲惨な結末を迎えたあの週末に、ケント州のジャック・ドレージの家で確かに起こったできごとを、ありのままに語ろうとしているだけだ。おそらく説明はいくつもつけられるのだろう。心霊主義者や霊的存在の信奉者は、何世紀も変わらずに残っていた強い力が働いたせいで悲劇が起きたと言うのだろう。物質主義者は消化不良のせいだと言うことだろう。私はどちらの肩を持つつもりもない。ただの語り手である私にとっては、事実だけで十分だし、どのみち、両派の過激な信者が折りあうことなどありえそうにないのだから。

そこには、ジャック・ドレージとその妻を入れて六人の人間がいた。インド市民のビル・シブトン、砲兵隊の兵士であるアーミテイジ、そしてこの私――ストーントンという名のしがない三流作家――の三人の男。アーミテイジの婚約者であるジョアン・ニールソンが、フィリス・ドレージを手伝っていた。私たちは表向きは、キジ撃ちのために来たのだったが、ただの狩猟の会ではなかった。学生時代からの知り合いで親友でもある男四人にとっては、久しぶりの再会だったのだ。ビルは、定期的にメソポタミアへ行く時以外は、十二年インドで暮らしていた。ディック・アーミテイジは、訓練所を出た時から、あちこちで軍務についていた。私は学生時代から時々ジャックに会ってはいたが、ジャックが結婚してからは、連絡を取らなくなっていた。憤慨され、否定もされるだろうが、妻というのは困ったことに、夫の独身の友人にはつらくあたるものだ。少なくとも、私の場合はそうだった。

私たちは皆、ジャックの家に入るのはこれが初めてで、ジャックの持つ家は最高に魅力的だった。家そのものは古かったが、専門家の手により、もともとの趣は残したまま、気持ちよく今風にととのえられていた。そして実のところ、ダイニングルームだけは、完全に昔のまま残されていた。そこをいじるなど、芸術破壊もいいところだったからだ。この部屋にはただ、セントラルヒーティングが取りつけられただけだった。その作業も痕跡が目に入らぬよう、慎重になされていた。

このダイニングルームは独立した部屋であり、母屋から離れた場所に建っていた。高い屋根は半円筒形で、古いくすんだオーク材が夕食の席でろうそくの光に照らされるのを見ることができた。ひときわ広い壁からは巨大な暖炉が突き出しており、反対側には庭に続く扉があった。そして、少なくとも六世紀はたっていると思われる、当初からある階段のそばの一角には、楽団用のバルコニーがあった。

そこで食事をし、煙草を吸い、昨今のことを議論するのがほとんど冒瀆と思われるような――そこで歴史が作られたのを肌で感じることができるような、すばらしい部屋だった。簡素ないかめしい壁を飾るものといえば、いくつかの中世の槍と戦斧だけだったし、実際、コレクションの中で一番新しいのは、ワーテルロー時代の二つの古いマスケット銃だった。絵は一枚きりで、楽団用のバルコニーと向かいあうようにかけられていた。チューダー王朝時代の服を着た男の、実に見事な油絵だった。

夕食の席につく時、いつもその絵に目を奪われていたので、私はジャックのほうを向いてたずねた。

「ドレージ家の先祖かい?」

「実は、まったく関係がないんだ」ジャックは答えた。「だが、この部屋とは大いに関係がある。だからここにかけてあるのさ」

「この部屋にまつわる話でもあるのかい?」

「ああ。ぼくでは十分な話はできないがね。一部始終を知っているのは、この地区の牧師だけだ。ところで、きみ」ジャックはテーブルの向こうの、妻に向かって言った。「牧師様は、明日、お茶を飲みに来るんだよな。ここで起きたことについて、よく知っているのはその牧師だけなんだ。先の所有者もそこについてはちょっとあやふやなんだが、場所に見合ったものを見る目はあってね、この絵を買う機会をくれたんだよ。どうやらこの絵は、ヘンリー八世の時代あたりに生きていた、サー・ジェームズ・ロースリーを描いたものらしい。さっきも言ったとおり詳細ははっきりわからないが——サー・ジェームズは過激なプロテスタントか、過激なローマカトリック教徒のどちらかで、まさしくこの部屋を秘密の会合に使っていたんだ。彼と同志とで、敵を倒す陰謀をくわだてるためにね」

「ジャックの話はためになるでしょう?」妻が笑った。

「賭けてもいいが、きみだってこれよりうまくは話せないだろう」ジャックはにやりとして言い返した。「ぼくが歴史にうといのは認めるがね。だがとにかくあのころは、浮かれたプロテスタントがカトリック教徒を火あぶりにしていなければ、カトリック教徒がプロテスタントを火あぶりにしていたわけだからな。さぞかし機転が必要な時代だったろうと、ぼくはいつも思っていたよ。まあとにかく、このサー・ジェームズ・ロースリーは、彼の一派が本当に焼かれた時——ここへ来て、事態を逆転させるための、後ろ暗い陰謀を練っていたんだ。だがある日、密告をした者がいて、ここで陰謀をくわだてていた一味は皆、反対派に現場をおさえられ、残らずその場で殺されたらしい。ぼくが話せるのはこれだけだ」

「明日、牧師に聞いてみないと」私はフィリスに向かって言った。「一部始終を聞いてみたい気がする。初めてこの部屋に入った時、ここには歴史があるような気がしたんだ」

フィリスはいささか奇妙な表情でしばらく私をながめ、それから無理に小さな笑いをもらした。

「トム、あなたは知っているかしら」フィリスはゆっくりと言った。「時々この部屋が、なんだかいとわしくなることがあるの。お友達は皆、うらやましいと歯噛みしているけど——時々ジャックがいない時に、ここで一人で食事していると、ぞっとするのよ。まるで、一人ではないような——まわりじゅうに誰かがいて、私をじっと見ているような——そんな気分になるんですもの。もちろん、馬鹿げているのはわかっているけど、そう思わずにはいられないの。でも、私は神経質なほうではないのよ」

「まったく馬鹿げたことだとは思わないよ」私は請け合った。「ぼくだって同じように思うだろうからね。この広さだとどうしても隅のほうは薄暗くなるし、おまけに歴史的なしがらみまでつまっているとなれば、想像力などかけらもない人間でも、影響を受けて当然だ」

「昔はダンスをするのに使っていたのよ」フィリスは笑った。「バルコニーに、ラグタイムのバンドを入れてね」

「あれもまた、たいした見ものだったな」夫が割りこんだ。「困ったことに、楽団員の一人がウイスキーでいい気分になって、すんでのところで手すりを突き破り、床に墜落するところだったんだが。

あそこは手を入れていなかったからね。木が腐っていたんだよ」

「諸君、席についてくれたまえ」ふいにテーブルの上に沈黙が落ち、皆がビル・シブトンを見つめた。

「何かのゲームか、ビル？」ジャック・ドレージがたずねた。「皆、席についていると思うが。ご婦人方はどうするんだ？」

ビル・シブトンは困惑顔で眉をしかめ、ジャックを見た。「それじゃ、声に出していたのか？」ビルはゆっくりと聞いた。

「まだ夕方の早い時間なのに！」ジョアン・ニールソンがほがらかに笑った。

「白昼夢でも見ていたんだろう。きみの話にやられたんだろうけどな、ジャック。長いことろくでもない人生を送ってきたが、あんなお粗末な話しぶりは聞いたことがない。昔の会合のことを考えていたんだ。全員がここで席についている。そして突然、あの扉がばたんと開く」ビルは扉にじっと目を据え、私たちは再びそろって口をつぐんだ。

「敵の持つマスケット銃のにぎりが、建物の木部にぶつかり、とどろくような音を立てる」ビルはくるりと向きを変え、庭へ続く扉と向かいあった。「そして、あそこでも。その音が聞こえないか？逃げ道はどこにもない。罠にかかった鼠のように」ビルの声はささやくように小さくなっていき、ジョアン・ニールソンが、小さく神経質な笑いをもらした。

「ミスター・シブトン、あなたはとても現実的な方でしょう。私はダンスの話を聞くほうが好きだけれど」

私はちらりと女主人を見やった。ビルを見るフィリスの目には、恐怖の色があるように思われた。私は時々、フィリスがよくないことが起きるとぼんやり予感していたのではないかと、つかみどころがないが、だからこそおそろしいものの存在を感じ取っていたのではないかと思うことがある。

　ジャック・ドレージが部屋にあるただ一つの電灯をつけたのは、夕食のあとのことだった。電灯はサー・ジェームズ・ロースリーの絵をきわだたせるように配置されていたので、私たちは皆、無言で集まり、絵をながめた。大きな羽飾りのついた帽子のつばの下で、いかめしいわし鼻の顔の中に据えられた突き刺すような目が、私たちを見おろしていた。サー・ジェームズの両手は、宝石のついた剣のつかに置かれていた。保存状態も抜群のすばらしい絵で、このような部屋の壁という名誉ある場所にふさわしく、私たちは口々に賞賛の言葉を述べた。ビル・シブトンだけが何も言わなかったが、ビルはすっかり魅了され、絵から目を離すことができないようだった。

「実のところ、ビル」ディック・アーミテイジが、肖像画を値踏みするようにしげしげとながめながら言った。「この男は、きみの先祖でもおかしくないな。その口ひげを取って仮装用の帽子をかぶれば、きみはこの男にそっくりだ」

　まさしくディックの言うとおりだった。二人が似ているのは疑いようがなく、今まで気づかなかったのにびっくりするぐらいだった。深くくぼんだ鋭い目も、力強くややとがった細面の顔も、広い額も皆同じで、顔色までが似通っていた。おそらくただの偶然なのだろうが——二人の顔は、ますます似てくるように思われた。実際、見れば見るほど瓜二つとしか思えず、ほとんど異常だと思うほどだった。

「いやまさか、そんなはずはない」ビルがぶっきらぼうに言った。「一族の中に、ロースリーなんて名前を聞いたことはないからな」ビルはほとんど引きはがすように絵から目をそらすと、煙草をつけた。「ジャック、まったくおかしなことなんだが」しばらくしてビルは続けた。「この部屋に入った時から、前にもここに来たような気がしているんだ」

「いやいやきみ、それはごくありふれたことだろう。そういう考えが浮かぶことは、よくある」

「わかっているよ」ビルは答えた。「ぼくだって、そう思ったことはこれまでにもあるが、今の十分の一もないような弱い感覚だった。それに、そういう感覚はたいてい数分もたてば消えるものだ。なのに、この場にいればいるほど、強くなってくる」

「なら、客間に行きましょうよ」女主人が言った。「カードテーブルもあるし」

私たちは、フィリスとジョアン・ニールソンのあとについて、母屋に入った。女性二人はゲームに加わらなかったので、それからの二時間は、男四人でブリッジをした。こんな機会はそうなかったため、私たちはなかば忘れられたできごとについて、おしゃべりを続けた。ついには部屋が煙だらけになり、女性二人は窒息死する前に、寝室に逃げ出していた。

ビルは酔っぱらって、政治家の話題やインドでの六週間の経験について熱弁をふるい、まるで知らないことにも口をはさんでいた。ディック・アーミテイジは昇進にあれこれ邪魔が入ると言って、しだいに憂鬱そうになっていった。そのうちに、思い出話はより個人的なものになり、酒瓶台のウイスキーはどんどん少なくなり、話題は次々と変わり続けた。

とうとうジャック・ドレージがあくびをして立ちあがり、パイプの灰を落とした。

「午前二時だ。もう寝ないか?」

「おい、本当か?」ディック・アーミテイジが体をのばした。「しかしまあ、明日、いや今日は狩猟はなしだな。ビルに隣の部屋でえらそうな扮装をさせておいて、ぼくたちは安息日を過ごしてもいいだろう」

ビルの顔を影がよぎった。

「あの部屋のことは忘れていたっていうのに」ビルは言い、眉をしかめた。「いまいましいディックめ！」

「おいおいビル」ディック・アーミテイジは笑った。「まさか尊いサー・ジェームズと自分が似ているなんて思っていないよな！　サー・ジェームズはきみよりずっといい男じゃないか」

ビルはいらだたしげに頭を振った。

「そんなことはない」ビルは言った。「あの絵のことなんて考えていないさ」ビルはまだ何か言おうとしたようだったが、考えなおした。「さて——寝るとしよう」

私たちはそろって上の階へあがり、ジャックはそれぞれの部屋へやってきて、問題がないかを確認した。

「とりあえず、朝食は九時だ」ジャックは言った。「おやすみ、きみたち」

ジャックの後ろでドアが閉まり、足音が廊下を遠ざかっていき、ジャックは自分の部屋へ戻った。


世間一般の法則によれば、私はほぼ、枕に頭をつけたとたんに眠れるはずだった。一日きつい狩猟をし、午前二時にベッドに入ったのだから、何があろうとそうなるはずだったのに、その夜にかぎって、そうはならなかった。煙草を吸いすぎたのかなんなのかはわからないが、三時半に私は眠ろうとするのをあきらめ、明かりをつけた。それから私は、肘掛け椅子のほうへ行き、開いた窓のそばに腰をおろした。月は出ておらず、一年のそのころにしては、夜の空気は暖かかった。空を背景に、巨大なダイニングルームの輪郭がくっきりと浮かびあがり、家から外へのびていた。煙草に火をつけると、ジャック・ドレージの語ったあいまいな話が心によみがえってきた。よからぬ陰謀をくわだてるため、人目を忍んで密談する者たち。かこまれていると気づいた時の、突然の驚愕。絶望的な状況の中での必死の戦いと――最期。そこには何か物語があっただろうと、私は思った。明日、一部始終を正確に語ってくれる牧師と会えるだろう。雲が時折、大木の向こうをすごい速さで流れていき、外側から見ると、その場所の外観は、ますますそうした話の舞台にふさわしく見えた。中で食事をしながら、楽団用バルコニーの上にいるジャズバンドの追憶にふけっている時よりも、死と陰謀の匂いがした。

その時、窓越しに、突然ほのかな明かりが見えた。あまりにぼんやりした光だったので、最初私は、自分の想像の産物かと思い、確認のため自分の部屋の明かりを消した。疑いの余地はなかった。かすかな、しかし見間違いようのない反射光が外の地面に落ちていた。あの古いダイニングルームに明かりがともされている。誰かが中にいるということだ。朝の四時だというのに！

しばらくの間、私はためらった。ジャックを起こしにいくべきだろうか？　庭の扉から何者かが侵入したのかもしれなかったし、他人の家で泥棒と戦わねばならない理由もわからなかった。だが、そんなことをしたら、妻のフィリスを驚かすだけだと思いあたり、私は向かいの部屋のビルを起こすことにした。

私はスリッパをはき、階段の上の廊下を横切って、ビルを起こしにいった。だがその時、私はふいに立ち止まった。扉が開いており、部屋は空っぽだった。まさか、下の明かりをつけたのはビルなのだろうか？

できるだけ音をたてないように私は下におり、ダイニングルームへ向かった。案の定、建物の中心部へ続く扉が半開きになっており、そこから光がもれていた。私はつま先立ちで扉に近づくと、ちょうつがいのそばの隙間から、中をのぞいた。

最初はサー・ジェームズの肖像の上にある、一つきりの電灯以外、何も見えなかった。だがそのうち私は、薄闇の中、古いオークのダイニングテーブルの近くに、背の高い人影が微動だにせず立っていることに気づいた。ビルだった――ほの暗い光の中でも、私はその見間違いようのない輪郭を見分けることができた。ビルはパジャマ一枚で片手を前に突き出し、指をさしていた。そしてふいに、ビルは口を開いた。

「嘘だ、サー・ヘンリー！　あなたは嘘をついている！」

それだけで、それ以上の言葉はなかったが、ビルの手は相変わらずテーブルの向こうを指さしたままだった。その後しばらくしてビルが向きを変え、光がビルの顔にまともにあたった時、私は何が起きているかを悟った。ビル・シブトンは眠りながら歩いていた。

ビルはゆっくりと、私が後ろに立っている扉のほうへやってきて、扉を通り抜けた。体が触れそうなほど近かったので、私は壁のほうへ身を縮めた。ビルは階段をのぼっていき、ビルが階段の上の廊下にたどり着いた音を聞くやいなや、私は素早くダイニングルームの明かりを消して、あとを追った。ビルの寝室の扉は閉まっており、中からはなんの音も聞こえなかった。

私にできることはもう何もなかった。泥棒は、無害な夢遊病者であることがわかったのだから。それに突然、猛烈に眠くなってきたこともあり、私はビルをそこまでは心の中で呪わなかった。私は寝床に入ったが、翌朝の九時の朝食は、まったくの仮約束になってしまった。

ビル・シブトンも同様だった。私たちはそろって九時四十五分に朝食の席についた。ビルはまるで眠れなかったかのように、げっそりと気分が悪そうで、口を開くなりディック・アーミテイジを呪った。

「昨夜、ひどい悪夢を見たんだ」ビルはぼやいた。「それもこれも、ディックがこの部屋のことを思い出させたせいだ。あの男の時代にここで起きたことを、全部夢で見せられた」

ビルはサー・ジェームズの肖像を指さした。

「そうなのかい？」私は言い、コーヒーを注いだ。「さぞ面白かったろうね」

「自分が人気者じゃないってことぐらい、わかっている」ビルは言った。「夢を重く見るほうでもない――だが、昨夜の夢は本当に、異常なくらい鮮明だった」ビルは思案顔で紅茶をかきまわした。

「だろうと思うよ、ビル。これまでに、眠りながら歩いたことはあるかい？」

「眠りながら歩く？　いいや」ビルは驚いて私を見つめた。「なぜ？」

「昨日それをやっていたからだよ。きみが朝の四時に、パジャマでここにいるのを見つけたんだ。ぼくが今座っているあたりに立って、片手でテーブルの向こうを指さしていた。ぼくが扉の外に立ったままでいると、きみはだしぬけにこう言った。『嘘だ、サー・ヘンリー！　あなたは嘘をついている！』」

「それも夢に出てきた」ビルはつぶやいた。「その男の名は、サー・ヘンリー・ブレイトンといって、一味のリーダーだった。皆はどういうわけか、そろってぼくに激怒していた。ぼくたちは言い争い――それから、閉じた扉が出てきたように思う。扉がゆっくりと開き、ぼくは本能的に、その後ろに何かおそろしいものがいるのを悟った。夢の中の恐怖については、きみも知っているだろう。心の中にひそむ、未知のおぞましいものに対する説明のつかない根源的な恐怖――」私はビルを見やった。ビルの額は汗でぬれていた。「夢はそこで終わった。扉は開かないままだった」

「ねえきみ」私は軽い調子で言った。「昨夜、ウイスキーを飲みすぎただけに決まっているよ」

「馬鹿を言わないでくれ、トム」ビルはいらだたしげに言った。「聞き返さなくていいが――ぼくはこの部屋が、死ぬほどこわいと言ってるんだ。馬鹿げているのはわかっているよ。実に笑止千万だ。だが、おびえずにはいられないんだ。日曜にこの支線の列車があれば、今日、帰ることにするよ」

「おいおい、ビル」私は口を開いたが――そのまま朝食を食べ続けた。ビルの顔には、人間の顔にあるべきではない表情が現れていた。そこにあるのは、恐怖だった。絶望的としか言いようのない、底知れぬ恐怖だった。

二

午後になって、牧師がお茶にやってきた時、ビルとジャック・ドレージは長い散歩に出かけていた。先導したのはビルで、ビルは昼食のあとで、力強い主張とともにジャックを引きずっていき、私たちは出かけていく二人に声援を送った。ビルがこの家を出なくてはいけないことを、私は承知していた。ディックと婚約者は、ウィリアムズ牧師が到着する直前に、二人の立場ならまあそうするだろうというやり方で姿を消していた。そんなわけで、私がダイニングルームの歴史についての話題を切り出した時、その場でお茶のテーブルを仕切っていたのは、フィリス・ドレージだけだった。

「ウィリアムズ牧師、トムは原稿をだめにしてしまいましたの」女主人は笑った。「それで、面白そうなねたを見つけたと思っているんですよ。昨日の晩、ジャックがその話をしようとしたんですが、間違った思いこみだらけだったものですから」

牧師は重々しく微笑んだ。

「設定を変えなくてはいけませんよ、ミスター・ストーントン」牧師は言った。「この話は、このあたりではかなりよく知られていますから。牧師館の図書室には、この伝説の古い原稿のコピーがありますが、実はこれが伝説であると思う理由はないのです。肝心な点は歴史的に正しいことがはっきり証明されていますから。ダイニングルームに肖像画がかかっているサー・ジェームズ・ロースリーは、この家に住んでいました。サー・ジェームズはかなり偏執狂的な、熱心なプロテスタントで、覚えていらっしゃるかもしれませんが、当時、教皇による教会統治をくわだてていたウルジー枢機卿と、激しく衝突していました。反目が激しくなり、当時の宗教的不寛容が高まると、サー・ジェームズは枢機卿の裏をかく計略をねり始めましたが、それは危険なことでした。そして、サー・ジェームズとその同志たちは、ここのダイニングルームを会合場所として使っていました」

紳士の牧師はお茶をすすった。牧師が好きなことがあるとすれば、それはこの話をすることだった。そしてその事実は、彼の教区に、カトリックのものではないしっかりした記録があることをはっきり表していた。

「歴史的に確かなこともたくさんありますが、議論の余地なく正しいと言えないこともあります。会合の時期は、もちろん秘密でした――運命の夜が来るまでは。どうやら裏切り者がいたらしく、理由はわかりませんが、サー・ジェームズが皆に――特に、サー・ヘンリー・ブレイトンに責められることになりました。何かおっしゃいましたか、ミスター・ストーントン?」

「何も」私は静かに言った。「ちょっとその名前に驚いたんです。どうぞ、続けてください」

「サー・ヘンリー・ブレイトンはサー・ジェームズの隣人で、サー・ジェームズとほとんど同じくらい、ローマカトリックの匂いのするものに不寛容でした。ウルジー枢機卿の一味が扉をたたいている間も、サー・ジェームズとサー・ヘンリーは激しく口論をしていたといわれています。サー・ジェームズがなぜ疑われたのか、その疑いが正しかったのかどうかは、わかりません。サー・ジェームズの人となりから見ると、彼がそんな恥ずべき裏切りにかかわっていたというのは信じがたいことなのは確かです。ですが、この物語の最後の最も悲劇的な部分からしても、状況がサー・ジェームズにとってきわめて不利だったのは間違いありません」

ウィリアムズ牧師はまた一息ついて、お茶をすすった。今や牧師は物語の中の、王侯貴族ですら彼をせきたてることのできない箇所にさしかかっていた。

「ドレージ夫人、当時は屋敷の部屋の一つから、楽団用のバルコニーへ通じている扉がありました。屋敷がかこまれていれば逃げ道などはありませんでしたが、その扉の存在は、別の扉をすでに突き破ろうとしている者たちには知られていませんでした。その扉を通って、ふいにロースリー夫人が現れました。夫人はサー・ジェームズと最近結婚したばかりで、最初の赤ん坊が生まれようとしていました。サー・ジェームズは夫人を見ると、すぐにサー・ヘンリーとの口論をやめました。サー・ジェームズはおごそかに階段をのぼり、夫人に——自分の妻に近づきましたが、夫人の恐怖をたたえた瞳を見て、夫人もまた自分を裏切り者だと疑っていることに気づきました。サー・ジェームズは夫人の手を自分の唇へ持っていき、同時に扉がおしあけられてウルジー枢機卿の一派がなだれこんでくると、下の床へ真っ逆さまに身を躍らせ、首の骨を折って即死しました」

「プロテスタントのほとんどが武装解除され」ウィリアムズ牧師は、控えめに咳払いして続けた。

「下の部屋で殺戮が始まっても、あわれな夫人はバルコニーで倒れたままでした。そしてまもなく、子供が生まれたといわれています。女の赤ん坊で、その子は生きのびましたが、母親は死亡しました。夫人が本当は夫を誤解していたのなら、すぐにあとを追うことができたのは神の慈悲深いわざによるものだという見方が好まれています。ありがとう、お茶をもう一杯いただきましょう。砂糖は一つでお願いします」

「とても心ひかれるお話でした、ウィリアムズ牧師」フィリスが言った。「話してくださってありがとうございました。何か書けそうかしら、トム？」

私は笑った。

「罪人は逃げ道を言わずにおくものだよ。ですがウィリアムズ牧師、ドレージ夫人の言うとおり、本当に興味深いお話でした。よろしければ、その原稿を見にうかがいたいのですが」

「それはもう、喜んで」牧師は古風な慇懃さでつぶやいた。「いつでもお好きな時にどうぞ」

その後、会話は彼の教区のことに移り、牧師が腰をあげるまで続いた。他の者はまだ戻ってこず、私たち二人は、霊魂によって、闇に包まれていく部屋に導かれたかのように、座ったまましばらく話を続けた。そしてついに使用人がカーテンを閉めにやってくるころになると、玄関でジャックとビルの声が聞こえた。

なぜそんなことを言ったのかわからないし、その言葉は、私の意志の外から出たものだったと思う。「フィリス、ぼくがきみなら」私は言った。「ダイニングルームの話を、ビルにしようとは思わないがね」

フィリスは不思議そうに私を見た。

「どうして？」

「わからないが――ぼくはやめておくよ」明かりに照らされた部屋では、朝、ビルが見せた恐怖は、馬鹿げたものに思えた。だが、前にも書いたとおり、どうしてそんなことを言ったのか、私にはわからなかった。

「わかったわ。ビルには言わないでおくから」フィリスはまじめな顔で言った。「それであなたは――」

だが、ビルと彼女の夫が部屋に入ってきたので、それ以上話すことはできなかった。

「少なくとも十二マイルは歩いたぞ」ジャック・ドレージがうなり、椅子に身を投げ出した。「まったくひどいやつだな」

ビル・シブトンが笑った。

「ものぐさすぎるきみのためだ。フィリス、ジャックは太りすぎだと思うだろ？」

ビルもまた腰をおろしたので、私はビルを見やった。その目の中には、朝の恐怖は跡形もなかった。

三

そして今、私の物語は、最も書きにくい箇所にさしかかっている。純粋かつ単純に、物語の語り手の立場から見れば、ごく簡単なことなのだろう。だが、一人の人間としての立場から見れば、これ以上つらい仕事はない。私の語るあの事件が起きたのは数か月も前のことで――最初の衝撃は遠い過去のことになっているというのに、私はいまだに、大半のことは自分のせいだという思いから抜け出せずにいるからだ。冷たい理性の光のもとでならそうではないと思うこともできるが、人は常にそんな高度な精神状態でいられるわけではない。ジャックは自分を責めている。だが、前の晩に何が起きたかを考え、日曜の朝にビルの瞳の中にあった表情を考えるなら、理解を超えたものが働いていたことを――今もなお、理性の光の外に存在するものがあることを、私は悟るべきだった。そしてまたある時には、あのできごとはただの奇妙な偶然でも――事故でもなかったのではないかと、私はいぶかった。神のみぞ知ることであり、正直、私にはわからない。

私たちは前の晩と同じように、夜を過ごした。月曜の朝から狩猟に行くことを考え、夜十二時にベッドに入りはしたが。その夜は、私もすぐに眠ることができたが――誰かに腕をゆすられ、目を覚ますことになった。私はまばたきをして起きあがった。ジャック・ドレージだった。

「起きてくれ、トム」ジャックはささやいた。「ダイニングルームに明かりがついているから、様子を見にいくところなんだ。ディックはビルを呼びにいった」

私はすぐにベッドから出た。

「たぶんビルだよ」私は言った。「昨日ビルがあそこで、眠りながら歩いているのを見つけたんだ」

「なんだって!」ジャックはつぶやき、その瞬間、ディック・アーミテイジが部屋に入ってきた。

「ビルの部屋には誰もいないぞ」ディックは宣言し、私はうなずいた。

「やっぱりビルだ」私は言った。「昨夜はわりとおとなしく部屋に戻ったんだ。頼むからきみたち、ビルを起こさないでくれよ。ものすごく危険だからな」

私たちが忍び足で進んでいくと、前の晩と同じように、ダイニングルームの扉が開いており、明かりが外の道にもれていた。前の晩と同じように、ビルがテーブルのそばに立って、手を前にのばしていた。

そして、昨夜と同じせりふが聞こえた。

「嘘だ、サー・ヘンリー！　あなたは嘘をついている！」

「いったい何が――」ジャックがつぶやいたが、私は指をあげて、静かにするよううながした。

「ビルはもう寝床に入るよ」私は小声で言った。「じっとしていてくれ」

だが今夜は、ビル・シブトンは寝床に入ろうとはしなかった。向きを変え、楽団用バルコニーの上の、暗がりを見つめていた。そして、のろのろと私たちのそばを離れ、階段をのぼり始めた。それでも私たちはまだ、危険だとは思わなかった。

背の高い姿がてっぺんにたどり着き、バルコニーの端に誰かがいるのがわかっているかのように歩いていくのがぼんやりと見えた。私たち三人が、危険を感じたのはその時だった。

ディックとジャックにとっては手すりの腐敗だったが、私にとっては――教区牧師の物語の終わりにほかならなかった。二人がどう思っているのかはわからないが、私は死ぬまでこの苦しみを忘れることはないだろうと思う。私たちには見えなかったが、楽団用バルコニーの隅にはロースリー夫人が立っていた。のろのろと夫人のほうへ歩いていくビルの前で、昨夜は閉じたままだった扉が――おそろしいものがひそんでいる扉が、ゆっくりと開いていた。

そしてそれから、すべてがあっという間に起きた。私たちは無我夢中で部屋を駆け抜け、ビルをつかまえようとしたが、間に合わなかった。木が割れ、みしみしといやな音をたててはじけ、宙に投げ出された体が、床に落下した。私には、ビルが手すりに体をたたきつけ、文字どおり、身を投げたように見えた。他の二人は、気づかなかったとあとで私に言ったが――私にはそう思えた。

私たちは、床に転落したビルのかたわらに膝をついた。

「なんてことだ！」ジャック・ドレージが、しゃがれ声でささやくのが聞こえた。「死んでいる。首の骨を折って」

これが私の知る物語だ。ジャック・ドレージは木が腐っていたことで自分を責めているが、私は自分のせいだと思っている。そうだ――私のせいなのだ。事態を理解し、行動を起こすべきだった。たとえ、ダイニングルームの扉に鍵をかけることしかできなかったとしても。

そして、まだ書いていなかった最後の鎖の環がある。話してくれたのは牧師だった――牧師にとっては、すべては奇妙な偶然にすぎなかったのだが。

記録によれば、女の赤ん坊――バルコニーで生まれた、奇妙な想像の産物めいた子供は、ひどいうつ、あるいは幻覚の発作にさいなまれながら、結婚したのだという。彼女は一五五一年十月三十日に、フランク・シブトンとその妻メアリーの一人息子であるヘンリーの妻となった。

神のみが知ることであり、私にはわからない。あれはやはり、事故だったのかもしれない。

第八話　曲者同士

一

「でもビル、わからないわ。その人からいくら借りたの？」

シビル・ダベントリーは椅子の中で体をまるめ、小さく眉をしかめて弟を見た。

「千ドルだよ」ビルはむっつりと答えた。「うかつなことに、ぼくはサインさせられた書類を読まなかったんだ――少なくともじっくりとは。くそ、ぼくは六か月金を借りていただけなのに、今じゃ借金が二千ドル以上になってると、そいつは言うんだよ。二十五パーセントとかいう数字を見た気がするが、月に二十五パーセントの利子ということだったんだ。その悪党はしつこく支払いを要求してきて、もしできなければ――」ビルはふいに口をつぐみ、恥じ入ったように火を見つめた。

「できなければ？」シビルはせまった。

「ええと、つまりこういうことなんだ」ビルは少しばかりどもりながら、姉のほうを見ようとせずに言った。「その下司野郎が借金のことを言ってきて、ぼくは本当に困ってたんだよ。そこのところをはっきりさせておくべきだと思ってさ。とにかく、ぼくがクリのバーでカクテルを飲んでいたら、男がぼくの隣に来て、おしゃべりを始めたんだ。姉さんの顔をよく知っているみたいだし、ぜんぜん悪いやつには見えなかった」

「私を知っているですって？」シビルは当惑して言った。「いったい何者なの？」

「それはあとで話すよ」弟は続けた。「二杯ほど飲んだあとで、そいつは食事をご一緒しましょうと言った。それでどういうわけか――その男がいたってまともに見えたとか、そんなところだろうけど――ぼくは困った立場にいることを話してしまった。その男に一部始終を話し、取引のことなんかについて、アドバイスを求めた。話したとおり、そいつはやけに堂々としていて、しまいにあなたに金を貸したのは誰なのかとたずねてきた。ここがラッキーなところなんだけど、その男、ペリソンはぼくの話した借金相手を知っていた。ペリソンっていうのは、ぼくが昼食を一緒に食べた男のことだけど」

ビルは一息ついて煙草に火をつけ、シビルはまじめな顔でじっと弟を見つめた。

「わかったわ」シビルはとうとう言った。「続けてちょうだい」

「昼食のあとで、ペリソンは忙しくしていた。ペリソンは言った。『さてと、ダベントリー。あなたはとんだ失敗をやらかしたようですが、何もあなたが初めてというわけじゃない。ぼくがスミス商会に、手紙を書いてあげましょう』スミス商会っていうのは、ぼくにお金をくれた猛者どものことだ。『もう少し期限をのばすか、なんとか利率をさげてもらえるよう、頼んでみますから』もちろんすべてまかせることにしたぼくは、次の日、スミス商会が仕事をする時間を取ったあとで、ペリソンとまた昼食を食べる手はずをととのえた。案の定、彼らは譲歩してくれた。手紙でもすこぶる好意的で、ペリソン氏のご友人なら特別待遇をさせていただきますとか、そういったことを書いてきた。ぼくは当然尻尾が二つある犬みたいに元気づいて、お礼を言う以上のことが何かできないかと、ペリソンにたずねた。そうしたらペリソンは――つまりその、ペリソンが姉さんの顔を知っていると言ったのは、この時なんだよ」

ビルはちらりと姉の顔を見やり、また急いで目をそらした。

「ペリソンはええと――姉さんを紹介してもらえるでしょうとか、その栄誉にあずかれれば心から感謝しますとか、そんな馬鹿なことを言うんだよ」

シビルはじっと座ったまま、穏やかに言った。「なるほど。それであなたは――承知したのね」

「ああ、もちろんさ。くそ、ペリソンは至極まともな男なんだよ。ちょっと都会っぽく見えるけど、どの馬が勝つか知っているとは思えないし、穴の中の悪魔からぼくを救ってくれたんだ。ねえシビル、せめてペリソンに普通に礼儀正しくするぐらいのことは、してくれるだろう？　たいした頼みじゃないと思うけど。広間じゃ親父がペリソンの顔面を踏みつけんばかりの視線を送ってたし、姉さんの仲良しの背の高い板みたいな男は、眼鏡越しにいかれたやつを見るような目つきでペリソンをじろじろながめているし」

「あの人は私の仲良しなんかじゃないわ、ビル」シビル・ダベントリーは、少しばかり顔を赤くして言った。

「どっちにしろ、姉さんが招待したんじゃないか」ビルはうなったが、ふいに態度を変え、訴えるようにシビルのほうを向いて言った。「ねえシブ、頼むから行儀よくしてくれよ。親父のことは知っているだろ。親父が今回のことを聞いたら――これが初めてってわけじゃないんだし、あとがこわすぎる。この前、またこんなことがあったら家から放り出すぞと言っていたのを知ってるだろ。親父ときたらラバみたいに頑固だしさ。ペリソンに、ちょっと愛想よくしてくれればいいんだよ」

シビルは落ち着いた笑みを浮かべて、弟を見た。「あなたの言うとおり愛想よくすればミスター・ペリソンが満足してくれるなら、いくらでも行儀よくするつもりだけど。でも――」シビルは眉をしかめ、おもむろに立ちあがった。「いらっしゃい、彼に会いにいくわよ」

二人は無言で下の階へおりた。お茶が運びこまれたところで、ホームパーティーはゆっくりと広間のほうへ流れていた。だが、シビルは客にたいした注意を払わず、父親に話しかけている男にじっと目を据えた。いや、正確に言えば、父親がその男に向かって話しかけたところであり、父親の言葉は悲惨なほどにはっきりと耳に入ってきた。

「七時半にロンドンに帰るいい列車がありますよ、ええと、ミスター――」

ビルが前に足を踏み出し、びくびくしながら言った。「言っただろ父さん、ぼくがペリソンに泊まってくれと頼んだんだ。さっきシビルにも頼んだところだけど、どこかに部屋を用意してくれるって言ってたよ」

「初めまして、ミスター・ペリソン」シビルは魅力的な笑みを浮かべて、手をさしのべた。「もちろん、泊まっていってくださらなくては」

そしてシビルは心地よい安堵を覚えながらティーテーブルのほうへ行った。思っていたほど悪くはなかった。件の男は身なりもよく、シビルのきびしい目から見れば、いささかめかしこみすぎだとはいえ、それでも見苦しくはなかった。

「災難を回避したようだね、ミス・ダベントリー」そばで物憂げな声がして、シビルの思考はさえぎられた。シビルは笑みを浮かべて声のほうを向いた。

「父は時々おそろしいぐらい不作法でしょう？　あなたが気の毒な人を虫を見るような目でじろじろ見るのを、ほったらかしにしていたとビルが言っていたわ」

　アーチー・ロングワースは笑った。

「きみがおりてきた時、あの男はきみの父上に勇ましく反論していたよ。馬がどうとかいう話だったが。だが、言い争いになった。それにしても」ロングワースはまじめな顔で、シビルを見つめた。「彼はどうしていきなり、おしかけてきたんだい？」

　シビルは少しばかり眉をあげた。「なぜいけないのかしら」シビルは冷ややかに言った。「弟が好きな時に友人を家に呼ぶのは当然だわ」

「これは失礼」ロングワースは穏やかに答えた。「ビルは彼を前から知っているのかい？」

「さあね」シビルは言った。「それにそもそもミスター・ロングワース、あなたを招待した私だって、あなたをそう昔から知っているわけではないわ」

　その後、自分の言葉を意図した以上の意味に取られかねないと悟ったシビルは、おもむろに向きを変え、他の客に話しかけた。そのためシビルは、アーチー・ロングワースの鋭い青い目に、ふいにはかり知れない表情が浮かび――その力強いこぶしが、素早く握りしめられたのを見逃してしまった。だが、数分後、シビルが再び彼のほうを向いた時、ロングワースはいつもの物憂げな彼に戻っていた。

「うまいせりふを言ったつもりなのかい？」ロングワースはせまった。「それにきみは、間違いをおかしているかもしれないよ」

「私の弟が、っていうことかしら」シビルは急いで言った。

「見る人が見れば、表からもわかるが」ロングワースは重々しく答えた。「ぼくはたまたま、裏側の情報も知っているんでね」

「それじゃ、ミスター・ペリソンを知っているのね？」

ロングワースはうなずいた。「ああ。前にちょっと――会ったことがある」

「でも、ミスター・ペリソンはあなたのことを知らないっていうのに」シビルは叫んだ。

「ああ、少なくとも――まあ、それはもういいだろう。それから、ミス・ダベントリー、ミスター・ペリソンと話すことがあっても、ぼくが彼を知っているということを言わないでくれるとありがたいんだが」ロングワースは真剣な顔で、シビルを見つめた。

「ずいぶんおかしなことを言うのね、ミスター・ロングワース」シビルはつとめて軽い調子で言った。

「ついでにもしよければ、我々の友人が去るまで、滞在をのばそうと思うんだが」ロングワースは続けた。

「ええ、もちろん」シビルは言い、お茶のトレイのほうへ身をかがめた。「まさか帰ろうなんて思っていないでしょう――今はまだ」

「昼食がすんだ時には、明日発とうかと思っていたんだ」ロングワースは言い、お茶のカップを置いた。

「でも、どうしてそんなに早く？」小さな声で、シビルはたずねた。「楽しんでもらえなかったかしら？」

「これまで、世界中あちこちをまわってきたが」ロングワースはゆっくりと答えた。「ここにいる時ほど、心から楽しいと思ったことはないし、そんなふうに思えるとは夢にも思わなかったよ。過去にあったことが、もしいくらか違っていたら――こうだったのかもしれないという可能性に気づくことができた。だがシビル、きみも年を取るにつれ、苦い事実に気がつくことだろう。人は誰しも、完全に見かけどおりの存在ではないのだと。仮面？　そう、仮面だ！　その下にあるものは、神様と、当人だけにしかわからない」

ロングワースはだしぬけに立ちあがり、シビルはロングワースがいつもの物憂げな優雅さで、レディ・グラントンに向かって腰をかがめるのを見守った。その唇にはけだるい微笑みが浮かんでいたが、目には隠しきれない光がきらめいていた。だが初めてロングワースは、シビルの名前を呼んだのだった――これが最初だと、シビルにはわかっていた。ロングワースの言葉によって引き起こされた漠然とした予感は、その事実――シビルの知る圧倒的な事実によって、わきに追いやられた。ほかにだいじなことなど、何もなかった。

二

弟におしつけられた役を演じさせられているとシビルが気づいたのは、夕食後、ペリソンが温室にいるシビルの所へやってきた時のことだった。

シビルが温室に行ったのは、本人は何があろうと認めようとはしなかったろうが、誰かが――けだるげな青い目をした眼鏡の男が――あとを追ってきてくれないかと、期待してのことだった。だがやってきたのは彼ではなく、いささか卑屈すぎる態度ではあったものの、顔のにやにや笑いを隠しきれていないペリソンだった。急に胸がむかつくのを覚えながら、シビルはその時、自分の立場を悟った。この男には感謝せねばならず、二人だけの内緒話もしなくてはならない。そのうえ、ビルを助けるつもりなら、特別に愛想よくするようつとめねばならないのだった。

しばらくはあたりさわりのない会話が続いたが、シビルは誰かが入ってきて緊張を和らげてくれないかと、切実に願った。だが、ブリッジの最中だったし、ビリヤード室ではスヌーカーが行われていたので、シビルはとうとうあきらめて、逃れられない運命に従うことにした。結局、ペリソンが弟によくしてくれたのは確かなのだし、たぶん、ビルへの親切には感謝しなくてはいけないのだ。

「ミスター・ペリソン、ビルから聞きました。ご親切にも、今回の――不運なできごとから、ビルを助けてくださったそうですね」シビルは勇敢に口火を切り、最初の壁を越えられたことで、安堵のため息をついた。

ペリソンは謙遜するように手を振った。「ミス・ダベントリー、そのことは言わないでください。ですがその、当然やらねばならないことが――遠まわしに言ってもしかたないので言いますが――すぐにでもやらなければならないことがあるんです」

シビルの顔から少しばかり血の気が引いたが、その声はしっかりしていた。

「でもビルは、あなたが相手と話をつけてくれたと言っていました。煙草を吸いたければ、どうぞ」

ペリソンは感謝のしるしに頭をさげ、慎重に煙草を選んだ。思った以上に都合のよい状況で、ペリソンが狙っていた瞬間がおとずれていた。

「ええ、確かにある程度までは」ペリソンは静かに言った。「スミス商会は、多くの商売をしていまして、金貸しは彼らが手がけている仕事の一つにすぎません。あの会社とは仕事で――ぼくが特によく扱っている宝石の販売で――しょっちゅう取引をするもので、彼らも借金問題については大目に見てくれる気になっているんです。しつこく支払いをせまらないだけではなく、あるいは――お約束はできませんが――利子を少々負けてもらえるかもしれません。ですが――ミス・ダベントリー、問題はもっと別のところにあるんです」

シビルは目を見開いてペリソンを見つめた。「別のところとはどういうことですか、ミスター・ペリソン?」

「弟さんから聞かなかったんですか?」ペリソンは驚いて言った。「いやその、ぼくが言うべきことではなかったのかもしれません」

「どうぞ続けてください」シビルは低い声で言った。「別の問題とはなんです?」

ペリソンはしばらくためらい――というよりも、うまくためらうふりをし、それから軽く肩をすくめた。

「まあ、どうしてもとおっしゃるなら。実は弟さんは、このことについて何もおっしゃいませんでした。スミス商会の共同経営者の一人と話しているうちに、ぼくがたまたま気づいただけです。数週間前、弟さんはある会社から、すこぶる高価な宝石――正確には真珠のネックレスですが――を買ったらしいんです。まあ、買ったとはいっても、お金は払っていませんでした。保証人としてお父さんの名前を出したので、会社は問題ないと判断しました。件のネックレスは約八百ポンドもする代物で、弟さんは愚かにも、宝石を貢ぐつもりだったどこかの女性にネックレスを渡すかわりに、愚かどころではないことをしでかしました。犯罪をおかしたのです」

「どういうことですか?」シビルはおびえた顔で、ペリソンを見た。

「ミス・ダベントリー、弟さんは代金を払ってもいないネックレスを質に入れたのです。残念ですが、これは犯罪行為です。しかも困ったことに、弟さんが真珠を買った会社が、それに気づいてしまったんです。弟さんはスミス商会の系列店の一つでネックレスを質に入れ、その店は弟さんに結構な額のお金――五百ポンド以上だったと思いますが――を渡しました。実に不運なことですが、二、三日前、この店が仕事でほかの商品のセールスをしている時に、ネックレスのそもそもの出どころである相手に問題のネックレスを見せてしまったんです。もちろん質に入れられているので売り物ではありませんでしたが、相手はすぐにネックレスを見分け、のっぴきならない事態になったというわけです」

「つまりビルは」シビルはささやいた。「刑務所送りにされるかもしれないと、おっしゃるんですか？」

「ミス・ダベントリー、早急に手を打たねば、この件は確実に法廷に持ちこまれるでしょう。グロス・アンド・サンズ商会は」温室の端の暗がりの中でかすかな音がして、ペリソンはふいにくるりと振り返ったが、また静寂が戻ってきた。「グロス・アンド・サンズ商会はいろいろな意味で、難しい会社です。お伝えしておくと、ネックレスのもともとの出どころはそこです。まあ当然ですが、会社というものは人間と同じようにそれぞれ違いがあって、寛大な会社もあれば、そうでない会社もあります。残念ながらグロス・アンド・サンズ商会は、寛大だとは言えません」

「でも、あなたがお会いになるか何かして、説明することはできないんですか？」

「ミス・ダベントリー」ペリソンは穏やかに言った。「お願いですから、無茶を言わないでください。何を説明すればいいのですか？　弟さんはお金がほしいからといって、犯罪でしかない方法を取られました。聞こえはよくないが、それだけのことです」

「では、ミスター・ペリソン、何もできることはないのですか？」シビルは手をぎゅっと握りしめ、唇を少し開いて、熱心に身を乗り出した。温室の端で、再びかすかな音がした。

しかし、夢中になっていたペリソンは、今度は注意を払わなかった。二人の距離の近さと、六か月前、劇場で見かけてから彼の人生を支配していた女性の訴えが、ペリソンの五感を狂わせていた。それと同時に、上っ面の仮面もはがれ始め、懸命におさえようとはしていたものの、ペリソンは馬脚を現し始めていた。

「一つ方法があります」ペリソンはかすれた声で言った。「弟さんの件が差しせまっていなければ、突然こんなことは言わないと、わかっていただけるでしょうね。ぼくがグロス・アンド・サンズ商会に出向いて、訴訟を起こされるとぼく個人にも影響があるのだと訴えることができれば、それ以上のことはしないでもらえるでしょう」

シビルの目に、あやしむような表情が現れ始めた。「あなた個人にも影響があるですって?」シビルは繰り返した。

「そう、たとえば、身内にかかわるとても切迫した事情があり——この件を見逃してくれれば大いに助かるとぼくが話せば、彼らはそうしてくれるでしょう」

シビルはふいに立ちあがった。ペリソンの意図を完全に悟った今、疑念は恐怖に変わっていた。「ミスター・ペリソン、あなたはいったい何を言っているんです?」シビルはつんとして言った。

そしてペリソンは完全に馬脚を現した。「ぼくがあなたと結婚して、この家の一員になると伝えることができれば」ペリソンはシビルを流し目で見て言った。「これ以上のことはされないと誓う、と言ってるんです」

「あなたと結婚ですって?」シビルの声は、痛烈な侮蔑を含んでいたので、ペリソンの流し目は、とげとげしい声に変わった。

「そうです、ぼくと結婚しないなら、弟さんは刑務所に入ることになりますよ。お金ではどうにもならないんですから、お父さんの所へ行っても無駄です。スミス商会のほうは、お金でかたがつくでしょうが――もう一方はそうはいきません」それからペリソンは調子を変えた。「ねえ、何が問題なんです？　六か月前、劇場であなたを見かけた時から、ぼくはあなたに夢中なんです。ぼくはこんなご時世でもかなり裕福ですし、それに――」ペリソンが腕をのばして近づいてきたので、シビルは紙のように白くなって後ずさり、ぎゅっと手を握りしめた。だが、限界まで後ろにさがり、ペリソンの手が今にもこちらに届きそうになると、シビルは激怒した。片手をあげ、この男――この人でなしに平手打ちをくわせることしか、まともに考えられなくなった。ペリソンはそれを悟って立ち止まり、目にいやな表情を浮かべた。

だがその時、邪魔が入った。ヤシの木の後ろから、寝ている者が目を覚ましでもしたかのように、小さく鼻を鳴らす音が聞こえ、続いて椅子のきしむ音がした。ペリソンが小声で毒づいてぱっと後ろへさがり、シビルの手がわきにたれると、枝が分かれ、アーチー・ロングワースが目をこすりながら光の下に姿を現した。

「まいったな、ミス・ダベントリー。うっかり眠ってしまったようだ」ロングワースはあくびをこらえながら言った。「ポートワインを三杯も飲むのはよくないと、わかっていたはずなのに。肝臓にはすこぶるよくないが、それでも気分は実にいい。そうでしょう、ミスター――ミスター・ペリソン？」

ロングワースは顔をしかめているペリソンに愛想よく微笑み、眼鏡をなおした。

「ずいぶん静かに眠るんだな、ミスター・ロングワース」立派な紳士面をした男は、とげとげしく言った。

「ええ、幼児学校で表彰されましたよ。クラスでも一番だってね。いびきをかいたら、先生もいらいらするでしょうし」

ペリソンはぷいと向きを変えた。「ミス・ダベントリー、明日までに返事をください」ものやわらかな声で言う。「眠りこけて夕食の酔いを醒ましている者がいない場所で、楽しく散歩でもどうです?」

ペリソンは軽く頭をさげて温室を出て行き、シビルは弱々しく腰をおろした。

「愉快な男だな」ロングワースは去っていくペリソンの背中をながめながら、物憂げに言った。

「あいつは、けだものだわ。けだものそのものよ」シビルは身震いしてつぶやいた。

「あの会話ではきみもそう思うだろうね」ロングワースは同意した。

シビルはさっと居住まいを正した。「会話を聞いていたの?」

「初めから終わりまで。だからここにいるんだ」ロングワースは穏やかにシビルに笑いかけた。

「だったらどうして、もっと早く出てきてくれなかったの?」シビルは怒って叫んだ。

「ペリソンが何を言うのか聞きたかったが、きみがペリソンの顎にパンチをくらわすのは避けたかったからね。きみの態度からして、もう少しでやるところだっただろう?」

「なぜいけないの? あの男の顔をひっぱたけるなら、なんでもしたのに」

「そうだろうな。ぼくもそれを見るためなら、なんでもしたんだが。だが――今はまだだめだ。実のところ、明日きみはペリソンと散歩に出なくちゃいけない」

「絶対にごめんだわ!」シビル・ダベントリーは叫んだ。

「それだけじゃなく」ロングワースは静かに続けた。「ペリソンをじらしてもてあそび、脈があると思わせなくては」

「だけどどうして？」シビルは詰問した。「私はあの男が大嫌いなのに」

「ペリソンが最低でもあさってまでここにいることが、どうしても必要だからだ」

「わからないわ」シビルは当惑し、眉をしかめてロングワースを見た。

「時期がくればわかる」シビルにはその声は、少々じれったがっているように聞こえた。「今はまだ、わからないほうがいい。ぼくを信頼してやってくれるかい、シビル？」

「あなたのことは心から信頼しているわ」シビルは言い、ロングワースがたじろいだことに気づいた。

「なら、ぼくが戻るまで、ペリソンをここにひきとめておいてくれ」

「行ってしまうの、アーチー？」シビルは衝動的に、ロングワースの腕に手を置いた。

「明日の朝一番でね。できるだけ早く戻ってくる」

二人はしばらく無言で立ちつくし、それからロングワースは、典型的なイギリス人から見ると妙に異国じみたしぐさで、シビルの手を唇へ持っていった。次の瞬間、シビルは一人になった。

少しあとで、シビルはロングワースが部屋の隅で、熱心に弟に話しかけているのを見つけた。そして、ビリヤードが提案された。すばらしいゲームだった。もっとも、賢明にも、手を台の端に置き、指をふちのクッションにのせていた者にとっては別で、手の主がゲームに注意を払っていないなら、なおさらのことだった。手の主はペリソンであり、勢いよく動いている普通サイズのビリヤードの玉が指にぶつかるのは、想像を絶する痛みに違いなかった。もちろん事故であり、ロングワースはすっかり恐縮していた。だが、そのあとのひどい騒ぎの中で、ロングワースのけだるげな青い瞳をとらえたシビルは、急いで広間へ退却した。こんな状況で屈託なく騒ぐことが賢明だとは思えなかった。

三

グロス・アンド・サンズ商会の戸口に、派手な服を着た鋭い顔立ちの男が現れたのは、すぐ次の日の、朝十時ごろのことだった。何曜日であろうと、ウエストエンドの決まったバーにいくらでもたむろしている、かすれたささやき声で競馬新聞について語るタイプの男だった。

「おはよう」男は言った。「ミスター・ジョンソンはいるかい？」

「ミスター・ジョンソンになんの用です？」店員がせまった。

「髪を切ったほうがいいって言おうと思ってな」男はぴしゃりと言った。「さっさと行けよ、若いの。おまえはお飾りには不向きだ。ミスター・ジョンソンに、ミスター・ペリソンからの伝言があると伝えろ」

若者は姿を消し、一、二分後に戻ってくると、訪問者についてくるように言った。

「ペリソンからの伝言だと？　何があった？」ドアが店員の後ろで閉まると、ジョンソン氏は椅子から立ちあがった。

派手な男は笑い声をあげて、煙草入れを出した。

「うまくやったみたいだぜ」男は忍び笑いして言った。「おれたちのかわいいジョーは、今ごろ、美人を腕に抱きしめてるところだ」

「まさか――冗談だろ？」ジョンソン氏はぴしゃりと音をたてて自分の足をたたくと、楽しそうに体をゆすった。

「だからおれが来たのさ」男は続けた。「スミスからの使いでな。ジョーが女に、プレゼントの一部払いをしたがってる」男はまたにやりとして、ポケットを探った。「ほらよ――ジョーはあんたのサインが入った領収書がほしいそうだ。試用販売のネックレスを返していただきましたっていう」男はしかつめらしく片目をつぶった。「ジョーは、憎らしいほど抜け目がないな」男はジョンソン氏が真珠を手に取るのをじっとながめ、一瞬その青い目に、少しばかり緊張した色を浮かべた。「ジョーはその領収書を女に渡したいそうだ――取引をまとめるためにな」

「いったいなぜ、おれに直接電話をよこさないんだ?」ジョンソンが詰問すると、男は再び大きく笑った。

「まったく、今朝は大笑いだったぜ!」男は言った。「おれの見たところ、女の家の電話は広間にあるんだ。ジョーのやつは、腰痛持ちのばあさんみたいに、小声でしゃべってた。『そいつをジョンソンに届けてくれ』やつは言った。『いや――試用販売だよ、この間抜け』それからやつが向きを変えて、こう言うのが聞こえた。『おはようございます、レディ・ジェマイマ』やつは向き直ると、また小声でささやき始めた。『聞いているか、ボブ?』『ああ』おれは言った。『聞いてるぜ。ジョンソンに真珠を届けて、領収書をもらってこいっていうんだろ。それで、もう一つの件はどうするんだ――例の、頭の悪いガキが借りた金のほうは?』『そいつを封筒に入れて、領収書と一緒に、ここにいるおれあてに送れ』やつは言った。『今朝はこれから散歩に行くんだ』電話は切れ、それでおしまいだ。わかるだろ! ジョーは散歩に行くそうだぜ」

にやにや笑いは甲高い笑い声になり、ジョンソン氏もそれに加わった。

「おまえの言うとおりだ――ジョーは抜け目がない」ジョンソン氏は感服したように言った。「実に悪賢いな。まさかやってのけるとは思わなかった。だがいいか、おれとしてはやつは馬鹿だと思ってる。これからひどいいがみあいが始まるだろうからな」ジョンソン氏は机の上のベルを鳴らし、引き出しをあけると、ネックレスを中に入れた。

「正式な領収書用紙を持ってこい」ジョンソン氏は、店員に言いつけた。「ほかに書類はあるか?」

領収書に会社のサインを入れながらジョンソン氏がたずねると、派手な男はポケットから紙を取り出した。

「これだ」男は言った。「両方を封筒に入れて、ジョーあてに送ってくれ。おれが行って出しておくよ」

「行く前に、ちょっと一杯やっていかないか?」ジョンソン氏はものものしい見かけの金庫をあけると、酒を作るのに必要だと思われる材料を見せた。

「いただくよ」男は受け入れた。「こいつは最高だな――未来のジョー夫人に」

少しあとで、男は控室を通り抜け、雑踏にのまれた。ジョンソン氏が震えあがったのは、その日の昼食後――夕刊を開いた時だった。

有名会社で大胆な窃盗

昨夜、有名な金融保険ブローカーであるスミス商会の事務所で、大胆な犯行が行われた。今朝遅く、業務が始まったあと、建物の最上部の部屋で、夜警がしばられ、かたくさるぐつわをかまされているのが発見された。調査により、金庫があけられ、中身が盗まれているのが明らかになったが、あきら

かにプロの泥棒の犯行とみられる。被害額はまだわかっていないが、警察はいくつかの手がかりをつかんでいると思われる

ジョンソン氏がこの驚くべきニュースを、力なくにらんでいるのと同じころ、物憂げな青い目をしたやせた背の高い男が、一等車の隅でゆったりと体をのばしながら、やはり同じ記事を読んでいた。「いくつかの手がかりね」男はつぶやいた。「どうだかな！　しかし我ながら、見事な仕事ぶりだ」一等車に乗っている身なりのよい男が言うには、奇妙な独白だと思われた。その手のひそかなできごとを知るすべがあればだが、もっとおかしなこともあった。列車の後ろにのせられていた郵便袋の中で、不可解な変化が起きていたのだ。もともとは、Ｊ・ペリソン様あてになっていた二つの書類入りの手紙が、ミス・シビル・ダベントリーあての三つの書類入りの手紙になっていた。その事実は、手紙を出す時にはくれぐれも用心すべしという真理を証明する結果になっただけだったが。

四

「こんばんは、ミスター・ペリソン。しっかり食事もすませて、すこぶる好調といったところですか？」

ぶらぶらと広間に入ってきたアーチー・ロングワースは、もう少しでペリソンにぶつかりそうになった。

「思案にくれている顔ですね」ロングワースは、穏やかにペリソンを見つめながら言った。「激しく強く《アジタート・フォルテシモ》。冷静きわまりないあなたが落ち着きを失うようなことがあったんですか？」

しかしペリソン氏はふざけるような気分ではなかった。電話で受け取ったばかりの伝言のせいで、すっかり頭に血がのぼっていた。

「その新聞を見せろ」ペリソンはかみつくように言い、新聞をつかんだ。

「おやおや！」アーチー・ロングワースはつぶやいた。「礼儀はどこへ行ったんです？　あなたはその言葉を忘れているようですね」

ロングワースは広間の向こう側にシビルがいるのに気づき、はっとした。二日の間、ロングワースはほかのことに気を取られ、ほとんどシビルのことを忘れていた。そして今、来たるべき事態のつらさがふいに喉元までせりあがってきて、ロングワースは息をつまらせた。

「新聞はここです。早く向こうへ行って、隅にいてください」

ロングワースは前に出ると、いつものけだるそうな笑みでシビルを迎えた。

「どうかしたの？」シビルは少しばかり息を切らして叫んだ。

「まあ、いろいろあったのさ」ロングワースは静かに言った。「いろいろとね。一番は、最低の罪人が、とびきり美しい女性に恋をしたことだ——恋をすることなどありえないと思っていたのに」ロングワースは口ごもりながらとぎれとぎれに言い、それからしっかかしりた声で続けた。「次に——こちらのほうがよほど重要だが——そのとびきり美しい女性は、今夜の郵便で長い封筒に入った手紙を受け取るということだ。宛名はタイプされていて、消印はストランド街。美しい人はぼくのいない所で、その封筒をあけてはいけない。わかったかい？」

「わかったわ」シビルはささやき、瞳を輝かせた。

「この記事を見たか?」怒りに震えるペリソンの声がして、ロングワースは振り返った。

「何をです?」ロングワースはつぶやき、新聞を手に取った。「ロンドンで泥棒――これのことですか? おやおや、近ごろはなんて卑劣な不法行為が野放しにされているんでしょうね! ふむ、スミス商会か! 見張りがしばられ、さるぐつわをかまされ、金庫からものが盗まれた。プロの犯行である。しかし、善良な一市民として、あなたがこうしたことにおびえるのはよくわかりますが、どうしてそんなに取り乱すんです? 博愛精神は結構ですが、困っているのはこの愛すべき、スミス商会とやらでしょう」

ロングワースはペリソンの怒りに満ちた顔を平然と無視して、愛想よくまくしたてた。

「ミスター・ロングワース、前にどこできみに会ったのか考えていたんだが」ペリソンはとげとげしく言った。

「会ったことなんかありませんよ、絶対に」ロングワースはつぶやいた。「そういう古典的な顔は、しっかり心にきざまれるでしょうからね。ひょっとしたら、どこかの布教所とか、福音復興集会で会っているかもしれませんが、ミスター・ペリソン。ところで、ぼくの思い違いでなければ、郵便が来ていますよ」

ロングワースはシビルを見やり、シビルは不思議そうにロングワースを見つめた。ロングワースは一瞬だけ、シビルの知りたいことを示し――シビルも一瞬だけ、ロングワースにとってこの世で最も喜ばしく、同時に最もつらい答えを返した。それからロングワースは広間を横切り、手紙を取りあげた。

「ミス・ダベントリー、仕事の手紙が来ている」ロングワースは控えめにささやいた。「すぐに開封して、専門家の助言をもらったほうがいい。ミスター・ペリソンは、アドバイスの達人だからね」

シビルは震える手で封筒をあけたが、中身を見たペリソンは、おさえきれない怒りのうなり声をあげ、シビルの手から中身をひったくろうとした。次の瞬間、ペリソンは腕が折られたかのような感覚を覚えた。ペリソンの脳髄に突き刺さる青い目は、もはやまったくけだるそうではなかった。

「我を忘れたようですね、ミスター・ペリソン」アーチー・ロングワースは静かな声で言った。「もうそんなことは、しないでいただきたい」

「でも、わからないわ」シビルが当惑顔で叫んだ。「この書類はなんなの？」

「見せてもらえるかい」ロングワースが手をのばすと、シビルはすぐに書類を渡した。

「そいつは盗まれたんだ」ペリソンの顔は、土色になっていた。「よこせ、畜生」

「あきれたごろつきだ、頭を冷やしなさい」ロングワースは冷ややかに言い、穏やかにあとを続けた。

「これはグロス・アンド・サンズ商会からの領収書に見えますが。ミスター・ダベントリーに試用販売中だった、ネックレスを戻してもらったという」

「ビルがネックレスを買って質に入れたと、あなたは言っていたじゃないの」シビルは怒ってペリソンのほうを振り返った。

「ああ、そうだ」紳士ペリソンは怒鳴った。「その書類は偽物だ」

「おやそうなんですか？」ロングワースが言った。「これはジョンソンのサインだし、会社の公式の書類に見えますが。それにええと——彼はネックレスの持ち主だったと思いますがね」

「そうだ、ジョンソンがネックレスの持ち主だ。ネックレスは昨夜、盗まれたんだ——」ペリソンは悪意のこもった目で、ロングワースを見据えた。

「どうぞ、続けてください」ロングワースはささやいた。「あなたは本当に面白い」

だがふいに、ペリソンの顔つきが変わり――何かに気づいたという表情が浮かび始めた。「くそ！」ペリソンはつぶやいた。「おまえは――おまえは――」

「ええ。ぼくは――なんでしょう？　考えればまだ、間に合いますよ。その間に、ほかの書類も見てみましょう。さて、こいつはぼくのような素人にも、スミス商会とウィリアム・ダベントリーが結んだ取引のように見えますね。しかも不当な利益を得ている。おやおや、月に二十五パーセントの、三百パーセント。どう見ても法外な利率ですね、ミスター・ペリソン。そう思いませんか？　スミス氏は、強欲な高利貸しというわけだ」

だが、ペリソンは聞いていなかった。十分な記憶がよみがえり、ペリソンは冷ややかな勝利の表情を浮かべて、ポケットに手を入れ、笑い声をあげた。

「すばらしい」ペリソンは言った。「実にすばらしい。それで、きみのお仲間の言葉で言えば、どうやってお宝を持ち逃げするつもりなんだ、フラッシュ・ピート。ぼくはあと一分で警察に電話するつもりだが――警察は、なかなかつかまえられない昔なじみに会えて、喜ぶだろうな」

ペリソンはシビルを見やり、シビルの顔を見てまた笑い出した。

「どういうことなの、アーチー？」シビルは激しく叫んだ。「あの人は何を言っているの？」

「ミスター・アーチー・ロングワースは」ペリソンはあざわらった。「俗にいう、泥棒紳士だということさ。二つか三つの大陸にまたがる、あるいかがわしい界隈では有名な存在だ。ぼくが電話をしたら、警察は長らく行方不明だった子供のように彼を歓迎するだろうよ」

ペリソンは電話のほうへ歩いていき、シビルは恐怖に小さく息をのんで、アーチー・ロングワースを振り返った。

「嘘でしょう、アーチー。嘘だと言って」

ロングワースは一瞬あいまいな笑みを浮かべてシビルを見やり、暖炉の火のまわりの高いかこいに腰をおろした。

「ミスター・ペリソン」ロングワースは落ち着いた声でささやいた。「ぼくがあなたなら、軽率に警察に電話などしませんがね。ミス・ダベントリーに手紙を送った見あげた勇者は、もう一つ同封物を入れていますから」

ペリソンは振り返り、その場に立ちつくした。

「実に特殊な書類です」火のそばのロングワースが、相変わらずものやわらかな口調で言った。「スミス商会が数々の所業に加えて、盗品故買のみならず、違法なダイヤモンドの買い取りにもかかわっているという、決定的な証拠です」

こおりつくような沈黙の中で男二人は見つめあい、それからまたロングワースが口を開いた。

「ミスター・ペリソン、あなたがこれから行儀よくふるまってくれるよう、この三つの書類はあずかっておきます。ぼくはミスター・ダベントリーに、あなたとスミス商会、グロス・アンド・サンズ商会がどこの誰で何者なのかを、正確に話すつもりです。しかるべき額を払うか払わないかは彼の自由で――ミスター・ダベントリーの問題です。ですが万一、ネックレスのことで何か問題を起こそうとしたり、フラッシュ・ピートが昨夜の泥棒事件にかかわっていることが知れたりしたら、あなたがたは本当に困ったことになりますよ。この書類には、スコットランドヤードも、並々ならぬ興味を持つでしょうからね」

聞くうちに、ペリソンの顔はますます土気色になっていった。そして、静かな声がとぎれると、ペリソンはシビルがそこにいるのもかまわず、口汚い呪いの言葉を吐き始めた。だが次の瞬間、二つの鋼鉄のような手に肩をつかまれ、歯ががたがたと鳴るまで体を揺すられて、ペリソンは身を縮めた。

「黙りなさい、この薄汚い卑劣漢」ロングワースが怒鳴った。「でないと、体の骨が一つ残らず折れることになりますよ。悪党はいくらでもいますが、ペリソン、その中でもあなたはぞっとするほど不愉快な男です。さあ、出て行ってください――急いで。九時半の列車がいいでしょう。ぼくが言ったことを忘れないでくださいよ。神に誓って、ぼくは本気ですから」

「いつかこの仕返しはしてやるぞ、フラッシュ・ピート」ペリソンは肩越しに毒づいた。「その時は――」

「その時は」ロングワースは軽蔑をこめて言った。「またこの話の続きをするとしましょう。今は――出て行ってください」

五

「ああ、本当だよ」シビルもそれはわかっていた――だがそれでもシビルは娘らしく、それは何かの間違いで、なんらかの説明が聞けるはずだという望みに、しがみついていた。そして、愛する男と二人きりになった今、かすかな希望は消えうせた。ロングワースは物憂げな微笑みを浮かべてシビルを見おろしたが、その微笑みはまともに正視できないほどの悲哀と痛みに満ちていた。

「ぼくはフラッシュ・ピート――ぼくたちの友人が親切に教えてくれたとおり、三つの大陸で悪名をとどろかせている。昨夜スミス商会の金庫を破ったのも、グロス・アンド・サンズ商会から領収書を奪ったのもぼくだ。ぼくは最初からからくりを見抜いていたし、前にも言ったとおり、裏の情報を持っていた。ペリソンはスミス商会の者で、グロス・アンド・サンズ商会だけでなく、その他の半ダースの悪事にも大きくかかわっていた。すべてが初めから、ある目的のために動いていたんだ。きみの弟が最初に真珠を買ってやった女もぐるで、真珠を質に入れるようそそのかしたのもその女だ。ビルが昨日の夜、話してくれたよ」ロングワースはため息をつき、ほの暗い温室を二、三回行ったり来たりした。しばらくして、ロングワースはシビルの前でまた立ち止まったが、その青い瞳はひどく優しかった。

「ただのけちなこそ泥で、いやしい下等な罪人だが、フラッシュ・ピートは世界で一番美しい女性を手助けする栄誉を得たことを、とてもうれしく思っている。頼むからどうか、泣かないでくれ。フラッシュ・ピートはきみの涙一粒にも値しない罪人だ――彼があつかましくも、きみという美しい女性と恋に落ちたことを、忘れてくれなくては。そうならずにはいられなかったとしか、彼には言いようがない。そして優しいきみは、これから時々は、この男のことを思い出してくれるだろう。ある場所ではアーチー・ロングワース、ある場所ではフラッシュ・ピートと呼ばれ、もともとの名前は――いや、これはわざわざ言わずにおこう」

ロングワースは素早く身をかがめ、シビルの手を唇へ持っていった。それから彼は、シビルが気づかぬうちに姿を消していた。「アーチー、戻ってきて！　あなたを愛しているの！」という小さくあえぐような叫びを聞いたとしても、もう気配すら見せることはなかった。

彼の独自の掟によれば、いやしい罪人は最後までいやしい罪人のままでいなくてはならず、彼はこれからも、一人で進み続けねばならないのだった。

第九話　ジミー・レスブリッジの誘惑

一

「なんておかしな場所なの、ジミー！」モリーはあからさまな興味の目で小さなレストランを見まわし、ジミー・レスブリッジはながめていたメニューから顔をあげて、にやりと笑った。

「フランソワには聞かれないようにしないと、出て行けと言われるよ」ボーイ長がほがらかな歓迎の笑みを浮かべて、すでにこちらへせまってきていた。「フランソワにとっては、ここはロンドンでも唯一の店なんだ」

「おや、ムッシュ！　お久しぶりですね」小柄なフランス人は、うれしそうに両手をこすりあわせた。

「それにマムゼル、レ・コクランズにいらっしゃるのは、これが初めてですね？」

「でも、最後にはならないよう願うわ、フランソワ」モリーは、穏やかな笑みを浮かべて言った。

「そんなことはありませんとも！」ありえないことを言われた憤慨と恐怖が、ボーイ長の顔じゅうからにじみ出ていた。「マムゼル、お客様はいつも、ここがどういう店なのか見にいらして――どんな店かわかると、戻っていらっしゃいます」

ジミー・レスブリッジは笑い声をあげた。

「こういうわけだ、モリー」ジミーは叫んだ。「何を期待されているか、もうわかっただろう。少なくとも週に一度――そうだろう、フランソワ?」

「はい、ムッシュ。毎晩来る方もいらっしゃいますよ」フランソワはつぶやいた。「本物のウィスタブル産で、今夜はそれがお勧めです。それから、ムッシュ・レスブリッジ、細切りパセリのオムレツを添えた鳥なども――」

「牡蠣が入っております」フランソワは鉛筆を取り出して、待った。

「すばらしいな、フランソワ」ジミーは笑った。「なんにしろ、きみがそう決めたなら、議論しても無駄だというのは、わかっているよ」

「それが私の仕事ですから」ボーイ長は答え、肩をすくめた。「それから、少し温めたコルトンのボトルも、すぐに」

フランソワはせかせかと姿を消し、モリーは大きな灰色の目にかすかに面白がるような笑みを浮かべて、テーブルの向こうを見た。

「ジミー、フランソワはこの場所にぴったりね。また連れてきてちょうだい」

「きみが来たいなら何度でも、モリー」ジミーは静かに答え、しばらくしてモリーは顔をそむけた。

「リッツやら何やらの大きな店よりは」ジミーは落ち着いてあとを続けた。「こういう場所のほうが、よほど早く来られるよ。きみが退屈しないかってことだけが心配だけどね。ぼくはこういう店が大好きなんだ。ずっと居心地がいいからね」

「どうして私が退屈するなんて思うのかしら?」モリーは言い、手袋をはずして、すぐ前のテーブルに両手をのせた。その両手は美しく、左手の小指にはまった質素な印章指輪以外、指輪ははまっていなかった。ジミーは答えを返しながら、ほとんど無意識のうちに、その指輪を見つめていた。「自信がないからだよ。きみが楽しんでくれているのかどうか」ジミーはゆっくりと言った。「きみを口説かないでいられるかどうかも、自信がない。知り合いが大勢いる場所よりは、ここのほうがずっと、そういうことをしやすいからね」

モリーは少し悲しげにため息をついた。

「ああ、ジミー、そうできればいいのに！　あなたは本当にいい人だわ！　もう少し時間をちょうだい、そうすれば――もしかしたら――」

「モリー」ジミーはかすれた声で言った。「きみをせかすつもりはないよ。喜んで待つとも――何年でも。まあ少なくとも」ジミーはあいまいな笑みを浮かべた。「本当は――何年も待つのはあまりうれしくはないが、待たなければ何も得られないっていうなら、喜んで待つなんてものじゃない」

「私だってさんざん自問したのよ、ジミー」指の印章指輪を見つめながら、モリーは言った。「でも、考えるのが終わるといつも、ちっとも前に進んでいないと気づかされるの。それじゃ、考えようがないわ。もう何度も何度も、あなたに悪いことをしていると、自分に言い聞かせているのに」

ジミーは口を開こうとしたが、モリーは笑みを浮かべてジミーをさえぎった。

「いいえ、あなたがなんと言おうと、悪いことをしているのよ。あなたが待つと言ってくれたからといって、悪いことには変わりはないわ。人を期限なしで待たせる権利なんか誰にもないし、それこそ私がしてきたことでしょう。待つなんてむしろ、女性がするようなことなのに」モリーは再び、なかば悲しんでいるような笑みを浮かべた。

「でも、ぼくは待ちたいんだよ、モリー」ジミーは穏やかに繰り返した。「きみがくれてもいいと思うだけのものも、喜んで受け取るつもりだ。モリー、きみを悩ませたいわけじゃないし、きみがくれたくないと思うものをくれと要求するつもりもない。わかるだろう、ぼくはもう、いつだってピーターが最優先なんだとわかっている。きみがピーターを忘れてくれたらと願ったことはあるし、今だっていつかはそうなればいいと――」

モリーが頭を振ったので、ジミーは唇をかんだ。

「モリー、もし忘れることができないとしても」ジミーは落ち着いてあとを続けた。「望みがないとわかっているのにピーターを思い続けるのは、きみにとっていいことなのかい？　ピーターが死んだのは疑いようがないんだ。きみだってそれをわかっていて、婚約指輪をはずしているのに――それでもそうするのがいいと思うのかい？　今はぼくのことは心配しないでもらいたいが――そんなことをしてなんになる？　現実と向きあったほうが、いいんじゃないのかい？」

モリーはなかばすすり泣きのような、小さな笑い声をあげた。

「もちろんよ、ジミー。そのほうがずっといいわ。いつも考えるたび、自分に言い聞かせているのよ」そしてモリーはテーブルの向こうから、しっかりとジミーを見た。「だけど、あなたはそれでいいと言ってくれたでしょう、ジミー？　最初は友達からでもと」

「ああ」ジミーは静かに答えた。「友達でもいいと思っているよ」

「あなたは私を困らせたりは――いいえ、違うの！　ごめんなさい、あなたがそんなことをしなかったのはわかっているわ。でもジミー、間違えたくないのよ。私が外へ出かけるようになって、皆は私がピーターのことを乗り越えたと思っている。ある意味ではそのとおりだけど、何か――自分の一部をなくしてしまったような気がするの。もう一度、誰かを愛せるとは思えないわ。ジミー、あなたのことは本当に、これ以上ないくらい大好きだけど——ピーターのようにあなたを愛せるかどうかは、わからない」

「わかっているよ」ジミーはつぶやいた。「それも承知のうえだ」

「ジミー！」瞳に光をともしながら、モリーは言った。「それがいけないと言っているのよ。あなたは一番になる価値がある人なのに、私はそれを約束できないんですもの」

「きみがくれるものがなんであれ、ぼくの一番はきみなんだ」ジミーは静かに答えた。「他の女性からすべてをもらうより、きみがくれるものをもらったほうがいい。ああ、モリー！」ジミーは激高した。「このいまいましいレストランは危険だとわかっていたが、今夜はきみを困らせるつもりはなかった。でも——どうか、いい返事をくれないかい？　後悔はさせないと約束するし——きみにほんの少ししか気にかけてもらえないとわかっていても、ぼくは満足だ」

しばらくの間、モリーは口をきかなかった。それからモリーは、かすかな笑みを浮かべて、テーブルの向こうからジミーを見た。

「わかったわ、ジミー」モリーは言った。

「それは、イエスということかい、モリー」小さく息をのんで、ジミーは叫んだ。

モリーはうなずいた。

「ええ、ジミー」モリーはきっぱりと答えた。「そういうことよ」

モリー・ダベントリーがゆっくりと自分の部屋にあがり、ドアを閉めたのは、二時間後のことだった。ジミー・レスブリッジはもうそこにはいず、モリーはジミーとキスをかわしたばかりだった。

「モリー、いとしいモリー!」というジミーの最後のささやきが、まだモリーの耳の中でこだましていた。

モリーは少し悲しげな笑みを浮かべて、しばらく暖炉のそばにたたずんでいた。それからモリーは部屋を横切り、専用の明かりをつけた。その明かりは、第九騎兵隊の正装をした士官の写真を直接照らすように配置されていた。しまいにモリーは写真の置いてあるテーブルの前に膝をついたので、明かりはモリーの顔にもあたり、赤みがかった金髪や涙にくもった瞳の上できらめいた。五分ほど、モリーはその場に膝をついていた。士官の唇が、ぴくりと動いて笑みを――思いやりに満ちた理解の笑みを浮かべたと思われるまで。

「ああ、ピーター！」モリーはささやいた。「ジミーはあなたの親友だったわね。許してちょうだい――どうか許して。あの人はとてもいい人だから」

再び写真が、モリーに優しく微笑みかけたように思われた。

「ピーター、私には生涯あなただけだけれど――ジミーを二番目にしなければと思うの、そうでしょう？　そうするしかないでしょう――あなたは不当なことが大嫌いだったし。だけどああ、胸が痛いわ」

モリーはゆっくりと左手をのばし、指輪で大きな銀の額に触れた。

「あなたの指輪よ、ピーター」モリーはささやいた。「あなたのだいじな指輪」

モリーはふいに小さくむせぶようなあえぎ声をもらすと、指輪を唇へ持っていった。

二

その信じがたいできごとが起きたのは、ケンジントンのハイ・ストリート近くの脇道だった。運命はジミーに二か月の幸福を与え、皮肉にも、結婚式は二週間後にまでせまっていた。だが――。

しばらくの間、ジミーは自分の目が信じられず、五感を奪われたように、その場でその光景を見つめていた。道の反対側で手まわしオルガンをひいているのは、三年前、「行方不明、殺された模様」と報告されたピーターその人だった。ある軍曹が、この目で殺されるのを見たと言いきった、ピーターだった。なのに今、ピーターはロンドンの道端で、手まわしオルガンをひいていた。

少しばかりぼうっとしたまま、ジミー・レスブリッジはピーターに近づいた。ジミーが近づくと、ピーターは愛想のいい笑みを浮かべ、あいているほうの手で帽子に手を触れた。だがしばらくすると微笑みは消え、ピーターは疑わしげにジミーをながめた。

「なんてことだ、ピーター！」ジミー・レスブリッジは自分の声を聞いた。「なぜこんなことをしているんだ？」

話すうちに、ジミーは若い女がこちらへ近づいてきたことに気がついた。女は、攻撃的な態度でピーターのそばに立った。

「何がいけないってんだ？」ピーターは詰問した。「それに、ピーターってのはいったい誰だよ？」

「それじゃあ」ジミーは口ごもった。「ぼくがわからないっていうのか？」

「知らないね！」ピーターは荒々しく答えた。「知りたくもないよ」

「この人はビルだよ、間抜け」女が割りこんだ。

「そんな馬鹿な！」まだ事態が理解できずに、ジミーはつぶやいた。「きみが手まわしオルガンをひいているなんて！」

「おいおい、よせよ、旦那」ピーターは、危険をはらんだ穏やかさで言った。「ここで騒ぎを起こしたくはないんだ。サツはただでさえ冷たいし、ここは一番お気に入りの場所だからな」

「だが、どうして仲間に帰ってきたと知らせないんだ、ピーター？」ジミーは弱々しく言った。「司令官や、ぼくたちみんなに？」

「いいかい、あんた」女が前に踏み出した。「この人には仲間なんかいないよ――あたし以外はね。そうだろう、ビリー？」女はピーターのほうを向いて言い、ピーターはうなずいた。

「あたしがこの人の面倒を見ているんだ、わかったかい？」女は続けた。「誰かに汚い首を突っこまれたくはないんだよ。この人をいらいらさせるだけだから」

「それじゃ、きみは――」ジミーは呆然として口を開いたが、すぐにやめた。全部ではないにしろ、ついに事態を悟ったからだった。ピーターは奇跡的に命をとりとめ、ジミーの目の前にいた――だがここにいるのは、過去の記憶をすっかりなくし、白紙の心を持つ抜け殻になった、新たなピーターだった。

「どのぐらいこんなことをしていたんだ？」ジミーは静かにたずねた。

「あんたの知ったことじゃないよ」女が鋭く言った。「この人は、あんたとなんの関係もない。あたしが面倒を見ているんだから」

ジミーは一秒もためらわなかったが、心の奥底からはこうささやく声が聞こえた。「馬鹿なことをするな！　人違いのふりをして立ち去れ！　モリーに知れるはずがない」突然心にわきあがった強烈ないまわしい誘惑に、ジミーは一瞬、こぶしを握りしめたが、出てきた声はやわらかく静かだった。

「それはきみの思い違いだ」ジミーは女を穏やかに見て言った。「彼はぼくにとってだいじな人だよ——死んだと思っていた親友だからね」

ピーターは今や手まわしオルガンをまわすのも忘れて、じっとジミーを見つめていた。

「おれはあんたを覚えてないよ、旦那」ピーターは言い、ジミーはそのぞっとするようなアクセントにたじろいだ。「記憶をなくしちまったらしくて、ここにいるリジーが世話をしてくれてたんだ」

「ああ、わかっているよ」ジミーは静かに続けた。「ありがとう、リジー。本当にありがとう。だが、今夜二人でこの家に来てほしいんだが」ジミーは紙きれに、自分の部屋の住所を殴り書いた。「どうするのが一番いいか、考えないと。わかるだろう、リジー。このままでいるのは、よくないんだ。腕のいい医者にみてもらいたいんだよ」

「おれは今のままで幸せなんだけどな」ピーターが言った。「医者にあちこちいじられるのなんか、真っ平だ」

「行ったほうがいいよ、ビル」リジーがピーターのほうを向いて言った。「この人、親切そうだしさ。でも」リジーは激しくジミーを振り返った。「この人を取ったりはしないよね、旦那？　いいかい、この人はあたしのものなんだからね」

「きみも今夜一緒に来てほしい、リジー」ジミー・レスブリッジは、真剣な顔で言った。「彼を奪おうとしたりはしないよ。約束する。だが、来ると約束してくれるかい？　ピーターを連れてきてほしいんだ、ピーターのためにね」

リジーはしばらくの間、なかばおびえているような顔で、ジミーを見ていた。それから、なりゆきに興味をなくしたらしいピーターを見やり、しまいに小声でつぶやいた。「わかった——連れて行くよ。でも、この人はあたしのだからね。忘れないで」

ジミーはゆっくりと大通りへ入ったが、子供のために戦う母親さながらに、決意の色を浮かべたリジーの小さな顔を忘れることができずにいた。そして、記憶をなくし途方にくれた彼の親友、ピーターのことも。

最初にピカデリーへと曲がった時には、ジミーはピーターが死んでいなかったという驚くべき事実だけをかみしめていた。だが、歩き続けるうちに、そのことが自分にとってどういう意味を持つのか、だんだんと気づき始めていた。それと同時に、あの狡猾な誘惑のささやきが、倍の強さでよみがえってきた。「モリーに知れるはずがない」そう、モリーに知れるはずがない——モリーは知らずにいるはずだった——ジミーが何も言わなければ。ピーターは今のままで幸せなはずだった。自分でそう言っていたのだから。そしてあの娘——リジーも。それにたぶん、ピーターが記憶を取り戻すことは、まずありそうにない。だとすれば、こんなことをしてどうなるというのだろう？　何をとやかく言う必要がある？　夕方二人がやってきたら、間違いだったと言えばいい。額に手をあてたジミーは、手のひらが汗でびっしょりとしめっていることに気づいた。

実際、ピーターがなおらなければ、誰にとってもひどく不幸な結果になるだけだった。ピーターはモリーがわからず、モリーの胸ははりさけ、リジーも心を痛めるだろう——もちろんジミー自身のことはどうでもよい。ジミーが考えているのは、他の者たちのことであって、自分のことではないのだ。ジミーはアルバート・ホールの向かいの公園に入っていった。通行人がけげんそうにジミーを見やったが、ジミーは気づきもしなかった。地獄の悪鬼が心の中で戦っているせいで、その顔は青ざめ、げっそりとやつれていた。ゆっくりとハイド・パーク・コーナーに向かって歩きながら、ジミー・レスブリッジは苦悩《ゲッセマネ》を味わっていた。悪魔はジミーに向かっておしよせ、四方八方から圧迫した。ジミーは大声で彼らを呪ったが、悪魔たちは何度でも戻ってきた。中でも最もいまわしく、最も邪悪なのは、黙っているのが一番皆のためになるという、こざかしい誘惑だった。誰もが今のままで幸せだというのに、なぜ無理に変える必要があるのだろうか？

その後、ジミーをピーターのもとへ導いた運命は、ジミーを静かに試練の園から連れ出し、また平穏の中に戻した。壊れるまで誘惑されるのは、のぞましくなかったからだ。ジミーはほとんどすすり泣くような耳障りな短い笑い声をもらし、ナイツブリッジでタクシーを止めた。モリーの家のドアの前に乗りつけた時、ジミーはまた笑い声をあげたが、その声は耳障りなものではなくなっていた。運転手はお客の「ありがとう」という言葉を、自分に向けられたものと考えたが、おそらくはそのとおりであり、十年の間、ジミーが祈ったのも初めてだった。

「まあジミー、早いのね。私、まだ着替えていないのよ」モリーに玄関で迎えられると、ジミーは重々しく微笑んだ。

「今夜の約束を取り消してもかまわないかい？」ジミーは言った。「すごくだいじな用があるんだ。きみを夕食に連れて行くより、もっとだいじなことなんだよ。もし、できたらだけど」

笑みは頼りないものになっていき、ジミーはモリーの肩に手を置いた。

「きみへの結婚祝いにかかわることなんだ」ジミーはつけ加えた。

「花婿から花嫁へ？」モリーは笑った。

「そんなものだ」ジミーは言い、さっと顔をそむけた。

「もちろんよ、ジミー」モリーは答えた。「実を言うと、少し頭が痛いの。こんな時間にどんなプレゼントが買えるのかは、わからないけど」

「わからなくていい」ジミーは言った。「きみをびっくりさせたいんだ、モリー。気に入ってくれるといいし、うまくいくよう願っているよ」

ジミーは低いささやくような声でしゃべっていたので、モリーはジミーを不思議そうに見た。

「どうしたの、ジミー?」モリーは叫んだ。「何かあったの?」

ジミーは気力を奮い起こした。今はまだ、モリーに疑われたくはなかった。

「いやいや、何もないよ!」ジミーは笑った。「あるわけがないだろう? ところでモリー、何も聞かずに貸してほしいものがあるんだ。きみが持っている、ピーターの写真を貸してくれないか——あの正装しているやつを」

モリーは今や、驚いた目でジミーを見つめていた。

「ジミー」モリーは息をのんで言った。「それも結婚祝いに関係があるの?」

「ああ、そうだよ」

「ピーターの肖像画を描いてもらってくれるとか?」

「そんなところかな」ジミーは静かに答えた。

「まあ、ジミー!」モリーはささやいた。「すてきだわ! 私も何か月もそのことを考えていたの。写真を取ってくるわ」

モリーは二階へあがっていき、ジミーは玄関に立ったまま、その後ろ姿を見送った。モリーが大切な額縁を手に持っておりてきても、ジミーはまだ動かずに立ちつくしていた。

「だいじに扱ってくれるわね、ジミー?」モリーは言い、ジミーはうなずいた。

しばらくの間、モリーはジミーの腕に手を置いた。

「ずっと友達のままで待っていてくれと言うつもりはないから」モリーは穏やかな声で言った。

次の瞬間、モリーは一人になり、玄関のドアの閉まる音だけがモリーの耳の中でこだましていた。

それはさながら、致命的な一撃を最後に残しておこうとする、運命の足音のようだった。

三

「完全に記憶をなくしているっていうのか?」

ロンドンでも最も腕のいい若手外科医の一人であるマインウェアリングは、椅子に深くもたれ、思案顔で家のあるじを見やった。

「ああ、ぼくは彼の親友なのに、ぼくのことがわからないんだ」ジミー・レスブリッジは言った。

二人の男はジミーの部屋で、ピーターとリジーの到着を待っていた。

「ぼくを見ても、ぜんぜんわからないみたいだし」レスブリッジは続けた。「下層階級が使う、典型的なロンドンなまりで話すようになってるんだ」

「実に興味深いな」立ちあがり、机の上の写真を吟味しながら、外科医はつぶやいた。「新品だな。前にはなかったと思うが?」

「今日の午後借りたんだ」ジミーは短く答えた。

「その男の身内か何かに？　そいつらは知っているのか？」

「マインウェアリング、今の時点で知っている者はいない。ぼくときみ以外はね。ぼくは今日の午後、ミス・ダベントリーから、この写真を受け取ったんだ」

ジミーの声音に何かを感じた外科医は、くるりと振り返った。

「きみの婚約者のか？」マインウェアリングは、ゆっくりと言った。

「そう――ぼくの婚約者だ。彼女はピーターと婚約していたが、ピーターは死んだと思っている。ぼくと婚約してくれたのは、ただそれだけの理由でだ」

マインウェアリングはジミーを見つめ、しばらく沈黙が落ちた。外科医の目には驚きの色があったが、称賛の色も混じり始めていた。

「なんてことだ、ジミー！」しまいにマインウェアリングはつぶやいた。「もし手術が成功したら――」

「愛する男以上に、結婚祝いにふさわしいものがあるかい？」ジミーはのろのろと言い、マインウェアリングは顔をそむけた。相手の顔を見るべきではない時もあったからだ。

「だが、手術がうまくいかなかったら？」マインウェアリングは、静かに言った。

「わからないよ、ビル。そこまでは、まだ考えていないんだ」

その時、玄関のベルが鳴った。短い押し問答のあとで、ジミーの家の使用人が現れた。「旦那様に言われたというお二人が――」使用人は言いかけたが、ジミー・レスブリッジはその言葉をさえぎった。

「すぐ、中へ通してくれ」ジミーはぶっきらぼうに命じ、使用人は出て行った。

「覚えておいてほしい、ビル」二人を待つ間に、ジミーは言った。「今のピーター・ストーントンは文字どおり、ロンドンの下層市民なんだ」

マインウェアリングはうなずき、ピーターとリジーが部屋に入ってくると、少しばかり後ろにさがった。しゃべるのはジミーにまかせ、観察したかったからだ。

「こんばんは、リジー」ジミー・レスブリッジは、リジーを安心させるような笑みを浮かべた。「来てくれてうれしいよ」

「こいつは誰?」マインウェアリングをじろじろ見ながら、疑わしげにリジーがたずねた。

「医者だよ」ジミーは言った。「あとでピーターをみてもらうから」

「この人はピーターじゃない」リジーは不機嫌につぶやいた。「ビルだよ」

「ああ、それならビルでいい。リジー、こわがらずに中に入ってきてくれ。この写真を見てほしいんだ」

見知らぬ相手に近づいてもいいかどうかいぶかしむ犬のように、リジーは一歩ずつゆっくりと前に進んだ。ピーターはリジーにくっついたまま、ぎこちなく手で帽子をいじっていた。ピーターは一度か二度、落ち着かなげに部屋を見まわしたが、それ以外の時は、おびえた子供が母親を見つめるように、ひたすらリジーに目を向けていた。

「おいおい、ジミー!」外科医はささやいた。「手術が成功したら、きみと同じぐらい傷つく人間がいるようだな」

話しながら、外科医はリジーのほうを見た。リジーは身を守らねばならないと、ふいに本能で悟ったかのように、手をのばしてピーターの手を取っていた。

二人はおびえた子供のように、そろそろと写真のほうへ進んだ。二人が写真の前で立ち止まると、男二人も少しそばへ近づいた。最初に低い驚きの声を発したのは、リジーだった。「驚いたね！　この額縁の中にいるのはあんただよ、ビル。立派な士官様だ」

顔にかすかな誇らしさを浮かべて、リジーは写真をながめ、それからかたわらの男をながめた。「士官だよ、ビル。士官様だ！　どこの連隊なんだい、旦那」リジーはジミーのほうを振り返って言った。「近衛連隊かい？」

「いや、リジー」ジミー・レスブリッジは言った。「近衛連隊ではなく、騎兵隊だ。第九軽騎兵隊だよ」額縁をぼんやりと手でつかんでいたピーターが、急に顔をあげた。「難攻不落だ、ピーター」ジミー・レスブリッジは静かに続けた。「難攻不落のC大隊」

だが、表情は消えていき、ピーターの顔は無表情に戻った。

「覚えてないよ、旦那」ピーターは小声で言った。「それに、これを見てると頭が痛くなる」

リジーが小さな悲鳴をあげてピーターの腕をつかみ、激しくジミー・レスブリッジのほうを振り返った。

「こんなことをしてなんになるの？」リジーは叫んだ。「この人をあちこちいじりまわしてさ。なんでほっておいてくれないんだい、旦那。また、頭痛が起きてるじゃないか。ビルはいつもそれで、気が狂いそうになってるんだよ」

「リジー、たぶんその頭痛も治療できると思うんだが」

マインウェアリングが言い、リジーはピーターの腕を守るようにつかんだまま、レスブリッジから外科医に視線を移した。

「それに、もう少し明るい部屋で、彼を診察したいんだが。彼の気が散らない場所で、二人だけでね」

リジーはたちまちいきり立った。

「やっぱりこの人をあたしから奪おうとしているんだ、そうだろう？　そんなことはさせないからね。あんたも行きたくないよね、ビル。リズを置いていくつもりなんか、ないだろう？」

ジミー・レスブリッジは唇をかんだ。マインウェアリングの言ったとおりだった。

「彼を奪ったりはしないよ、リジー」外科医が穏やかに言った。「約束する。診察をしたらすぐ、彼に会えるよ。だが、きみがそばにいては、彼の注意がそれるからね」

リジーは前に踏み出し、心の奥底まで読み取ろうとするかのように外科医を見つめた。その悲哀に満ちた光景に、ジミー・レスブリッジは、しばらく自身の苦悩を忘れた。このリジーというスラムの若い娘は――愛する男のために、理解できないものと戦っていた。この二人の部外者を信じていいのだろうかとあやしみ、おそろしい網に飛びこんでしまったせいで、ビルが傷つけられるのではないかと心配しながら。そして、それらすべての奥底には、ビルを失うのではないかという言葉にならない激しい恐怖がひそんでいるのだった。

「誓えるかい？」リジーは小声で言った。「あんたがビルをみたら、すぐに会えるって」

「ああ、誓うよ」マインウェアリングは、重々しく言った。

リジーは小さくすすり泣いた。「わかった、あんたを信じるからね。この人と一緒に行きなよ、ビル。きっと、その頭痛をなおしてもらえるから」

「あの人は、時々夜になるとおかしくなるんだ」マインウェアリングの後ろでドアが閉まると、リジーは言った。「すごくぼうっとしたりして」

「そうなのかい？」ジミーは言った。「どうやって彼を見つけたんだ、リジー？」

「うろうろしてたんだよ、自分のことが何もわからずにね」リジーは答えた。「だから泊めてやって――面倒を見たんだ。生活をきりつめて、あちこちで苦労したけど――それから手まわしオルガンを手に入れたんだ。それからは、本当に幸せだった。もちろんビルはちょっとおかしかったし、何も思い出さなかったけど、あの頭痛がなければ気にならなかった。それに頭痛が起きても、あたしが楽にしてやってたんだ。ビルの頭を膝にのせて額をなでているだけで、そのうちよくなってたから。そのまま寝てしまう時もあったけど、そういう時は、ビルの頭痛がおさまって、また目を覚ますまでそばにいたよ。ビルのことはよくわかってるし、ビルもあたしといて楽しそうだった」

リジーは写真を見つめた――安っぽいよそ行きを着こんだそのあわれな姿に、ジミーは一瞬、口をきけなくなった。やらねばならぬことであり、それがジミーの義務ではあったが――傷ついた鳥を大きなハンマーで殺すような気分だった。そんなふうに、すぐにすむ仕事でもなかったのだが。

「ビルと一緒にいる紳士は、優秀な脳外科医なんだ、リジー」しまいにジミーは言い、リジーは向きを変えて、まじめな顔でジミーを見た。「そしてマインウェアリングは、手術をすれば彼がよくなって、記憶を取り戻すかもしれないと思っている」

「自分が士官だとわかるようにするってこと？」リジーはささやいた。

「自分が士官だとわかるようにして」ジミーは言った。「昔のこともすっかり思い出せるようにする。リジー、きみのビルは本当は、サー・ピーター・ストーントンといって、ぼくたちは皆、彼が戦死したと思っていたんだよ」

「サー・ピーター・ストーントン！」リジーは呆然と繰り返した。「あきれたね！」

「ピーターは婚約していたんだ、リジー」ジミーは静かに続け、リジーの呼吸が早くなるのを聞いた。

「この女性とね」ジミーはマントルピースの上にあった、モリーの写真を指さした。

「この人がいたら、誰もあたしになんか目もくれないだろうね」リジーは思いに沈みながら言った。

「彼女はピーターを心から愛していたんだ、リジー――ピーターのほうも同じだった。あそこまで愛しあっている二人を、ぼくは見たことがない。だから」ジミーは一瞬ためらったが、しっかりと言葉を続けた。「この際、ぼくもそれを認めるべきだと思うんだ。ぼくは今、彼女と婚約しているんだがね」

血の巡りのいいロンドンっ子らしく、リジーはすべてを察し、理解した。

「それじゃ、あんたの友達の医者が成功したら」リジーは言った。「この人はあんたを捨てるってこと？」

「ああ、リジー」ジミーは重々しく答えた。「彼女はぼくを捨てるだろう」

「あんたはこの人が好きなのに？」「いやいいよ、旦那。あんたの顔を見ればわかる。まいったね」リジーは小さく笑ったが、その笑い声は、涙などより悲哀に満ちていた。「あんたは、今日あの道にやってきた時に、あたしたち両方に貧乏くじを引かせたってわけだ」

「ぼくも驚いているよ、リジー」ジミーは認めた。「でも、ぼくがこの話をしたのは、ぼくらがお互いにこの件の当事者であることをわかってもらいたかったからだ。ぼくら二人とも、立派にふるまわねばならない」

「立派にふるまえだって！」リジーはつぶやいた。「あたしにどうしろって言うんだい？」

「リジー、マインウェアリングは、ピーターを興奮させたくないんだ」ジミー・レスブリッジは言い聞かせた。「だが、明日手術ができるように、今夜はここに泊まってほしいと思っている。この部屋に泊まるよう、ピーターに言ってくれないか？　もしよければ、きみも一緒にいてやってくれ」

「明日、この人がビルを連れて行ってしまうんだね」リジーはモリーの写真を見つめた。「すべてわかったら、ビルはあたしを見てなんかくれない。ああ！　いったいどうしてビルを見つけたりしたんだい？　二人とも幸せだったと言ったじゃないか！」

リジーは今や、泣きじゃくっており、その姿は子供のように頼りなく、弱々しかった。ジミー・レスブリッジは黙ってリジーを見守った。

「かわいそうに」しまいにジミーは言った。「かわいそうに」

「あんたにあわれんでほしくなんかないよ」リジーはかっとなった。「そんなことより、あの人がほしい」だが、ジミーがマントルピースの上の写真を見ていることに気づくと、すぐにリジーはジミーのそばへ来た。「ごめんよ、旦那」リジーは感情的にささやいた。「あんただってとんだ貧乏くじなのに。わかった、やってみせるよ。さあ、握手しよう。ビルとは本当は住む世界が違うんだって、ずっとわかってた気がする。それでも、楽しい時もちゃんとあった」

「きみは幸運だ、リジー」リジーの手を取ったまま、ジミーはまじめな顔で言った。「すごく幸運だよ」

「うん、楽しい時もちゃんとあった」リジーは繰り返し、しばらくうわの空になった。「丸一年も。それに――」リジーは気を取り直すと、髪をなでつけ始めた。

「それに、なんだい、リジー？」ジミーは穏やかに言った。

「気にしないで」リジーは答えた。「全部こっちのことだから」

その時ドアが開き、マインウェアリングが入ってきた。

「リジーの同意は得られたか？」マインウェアリングは、熱心にたずねた。

「ああ、ビル。同意してくれたよ」ジミーは言った。「ピーターはどうなんだ？」

「見たところ、手術が完全に成功する見込みは、十分あると思う。頭蓋骨の右側にはっきりした圧迫があるんだが、取りのぞけそうなんだ。明日の朝早く、手術をしよう。リジー、今夜は彼を静かに眠らせてやってほしい。もし、できたらだがね」

「ねえ、旦那」リジーは馬鹿にしたように言った。「あたしはもう一年も、それをやってきたんだよ」

リジーはそれ以上言わずに部屋を出て行き、男二人はそのまま互いに見つめあった。

「リジーは立派にやってくれるだろうか、ジミー！」煙草に火をつけながら、マインウェアリングが言った。

「もちろん、やってくれるさ」ジミー・レスブリッジはゆっくりと答えた。「きっとやってくれるよ――気の毒な娘だ！」

「あの二人は――どういう仲だったんだ？」外科医はジミーを興味深げに見た。

「それについては」ジミー・レスブリッジは、さらにゆっくりと言った。「あまり立ち入らないほうがいいと思うよ」

四

手術は大成功だった。そうなったのはリジーのおかげで、少なくとも、リジーが大きな助けとなったのは確かだった。麻酔をかけられたピーターの手を握っていたのも、朝、もうろうとしたまま目覚め見知らぬ部屋にいることに驚いたピーターを元気づけたのも、リジーだった。その後、リジーはこっそりと立ち去り、家から姿を消した。ジミー・レスブリッジが、机の上に、不自然な染みのついた乱暴な鉛筆書きのメモを見つけたのは、しばらくたってからのことだった。「どうなったか教えて――リジー」

ジミーはリジーの住所を知らなかったので、ビルの意識が戻り、ある一点以外は元どおりになったと知らせることも、手紙を書くこともできなかった。ピーターの心には別の空白ができ、ここ三年の記憶がなくなってしまっていた。最初になされた質問の一つは、戦いはどうなったのか、自分たちはうまく切り抜けられたのかということだった。

それから一日か二日の間は、ジミーは自分の感情をおさえることに忙しく、リジーのことは忘れ去られた。

珍しく部屋に招かれたことに少しばかり驚きながら、モリーがやってきた。ジミーは居間の一角からベッドに寝ているピーターが見えるよう、ドアをあけはなしておいた。

「どこに雲隠れしていたの、ジミー?」モリーは叫んだ。「私はずっと――」寝室の中を見たモリーの顔が、死人のように青くなった。唇が動いたが言葉は出てこず、モリーは両手を握りしめたり開いたりした。

「どうかしてるわ」ジミーはしまいにモリーがこうささやくのを聞いた。「まったくどうかしてる。ジミー、幻が見えるの。ああ、神様！　ピーターがそこに！」

モリーは前に踏み出し、ピーターもモリーを見た。

「モリー」ピーターは弱々しく叫んだ。「ああ、モリー」

ジミー・レスブリッジは、モリーがゆっくりとおぼつかない足取りで、帰ってきた男のもとへ近づくのを見た。声を震わせ、小さな歓喜の叫び声をあげて、モリーはベッドのそばに膝をつき、ピーターは震える手でモリーの髪に触れた。ジミーはドアを閉め、ぼんやりと前を見つめた。

ジミーを我に返らせたのは、リジーだった。リジーはおずおずと、玄関から部屋に入ってきた。

「あの人が入っていくのが見えたから」リジーは小声で言った。「元気そうに見えたけど、ビルはどうなの？」

「記憶を取り戻したよ、リジー」ジミーは優しく言った。「だが、ここ三年のことは忘れてしまっている」

「あたしのことも？」リジーは唇を震わせた。

「ああ、リジー。手まわしオルガンも、ほかのこともみんな。病気で戦場から退いたと思っているんだ」

「それで、あの人が一緒なんでしょ？」

「ああ、リジー。彼女が一緒だよ」

リジーは深く息を吸いこみ、それからガラスの前に行くと、帽子を――羽飾りのついた悪趣味な帽子をととのえた。

「もう、行ったほうがよさそうだね。胸が痛むだろうから、ビルには二度と会いたくない。昨夜、手術の前にお別れは言ったし。じゃあ、さよなら旦那。楽しい時だってあったんだし――あの人にだってそれは奪えない」

そしてリジーは出て行った。ジミーは窓から道を歩くリジーを、リジーが前に進むたびにゆらゆら揺れる羽飾りを見守った。リジーが一度足を止め、振り返った時、羽飾りはしおれ、力を失ったように見えた。だが、リジーはまた歩き始め――今度は立ち止まることはなかった。リジーには「楽しい時」があった。手まわしオルガンに――あのむなしい手まわしオルガンに戻ったとしても、その記憶がリジーの小さな気高い魂を、ささえていくに違いなかった。


「プレゼントってこれだったのね、ジミー」ジミーのすぐ後ろでモリーが言ったが、その瞳は明るく輝いていた。

「そうだよ、モリー」ジミーは微笑んだ。「気に入ったかい?」

「何がどうなっているのか、わからないわ」モリーはゆっくりと言った。「ピーターが戻ってきたっていう重大な事実以外、理解できないの」

「十分だろう?」ジミーは静かに言った。「それで十分じゃないか、モリー。なつかしい、愉快なピーターが戻ってきた。ほかのことは、そっとしておこうよ」

ジミーはモリーの左手を取り、自分が贈った婚約指輪をはずした。

「よかったら取っておいてほしいが、もうこの指にはめる必要はないよ、モリー」

モリーはしばらくの間、驚いたようにジミーを見つめていた。「ジミー、あなたってすばらしい人ね！」とうとうモリーは小さく言った。「本当にごめんなさい！」弱々しく震えるピーターの声が別の部屋から聞こえてくると、モリーは顔をそむけた。

「一緒に来てちょうだい、ジミー」モリーは言った。「来て、ピーターと話して」

しかしジミーは頭を振った。

「モリー、ピーターはぼくなんか必要としていないと思うよ。ぼくはちょっと――出かけてくるから――」

ジミーはだしぬけに部屋を出た。二人にはジミーはもう必要なかった。リジーが必要ないのと同じように。

そして「楽しい時」を過ごせたのは、リジーだけだった。

第十話　レディ・シンシアと世捨て人

一

「ねえ、シンシア、まだ例の世捨て人《ハーミット》には会っていないでしょう。彼はこのあたりじゃ有名人なのよ」

　レディ・シンシア・ストックデールは、あくびをしながら煙草に火をつけた。世捨て人などというものは、間違いなく彼女がまるで興味を持てない人種だった。頭に浮かぶのは、ずた袋のような服を着こんだ、不潔ですこぶる敬虔な男女だった。そしてレディ・シンシアは、不潔なものと深い信仰心が大嫌いだった。

「世捨て人ですって、エイダ！」シンシアは自堕落に言った。「そんなものは、絶滅したのかと思っていたわ。カラスでも飼っているっていうの？」

　残念ながら神学に明るくはなかったものの、シンシアの接待主であるエイダ・レイバートンは、笑わなかった。おそろしく長いまつげの下から、エイダは向かいのデッキチェアにもたれ、いたずらに煙の輪を吐き出そうとしている美しい娘を観察した。エイダの頭には、唐突にある突飛な考えが浮かんでいた――突飛すぎて、笑いたくなるほどの考えが。だが、既婚の若い女性――特に、似合いの相方をつかまえた幸運な女性の頭に、女友達に対するおかしな考えが浮かぶのは、はるか昔からのことだった。そしてエイダ・レイバートンがそういう結婚をしたことは、疑いようがなかった。エイダは鷹揚でほがらかな紳士に、すこぶるふさわしいやり方で、夫のジョンをいじめたりおだてたり、愛をささやいたりしていた。ジョンはエイダをこっけいなほど大っぴらにあがめていたし、エイダはそこまであからさまではなかったものの、同じくらいジョンをほめそやしていた。

おまけに、シンシア・ストックデールはエイダの親友だった。エイダが結婚する前は、二人はいつも一緒だったし、エイダほどシンシアのことを理解している者はいなかった。世間一般からすれば、シンシアは山ほど写真をとられている気まぐれな美女にすぎなかった。娘を持つ裕福な母親は、社交界新聞にのせられた週報を見てひそかに羨望のため息をつき、上流階級の腐敗について、あれこれ意見を述べる。若い娘たちは、シンシアのドレスをいたずらにまねようとして、写真をちぎり取る。だが実は、ドレスがシンシア・ストックデールを作りあげているわけではなく、シンシアがドレスを作りあげているのだった。がらくた市ででたらめに選んだものを着せられようが、着飾った人たちがほうり捨てたあまりものを着せられようが、シンシアは部屋で一番しゃれた服を着ているように見えた。それはシンシアの天性の資質であり――身につけたものではなく、もともと持っているものだった。

レディ・シンシアは二十五歳だったが、四歳は若く見えた。戦争が起きてから、シンシアは二度婚約した――最初の相手は近衛騎兵隊員で、次は若く野心的な下院議員だった。どちらも長くは続かず、二度目の婚約の時には、周囲から悪口を言われた。世間はシンシアを冷酷だの気まぐれだのと評したが、シンシアは相手にしようともしなかった。世間に何を言われようと、シンシアは気にしてはおらず、自分が気にくわないならよそへ行って関係を断てばいい、という態度だった。シンシアの場合、それはポーズではなく、文字どおりの意味だったので、皆が彼女のもとを去ることはなかった。シンシアが心から信頼しているのは、エイダ・レイバートンのみで、シンシアがうわべの仮面の下にある本心を見せるのも、エイダ・レイバートンに対してだけだった。

「私だって努力しているのよ」一年前、同じ椅子にもたれながら、シンシアは言った。「本物を見つけるための努力を。住む家を確保するために必要だってわけじゃなし、結婚したくもないのにする必要なんかなくってよ。するならしかるべき相手を選ばなくてはね。もちろん、間違うこともあるでしょうし——手遅れになるまで、それに気づかないこともあるでしょう。でもね、手遅れになる前に気づいた時には、すぐ過ちを認めたほうが絶対にいいと思うの。無理をしてさらにひどい過ちを重ねても、いいことなんかないもの。アーサーならだいじょうぶだろうと思ったのだけど」——アーサーとは、下院議員のことだった——「今でもアーサーのことは大好きよ。でも、アーサーのよき妻にはなれないわ。ささいな行き違いが百回ぐらいあったし、アーサーときたら、ユーモアのセンスがまるでないんですもの。最初にそれがわかった時のショックは、忘れられないわ。アーサーは、ユーモアのセンスとは面白いことに笑ったり、しゃれを解したりすることだと思っているみたいなのよ。ほかの人と同じように。本物のユーモアのセンスは、笑いよりも涙に近いこともよくあると説明しても、わかってはもらえなかったわ。おまけに」シンシアは唐突につけ加えた。「ダンスの時に、私の首にひゅうひゅう息をかけるようなまねをするのよ。通風機と結婚しなくちゃならない女性なんか、いないと思うわ。それにあのかわいそうなビルはどうかと言えば——いえ、ビルは天使のような人だし、今でもすごく好きよ。私がこれまでに会った中でも一番の美男子だと思うわ——特に正装した時には。でもね、エイダ、ビルのことは私がいけなかったのよ。婚約する前に気づくべきだったわ。実を言うと、気づいていたのだけどね――ビルが例外なく、ロンドン一のお馬鹿さんだってことは。あの顔はきっと、足りないおつむの代償についているんだと思うわ。ビルの父上は高齢で、もうそう長くはないでしょうから――私が彼の世話をすれば、貴族院で働いてくれるかもしれないと思ったけど、あきらめたわ。ビルときたら、物事を筋道立てて考えるってことが、まるでできないんですもの。字もつづれなければ、足し算もできないし、ラフマニノフは好きかと聞いたら、ピラミッドを建てた人間だと思っていたこともあったのよ」

エイダ・レイバートンが頭の中で、だしぬけに思い浮かんだ突飛な考えについてじっくり考えるうちに、この会話を含めたもろもろがよみがえってきた。何はともあれ、エイダは結婚したシンシアを見てみたかった。自分がこのうえなく幸福だったので、親友とその幸せをわかちあいたかった。誰一人知る者はなかったが、エイダだけは、しかるべき相手がいればシンシアがどれだけすばらしい妻となり、伴侶となるかをわかっていた。だが、相手はシンシアにふさわしい、本物の男でなくてはならなかった。まばゆい閃光のように頭に浮かんだのが、六か月前、このあたりにやってきて、海を見渡す窪地に立つ小さな農場を手に入れた、世捨て人だった。ジョンにはたびたび話していたが、ジョンという愛すべき愚か者と結ばれていなければ、エイダは彼と結婚していただろうから。

「いいえ、カラスじゃないわ」とうとうエイダは言った。「子犬よ。ケアーン・テリアとアバディーン・テリア。お茶のあとで、散歩がてら会いにいきましょうよ」

「犬を飼っている世捨て人!」シンシアはのろのろと居住まいを正した。「ずいぶんとそそられるわね!」

「ええ、悪くない青年よ」エイダ・レイバートンは、淡々と言った。「それなりの容姿だし、海兵隊だか何かで、殊勲章をもらっているの。世界中をまわっていたから、話をさせると面白いわ」

「年はどれくらいなの？」シンシアがたずねた。

「三十歳から三十五歳ぐらい。まあ、会ってごらんなさいよ。でも、彼を惑わそうとしてもだめよ。今のままで十分幸せで、満足しているんだから」

レディ・シンシアは笑みを浮かべた。

「世捨て人は趣味じゃないわ。殿方は忙しくしているべきだし、生きたままひきこもって、犬を飼うなんて、どうかしてる」

「そう言っておやりなさいよ」エイダは答えた。「そのほうがあの人のためだわ」

二

興奮しきった子犬の氾濫――とんだりはねまわったりしている、丸々太った子犬たち。明るく陽気な声でなされる、「さあ、ついてこい！」という厳命。エイダ・レイバートンが笑って挨拶をし、レディ・シンシア・ストックデールは世捨て人と握手をかわした。シンシアは男がするように、がっちりとかたい握手をし、まっすぐに相手の目を見つめた。シンシアにとっては、たいていこの最初の握手が、見知らぬ相手への評価を決めるもので、一番の意味を持っていた。デズモンド・ブルックの第一印象は、申し分なかった。シンシアの目の前にいるのは、つやつやした肌と澄んだ目を持った男だった。帽子はかぶっていず、こめかみのあたりでわずかにカールした茶色の髪には、少しばかり白いものが混じっていた。顔は褐色に日焼けしており、正面からシンシアの瞳とかちあっている目の隅には、かすかな笑みが浮かんでいる。シャツは首のあたりで開き、そではまくりあげられ、たくましい褐色の腕があらわになっていた。ひげはきちんとそられ、歯並びのいい歯は、真っ白だった。最初の半秒の間に、これだけのことをつぶさに見て取ると、シンシアは子犬に注意をうつした。

「すばらしいわね！」シンシアは言った。「本当にいい子たちだわ」

シンシアは足元で乱闘する子犬の中から、もがきまわる太った足や、うれしそうによだれをたらす舌の一つを選び、世捨て人は重々しくシンシアを見守った。これまでの波乱万丈の生涯でも、この背の高いすらりとした娘と、その腕の中でもがく子犬が作る光景ほど、美しいものを見たことがなかった。そして口には出さなかったものの、デズモンドを驚かせたことがもう一つあった。おそらくは偶然だったが、シンシアが選び、彼女の顔を必死になめようとしている子犬は、一緒に生まれた犬たちの中で、とびぬけていい犬だった。デズモンドはほとんど怒りを覚えながら、ただの偶然だとひとりごちたが、その偶然は毎回起こるだろうという思いを振り払うことができなかった。一流の人間は一流のものを選ぶ。シンシアは本能的に、一番いい犬を選んだに違いなかった。デズモンドは軽く唇をひきむすび、いかめしい表情になったが、その瞬間、子犬の頭越しに二人の目が合った。

「この犬は売り物なの？」シンシアはたずねた。

その犬は、間違いなく売り物だった。デズモンド・ブルックは金を必要とはしていなかったが、商品を出し惜しんでもいいことはないと思っていた。だが、どういうわけかデズモンドはためらい――その理由を深く考えようとはしなかった。デズモンドは唐突にわけもわからず、その子犬をシンシアに売るのを不愉快だと感じていた。

「一番いい犬を選ばれましたね」デズモンドは穏やかに言った。

「もちろんよ」シンシアは、少しばかりつんとして言った。わずかながら、デズモンドの敵意を感じ取っていたからだ。

「残念ですが、それは売り物ではありません」デズモンドは続けた。「よろしければ、どれでもほかの犬を」

シンシアはだしぬけに、子犬を母犬に返した。

「ミスター・ブルック」シンシアは、デズモンドの顔をまともに見据えながら言った。「一番いい犬を選んだのに、劣ったものをもらおうとは思わないわ」

二人はしばらく見つめあった。エイダ・レイバートンはその場を離れ、庭師と仕事の話をしていたので、世捨て人とレディ・シンシアは二人きりになっていた。

「驚きましたね」世捨て人は落ち着いた声で言った。

「不愉快な態度を取られるいわれはないし」シンシアは静かに答えた。「失礼にもほどがあるわ。ついでにあなたは、人を見る目がまるでないってことも、よくわかるわね」

デズモンドは頭をさげた。

「ぜひともその『ついでに』が、正しいことを願いたいものです。では、他の子犬を買うつもりはないんですね」

シンシアはふいに、なかば怒った笑い声をあげた。

「どういうつもりで、そんなことを言うの？　私と会って、まだ二分もたっていないでしょうに」

「それは違います、レディ・シンシア。字が読めて、写真入り新聞を取っている者は誰でも、週単位であなたを知っていることになりますから」

「なるほど」シンシアは答えた。「あのお粗末な再現記事が、気に入らないというわけね」

「いや、ぼくは別にかまいませんよ」デズモンドは言った。「ぼくは世間をよく知っていますし、十分心も広いつもりなので、あんな記事にはなんの意味もないとわかっています。アスコットのレディ・シンシア・ストックデール、グッドウッドのレディ・シンシア。車の中、あるいは外、暖炉やガスストーブのそば、私室の中や外。庭にいたり庭にいなかったりで——毎回違うドレスを着ている。ぼくにとっては何ほどのこともありませんが、伴侶が死にかけているというのに、医者に金を払えない人間もいますからね。彼らにとって、暖炉のそばのあなたをながめるのは、いい慰めになるでしょう。あなたのドレス代の半分のお金があったら愛する女性の命を救えると、思い知ることになるんですから」

「いかれた説教師みたいにわめき散らすのね」激怒して、シンシアは叫んだ。「どうしてわざわざそんなことを言うのかしら？　それに、荒野で犬を育てれば、医者代を払う助けになるとでも？」

「一本取られましたね」デズモンドはかすかな笑みを浮かべて言った。「ぼくはそこまではっきりとは、言わなかったと思いますが。レディ・シンシア、あなたは医者代を払えないし、ぼくも払えない。何千ドルもかかるでしょうからね。あなたとの無慈悲なまでの差異は、彼らを打ちのめすでしょうが、まあそれもごくささいなことです」デズモンドはしばらく言葉を探すように、口をつぐんだ。「レディ・シンシア、一緒に来てください。見せたいものがあります」

　デズモンドは荒々しいと言ってもいい動作でくるりと向きを変え、大股に家のほうへ歩き出した。シンシアは一瞬ためらってから、ゆっくりとデズモンドのあとを追った。シンシアの心には、ふつふつと怒りがわきあがっていた。このよそ者の驚くほどの無礼さに、シンシアはほとんど混乱していた。そしてシンシアは、デズモンドが喫煙室で、大きな書き物机の引き出しの鍵をはずしているのを見つけた。

「それで？」シンシアは戸口に立ったまま、決然と言った。

「見せたいものがあるんです」デズモンドは静かに言った。「ですがその前に、少しだけ話をさせてくださ い。三年前、ぼくはブラジルの僻地にいました。ひどい熱を出し、フランスでガスをあびたせいで、事態は悪くなっていました。回復できるかどうかは、きわどいところでした。ある日、仲間の一人が、二か月遅れの〈タトラー〉を手に入れ、そこには写真が——これまで見たこともないほど美しい、女性の写真がのっていました。ぼくは写真を破り取り、ベッドの足のほうに置きました。写真をあがめ、間違いなくそこにいる女性に恋をしました。それがこの写真です」

デズモンドはシンシアに写真を渡し、シンシアは無言でそれをながめた。写真の中にいるのは、シンシア自身だった。シンシアはしばらくあとで目をあげ、デズモンドと視線をあわせた。

「それから？」シンシアは穏やかにうながした。

「数か月前、ぼくはイギリスに戻りました。そこにあったのは、不満の煮えたぎる大釜でした——失業者、ストライキ、革命の噂。立派な人たちが何百万人も、この国のために死んだというのに。そしてぼくは毎週毎週——あの写真の女性がそんなトラブルなどありえないとばかりに、あらゆる紙面を飾っているのにも気づきました。乗用車に乗った彼女は、そんなことは歯牙にもかけていませんでした」

「不当な言いがかりだわ」シンシアは低い声で言った。

「不当なのはわかっていますが、どうしようもありません」デズモンドは答えた。「そしてぼくが――写真のあなたに恋をしているぼくが、そう思うのをやめられないなら、ほかの人はどうでしょうね。象徴的な話ですが」

「非常時に、バイオリンをつまびくようなものね」シンシアはうすく笑って言った。「ミスター・ブルック、あなたはなかなか変わった人ね。この私に恋をしているっていうこと?」

「あなたではなく、写真のあなたにです」

「そうね。あなたは偶像を作りあげた。そして、その偶像が本当の姿だと思っている」

「そこを議論する必要がありますか?」デズモンドはかすかな皮肉をこめて言った。

シンシアは肩をすくめた。

「あなたの妄想は、田舎でアバディーン・テリアを飼うことが、あなたの言う煮えたぎる不満の大釜のために大いに役に立っているという妄想と、同レベルの価値はあるでしょうよ。ミスター・ブルック、あなたはただの不平屋で、しかもまるで筋が通っていないわ。そして、私に言わせれば、不平屋は退屈な男と同義語なのよ」

デズモンドは写真を机に戻した。

「レイバートン夫人と合流したほうがよさそうですね」デズモンドは言った。「退屈させてしまって、申し訳ない」

二人は無言で庭に出ると、彼らを探してあてもなくぶらぶらしていた、エイダ・レイバートンを見つけた。

「あなたたち、どこにいたの?」二人が近づいてくるのを見ると、エイダはたずねた。

「ミスター・ブルックに思い出の品を見せてもらっていたのよ」レディ・シンシアは言った。「興味深い品で、感動させられたわ。そろそろ帰れるかしら、エイダ？」

レイバートン夫人はちらりと二人の顔を見やり、何かあったのだろうかと思った。こんな短い時間では、たいしたことは起こりようがないが——シンシアのことだから、わからなかった。いつもはつかみどころのない世捨て人の顔には、かすかに感情をおし殺したあとがあり、シンシアはむしろ、あまりに表情がなさすぎた。

「明日の夜の舞踏会にはいらっしゃるのかしら、ハーミット？」エイダはたずねた。

「そんな催しがあるとは知りませんでした、レイバートン夫人」デズモンドは答えた。

「まあ、ハーミット」エイダは叫んだ。「先月から告知が出ていたでしょうに」

「でも、ミスター・ブルックは、ダンスだなんて浮ついたものには、とても我慢ができないのではなくて？」レディ・シンシアは言った。「私の素行について、あれこれお説教してくださったのだから、舞踏会なんてとんでもない話でしょう」

「それでもうかがうことにします、レディ・シンシア」デズモンド・ブルックは、平然と言った。「今日は取り乱してしまって、申し訳ありません。明日は、新たな偶像が本物なのか——それともやはり偽物なのかを、明らかにしてくださるでしょうね」

「どういう意味？」シンシアは困惑してたずねた。

「レディ・シンシア・ストックデール——おそらくはロンドン一の踊り手」デズモンドは、からかうように引用した。「たくさんありすぎて、どの新聞で見たのかは忘れてしまいましたが」

「私のダンスの腕前を判定しようっていうの？」シンシアはたずねた。

「ぼくと踊っていただけるなら」

シンシアは一瞬、言葉を失った。この男の冷ややかな傲岸不遜ぶりに、文字どおり、二の句がつげなくなっていた。それからシンシアは、短くうなずいた。

「時間どおりに来たら踊ってあげるから、自分で確かめるといいわ。できるものならね」

デズモンドは何も言わずに頭をさげ、その場で小道をくだっていく二人の姿を見送った。

「エイダ、彼はこれまでに会った中でも、最低にいやな男だわ」大通りに入ると、レディ・シンシアは、腹立たしげに言った。

エイダ・レイバートンは何も言わなかったが、いったい何があったのだろうと、さらにいぶかった。

三

舞踏会場に入るなり、シンシアはデズモンドを見つけた。舞踏会最後の日ではあったが、その週は地元でクリケットの試合があり、部屋は混雑していた。シンシアがロンドンで踊ったことがある多くの知り合いが試合に来ており、シンシアは三十秒かそこらのうちにかこまれていた。シンシアと踊れる絶好の機会だったからだ。シンシアはロンドンでは一晩に一人か、せいぜい二人の相手としか踊らず、相手は選りすぐりの名人ばかりだった。ダンスは、レディ・シンシアの人生の一部であり、人生の大きな部分をしめていた。

その日のシンシアは、自分の置かれた状況がおかしくてたまらなかった。気難し屋の犬飼いごときが、大胆にも自分の踊りの腕を判定するというのだから、いらだつよりも面白いとしか思えなかった。

とはいえ、あの男にはたっぷりと思い知らせてやる必要があった。自分が彼をしつけてやるのだ。それが終わったら、きっぱりと彼を心から追い出すつもりだった。

シンシアは近づいてきたデズモンドに冷ややかにうなずいてみせ、デズモンドがかすかな笑みに両目をきらめかせたのに気づくと、少しばかり眉をひそめた。ミスター・デズモンド・ブルックは、どう見てもいささかつけあがっている。ますます、彼のためによろしくない。

「手に入れたかどうか、わからないけれど」シンシアはぶっきらぼうに言い、自分のプログラムを渡した。

デズモンドはプログラムを無言で一瞥し、静かに誰かの名前を消した。

「九番の楽団を、特別に用意しました、レディ・シンシア」デズモンドは、落ち着き払って言った。「その時間は、夕食に行く人が多いでしょうから、より広いフロアを使えるはずです」

次の瞬間、デズモンドはおじぎをして姿を消し、残されたシンシアは、言葉もなくプログラムを見つめた。

「威勢のいい男ですね」そばにいた男がつぶやいた。「誰です？」

「生涯最大の、授業を受ける予定の人よ」シンシアはとげとげしく答え、男は笑った。男はレディ・シンシアのことも——レディ・シンシアが起こす癇癪も知っていた。だが、今回ばかりは、彼の見立ては間違っていた。はっきりと表に出ているものは問題がなかったが——心の中にためこまれているものは、そうではなかった。レディ・シンシアは生涯で初めて、途方に暮れていた。ダンスの相手はシンシアがうわの空でおし黙っていることに気づき、実際シンシアは、彼らの存在をほとんど忘れていた。心の中で自分をののしればののしるほど、シンシアの混乱はひどくなった。

あまりに馬鹿げた、ありえないことだった。なぜ、気難し屋の犬飼いと踊るために、タビー・ダウリッシュを断らねばならないの？　しかもその男は、私がちゃんと踊れるかどうか見たいのだと、大っぴらに公言しているというのに。シンシアは思った。時々デズモンドがドアの近くをぶらつきながら、シンシアを見ているのが目に入った。シンシアのほうはデズモンドがいるのに気づいているそぶりなど見せなかったが、見られていることはわかっていた。そしてその間にも、九番は容赦なく近づいていた。

とにかく踊らなくては！　シンシアは、自分がどれだけ踊れるのかを見せてやりたかった。そしてそのせいで、うまく踊ろうとするという、致命的な過ちをおかした。完璧な踊り手は、「踊ろうと」したりなどはせず、ただ踊るだけ。レディ・シンシアはたいていの人間よりも、そのことをよく知っていた。そしてシンシアは、ドアのすぐ外側で煙草をふかしている男に、いっそう腹を立てた。誰が、タビーを断ったりするものですか。シンシアは千回もそう思った。

そしてシンシアは、皆が夕食に向かい始め、楽団の舞台から聞こえる八番が小さくなり、九番が始まったことに気づいた。世捨て人のデズモンド・ブルックが、部屋を横切り、こちらへやってきたのもわかった。シンシアのかたわらでは、タビーが怒り狂ったテリアのように、シンシアの体越しに、デズモンドをにらみつけていた。

「九番のパートナーは私だよ、きみ」タビーは早口で言った。

「それは違います」世捨て人は穏やかに言った。「九番については、昨日特別にレディ・シンシアとお約束しましたので」

シンシアはためらい――降参した。

「ごめんなさい、タビー」シンシアは少しばかり小さな声で言った。「忘れていたわ」

　世捨て人は、憤然とドアのほうへ立ち去るライバルの背を落ち着いて見送ったが、その顔には勝ち誇った様子はまるでなく、シンシアに向き直った時にも、まったくの無表情だった。

「今夜はずっと『踊ろうと』していましたね、レディ・シンシア」デズモンドは重々しく言った。「今度は、そんなことはしないでください。ワルツとタンゴが半々の、実にいい曲です。ロペスが指揮者なのは幸運でした。前にもぼくのために演奏してくれましたから。あなたは何もかも忘れてください。開いた窓から入ってくるパッションフラワーの香りと、ヤシの木の下でギターをつまびく、現地人のこと以外は」デズモンドがシンシアの目をのぞきこみ、シンシアはだしぬけに深く息を吸いこんだ。事態はシンシアの手には負えなくなっていた。

　プログラムにはフォックストロットの記載があったので、何人かの熱心な踊り手が、このひとときを楽しもうと待っていた。だが、最初の印象的な調べがむせぶように鳴り響いた時、彼らは動きを止め、ためらった。それは、フォックストロットではなく――いや、それがなんであるかなど、たいしたことではなかった。最初の小節が終わるころには、部屋の誰もが動けなくなっていた。皆がその場に立ちつくし、一組の男女を――レディ・シンシア・ストックデールと、見知らぬ男を見つめていた。

「驚いたな、犬を飼ってる男だろう」誰かがパートナーに向かってささやいたが、答えはなかった。パートナーは、夢中で踊りに見入っていた。

　デズモンド・ブルックの腕がまわされたのを感じた瞬間から、レディ・シンシアにとって、世界はただ、躍動するだけのものになっていた。これまでシンシアが、考えたことすらない躍動だった。デズモンドを、すぐれた踊り手などと表現するのは馬鹿げていた。デズモンドは舞踏そのものだった。

楽団は取りつかれたように、二人のためだけに演奏していた。すべてのことは忘れ去られ――大切なのは、二人がただくるくると、踊り続けていることだけだった。シンシアは大勢の見物人にまるで気づいておらず、晩餐部屋から出てきた人々がドアにおしよせていることもわかっていなかった。わかっているのは、自分がこれまで踊ったことなどなかったという、事実だけだった。しまいに、シンシアはぼんやりと、音楽が終わったことを悟った。割れんばかりの大きな喝采が聞こえたが――それもぼんやりと聞こえただけだった。喝采は遠くから響いてくるようで、「アンコール！」という歓声も、夢の中にいるようにはっきりしなかった。二人は舞踏室を離れたが、シンシアはデズモンドが自分をどこへ連れて行こうとしているのか、ほとんどわかっていなかった。デズモンドがシンシアのほうを向いて「はおるものでも取ってきてください。外のさわやかな空気の中で話したいので」と言うと、シンシアは黙って従った。シンシアが戻ってくると、デズモンドは先ほど別れた場所から動かず待っていた。デズモンドは何も言わないまま、シンシアを自分の車まで連れて行った。車はその必要があることが、あらかじめわかっていたかのように、離れた場所に止められていた。レディ・シンシアは一瞬ためらった。慣習などまるで気にしてはいなかったが、無分別ではなかったからだ。

「一緒に来てくれますか？」デズモンドはまじめな顔でたずねた。

「どこへ行くの？」シンシアは聞いた。

「ぼくの家の向こうにある崖まで。十分ほどかかりますが、波の音が聞こえる所で話したいんです」

「車の用意はできているの？」シンシアは静かに言った。

「ぼくたち二人か――ぼく一人が乗れるぐらいには」デズモンドは答えた。「来てくださらないなら、ぼくは帰ります。一緒に来てくれますか？」デズモンドは繰り返した。

「ええ、行くわ」

デズモンドはシンシアが車に乗るのを手伝い、上がけをまきつけると、シンシアの隣に乗りこんだ。小さな広場を通り過ぎた時、次のダンスの音楽が、公会堂の開いた窓から、二人を追いかけてきた。

デズモンドの運転は、ダンスと同じく、申し分なかった。ほのかな光の中で、シンシアは前方のぎらつくヘッドライトをにらんでいるデズモンドのくっきりした横顔を見つめた。右手にデズモンドの農場がぱっと浮かびあがり、それが崖のてっぺんにたどり着くまでの、最後の家となった。そしてだんだんとエンジンの低いうなりに混じって、シンシアの耳に、岩にぶつかる大西洋の大波の、物憂いとどろきが聞こえ始めた。しまいにデズモンドは、崖のてっぺんと道とが平行になっているあたりで車を止め、ライトを消した。

「それで」シンシアは、少しばかりからかうように言った。「新しい偶像は本物だったの、偽物だったの？」

「あなたは並外れた踊り手です」デズモンドは、重々しく答えた。「ぼくがこれまでに踊った、どの女性よりもすばらしい。ぼくは、世界の名高いショーダンサーとも踊ってきたのですが。でも、ここへ来てもらえるよう頼んだのは、ダンスの話をするためではありません。まずおわびをし、お別れを言うためです」

シンシアは小さくはっと息をのんだが、何も言わなかった。

「昨日はいろいろつまらないことを話しました」しばらくして、デズモンドは続けた。「あなたがぼくを、いかれた説教師呼ばわりするのは、もっともです。しかし、ぼくは自分に腹を立てていました。そして、自分に腹を立てている時、人は愚かなことをするものです。あなた同様ぼくも、社交欄の写真がどんなに無意味なものかは知っています。あれはあの、言い訳のしようもない馬鹿げた悪口を続けるための、口実でしかありませんでした。ぼくは写真のあなたに――真っ白な服を着て、父親の庭にいるあなたに恋をしました。そんなふうに、理想の女性に恋をし、その理想を三年もだいじにしていたら、その女性が思っていたのと違うと悟るのは大変なショックです。ぼくは白いドレスの女性に恋をし、時々荒野で幻や夢を見ました。その後、ぼくは彼女が最高級のパキャンのドレスに身を包んだ美女であること、社交界の名士であることを知り、家名も知るようになります。そして彼女に会い、白いドレスの女性が消えてしまったことを悟ったのです。それがどうしようもない自然の摂理であろうと、彼女が絶世の美女に姿を変えようと、なんだというのでしょう？　彼女は、ぼくの夢の女性は、消え去ってしまい、彼女のいた場所には、社交界の有名な美女である、レディ・シンシア・ストックデールが立っていました。現実がおしよせ――ぼくは夢を壊したあなたと、目を覚まさねばならない自分自身に、腹を立てました」

「以上がぼくの謝罪です」デズモンドは重々しく続けた。「たぶん、あなたはわかってくださるでしょう。わかってくださると思います。あなたに腹を立てていたから、ぼくは今夜あなたと踊ることにしました。ぼくは内心こう思っていました。『白いドレスの女性を愛している自分が、後釜の得意分野で勝負を挑めることを、レディ・シンシア・ストックデールに見せてやるのだ』と。それが最初の計画だったのですが、踊っているうちに、いささかおかしなことが起こりました。怒りは消え、かわりに別の感情が芽生え、白いドレスの女性に対する愛さえ、少しばかりかすんで見え始めました。後釜が、ぼくの夢の女性に、思ったよりも、完全にとってかわったことがわかりました。おまけに、あなたはたいした称賛を勝ち取ってしまったわけですから――犬飼いは心の平安を保つために、消えることにします。だから、さようなら、レディ・シンシア――どうか、お元気で。退屈でなければお話ししますが、ぼくの本業は犬飼いではありません。あれは幕間の余興にすぎず、世界で最もすばらしい友人たちと、短い休暇を過ごしただけです。ぼくはすぐに、いつもの仕事に戻ります。ありがたいことにお金は問題ではないので、自分の意志でやっている仕事ですがね。しかし、物事がうまくいくよう、車輪に油をさすのは――不平一つ言わずに戦争に身をささげ、今も戦っている尊い人たちを助けるために働くのは、やりがいのあることです」

デズモンドが道のすぐそばの草地に車をバックさせ、来た道のほうへ向けても、シンシアは何も言わなかった。シンシアの心の中は、わけのわからない思いで、ごちゃごちゃになっていた。その混乱した思いはすべて、シンシアの横にいる男の、茶色く日焼けした顔にかかわるものだった。デズモンドが自分の農場の近くで車を止め、謝罪の言葉もなくシンシアを一人で置いていった時、シンシアはほとんど微動だにせずに正面の白い道をにらんだ。しまいに道を戻ってくるデズモンドの足音が聞こえ、ふいに、うごめく温かい塊が、シンシアの膝にのせられた。その塊はうれしそうによだれをたらし、それから床に落ちて、怒った吠え声をあげた。

「子犬です」デズモンドは穏やかに言った。「どうぞ連れて行ってください」それからデズモンドは、ささやくようなごく小さな声で、つけ加えた。「最高の人には、最高の犬を」

だがシンシアは、デズモンドの声を聞き取った。子犬を膝に抱きあげようと身をかがめた時には、シンシアの心臓は狂ったように打ち始めていた。そしてついに、シンシアは理解した。

「舞踏会の会場まで送ります」デズモンドは話していた。「それからこのいたずら者を、レイバートン夫人の家まで届けますから」

この時初めて、シンシアは口を開いた。

「最初にエイダの家に行ってちょうだい。舞踏会のことは、それから考えましょう」

デズモンドは頭をさげ、車を左に方向転換させて、門番小屋の門をくぐった。

「待っていてもらえるかしら？」車が玄関の前で止まると、シンシアは言った。

「お好きなだけ待ちますよ」デズモンドは礼儀正しく答えた。

「しばらくかかるかもしれないから」シンシアは、いささかおぼつかない口調で続けた。「それと、ここで待つのはやめて。小屋のほうへ少し戻って、私道が小さな森の中を通っているあたりで、待っていてほしいの」

次の瞬間、シンシアは子犬を腕に抱いて家の中に姿を消した。なぜ、小さな森のあたりなのだろう。ゆっくりと車で道を戻りながら、デズモンドはいぶかった。執事はもう二人の姿を見ているのに、どうしたというのだろう？　デズモンドは車を大きなオークの木の陰に止め、煙草に火をつけた。それから、車のハンドルに腕を置いて、じっと前を見つめた。正気とは思えぬことをしてしまったが、シンシアはそれを見事に受けとめた。デズモンドは生涯の間ずっと、正気とは思えぬことをしてきた。そういう性分だったからだ。だが、今回のことは、これまでの中でも一番ひどかった。デズモンドは暗い笑みを浮かべて、シンシアのダンスの相手が激怒している様を思い描いた。ドアの横に行列を作り、あらゆる神の名にかけてデズモンドを呪いながら、シンシアを待っていることだろう。それからデズモンドは笑いをひっこめ、関節をハンドルの上で白く光らせながら、ため息をついた。シンシアがあんな、まばゆいばかりの美女でなければ。あれほど生気に満ちた、すばらしい女性でなければ。これは火遊びをした報いだったが、それだけの価値はあった。そう、確かに価値はあったのだ——傷がすっかり癒えることは、もうなかったとしても。

「『愚かな男がいて、彼は祈りをささげた……』」

デズモンドは煙草を投げ捨てたが、ふいに身をかたくして動かなくなった。喉元にこみあげてきた何かが彼の息をつまらせ、血がこめかみのあたりで熱く脈打った。白いドレスの娘が、小さな森の端、デズモンドから五フィートも離れていない場所に立っていた。腕には子犬を抱いており、デズモンドは彼女がこう言うのを聞いた。

「同じドレスではないけど、一番近いものを着てきたわ」

彼女は車に近づき、二人は再び、子犬の頭越しに見つめあった。

「ずっと探していたの」シンシアは迷いのない声で言った。「私の本当の相手を。見つけられたと思ったわけじゃなく――見つけられたとわかったのよ」

「ああ！」デズモンドは、かすれた声でどもりながら言った。「ぼくの夢の女性！」

「デズモンド、私を崖まで連れて行って」シンシアはささやいた。「あの崖まで、連れ帰ってちょうだい」

怒り狂った子犬が、自動車の踏み板の上から、ぽつんと落ちているモミの木の球果に飛びつき、その後の五分のできごとを、むっつりと不機嫌にながめていた。

第十一話　ウイスキーのグラス

「物語の探偵を演じるのは、豆のさやをむくぐらい簡単なことだ」弁護士が不機嫌な声で言った。「探偵は登場人物に扮した物語の作者にすぎず、最初から真相を知っているのだからな」

「しかし、読者はそうではないだろう。話がうまくできていればだが」医者が反論した。「そして、大切なのはそれだけだ」

「ああ、もちろんそれは認めるがね」葉巻に火をつけながら、弁護士が言った。「探偵小説をこきおろしているわけではないよ――私も探偵小説は大好きだ。私が言いたいのは、現実の探偵の仕事というのは――そうだな、誰でも知っている例をあげるなら――シャーロック・ホームズとはまるで別物だということだ。現実の探偵は、手がかりから事件を組み立てねばならず、手がかりのほうが事件にぴたりとはまりこんでくれるわけではない。バース駅の軽食堂で見つかった焼けこげた紙片から首相暗殺を推理することは、物語の世界ではそう難しいことではないが――現実ではとてもそうはいかない」

　軍人が思案顔でパイプに煙草をつめた。

「しかし、物語と同じくらい『貧弱な』手がかりから事件が再構築されることは、よくあることだろう」軍人はつぶやいた。

「あるにはあるがね」弁護士は認めた。「しかし、九割の事件は細心の注意を払って再構築されるものだ。ある一つの事実だけではなく、多くの一見ささいな、取るにたらない事実をもとにして。むろん、戸口の踏み段にレンガの半かけがのっていたからという理由で人一人を絞首台送りにするほうが華々しくはあるが、実際にはそんなことは起こらない」

「そういうこともありますよ——時にはね」一人でウイスキー・ソーダを飲んでいた、物静かな砂色の髪の男が言った。「時には、そういうこともあります、法律家の先生。あなたのお話と、今ぼくがしていることは、まさにそういう事件を思い出させるんですが」

「きみは今、ウイスキーを飲んでいるように見えるがね」医者が面白そうに言った。

「そのとおりです」男は答えた。「法律家の先生がおっしゃるレンガの半かけと同じぐらいありふれたことですよ」男は椅子にゆったりと体を落ち着け、皆は期待するように身を乗り出した。「ですがこのごく平凡な楽しみが、きわめて興味深い事件の鍵を握っていたんです。ぼくがその事件の主役を演じることができたのは幸運でした」

「まだ宵の口だ」弁護士が言った。「きみは自分の言葉を証明し、存分に私に反論してくれなくてはな」

　砂色の髪の男はウイスキーをすすり、グラスをそばにあるテーブルに置くと、話し始めた。

「退屈でなければ、喜んで。登場人物の名前は変えさせていただきますが、一部始終をありのままにお話ししましょう。その事件が起きたのは、戦争の前、正確には一九一二年の暑い夏のことでした。ぼくはロンドンでかなり忙しく働いていましたが、七月の終わりごろ、デボンシャーのある一家から、泊まりにくるようにとの招待を受けました。一家の名はマーリーとしておきますが、件の一家は北海岸の小さな村の、すぐ外側に住んでいました。家にはもう六十になる老マーリーと、ジョアン、ヒルダという二人の娘がいました。さらに、ジャック・フェアファックスという男もおり、実際ぼくはジャックを通じて彼らと知り合うことになったのでした。

ジャックはぼくとほぼ同年代の三十過ぎの男で、ケンブリッジ大学でぼくと一緒でした。マーリー氏の親戚ではなく孤児で、マーリーはジャックの後見人、もしくはジャックが幼いころ、後見人だったという話ですが、最初から二人はうまくいっていませんでした。

マーリーはとてもつきあいやすい相手とは言えず、むしろ変わり者で無口な男でした。そして、ジャック・フェアファックスは時々ひどい癇癪を起こすことがありました。少年のころは、ジャックも後見人の言うことをきくしかありませんでしたが、ぼくが見ていたかぎりでは、そのころですらしょっちゅうひどい喧嘩をしていました。ジャックがケンブリッジから戻った時、二、三度すさまじい大喧嘩があり、ついにジャックは永久に家を出されることになってしまいました。

多かれ少なかれ、姉妹のように思っていた二人の女性と引き離されたことが、次のいざこざの原因になったようでした。ジャックによれば、この時の喧嘩は火山の噴火のようなものだったそうです。ジョアンとヒルダが一時期、叔母の一人と過ごすためロンドンへやってきたのですが、ジャックは二人と何度も会い、とうとうジョアンと愛しあうようになりました。そして、のっぴきならない事態になりました。ジャックはすぐにデボンシャーへ行きマーリー氏に許可を求めたのですが、ジャックの話を聞くかぎり、マーリー氏の返事は、無礼な悪口雑言を山ほど含んだものでした。ジャックは当然激怒し——お決まりの結果になりました。とにかく平たく言うと、マーリー氏はロンドンから二人の娘を呼び戻し、家の近くでジャックを見かけるようなことがあったら散弾銃をお見舞いすると宣言しました。これに対しジャックは、おまえが殴る価値もないやつだろうと、その白髪頭と痛風がなければ、これまで味わったこともない特大のパンチをあびせてやるところだ、と答えました。こうした実に陽気な憎まれ口の応酬で会見は終わったようですが、一九一一年七月、ぼくがデボンシャーへ行った時の状況は、そんなふうでした。

ぼくはジャックの友人でしたが、いくつかの特別な理由から、マーリー氏はぼくを気に入ってくれていました。もちろん、ぼくを圧倒しまくるようなところもあったとはいえ、ぼくはいろいろな意味で彼が好きでした。マーリーは愉快な人間ではありませんでしたが、不快なばかりでもありませんでした。マーリーは時々何かを、あるいは誰かを恐れてでもいるように見えました。これは今だから言えることで、当時は自分がそこまで思っていたとは、気づきませんでしたが。あいまいではあるが生々しくもある、説明しがたい感覚だったのです。

二人の娘は文句なく魅力的でしたが、少しばかり父親をこわがっていました。ジョアンがためらいを乗り越え、父親の許可なくジャックのもとへ通うようになるのに、どれだけかかったのかはわかりません。ちなみに、国会議員のせりふを借りれば、そこに疑義が生じることはありませんでした。こうしてトランプのエースを握っていた運命が、ぼくの滞在中にそのカードを配り始めたのです」

砂色の髪の男は椅子にもたれ、悠々と足を組んだ。

「悲劇が起きたのは、ぼくが着いてから四日ほどあとのことだったと思います」しばらくすると、男は続けた。「夕食のあとで、ぼくたちは客間に腰を落ち着けていました。部屋には名前は忘れましたが、男が二人と、ヒルダの女友達がいました。ヒルダ自身もそこにいて、十五分ほど前に、何事かにすっかり気を取られている様子のジョアンが入ってきていました。ジョアンが入ってきた時、ヒルダが探るように姉を見やり、ジョアンが肩をすくめたことにぼくは気づきました。しかし、言葉がかわされることはなく、当然ぼくも皆の前であれこれたずねたりはしませんでした。とはいえ、ジョアンの興奮をおし殺しているような様子から、何かが起きようとしていることはわかりました。

マーリー氏は客間にはいず、家の反対側にある書斎にいましたが、それはまったく珍しいことではありませんでした。マーリーが夕食のあとで自室に引っこむことはしょっちゅうあったからです。寝る前に数分間だけパーティーに戻ってくることもありましたが、翌朝まで姿を見せないことのほうが多いぐらいでした。そんなわけで、ぼくたちは皆客間に座ったまま、だらだらと話をしていました。窓は大きくあいており、明かりが外の芝生を照らしていました。ヒルダがふいに、小さく悲鳴をあげたのは、十分から十五分ほど過ぎたあとのことでした。

『なんのご用ですか?』ヒルダは叫びました。『あなたは誰です?』

ぼくは椅子に座ったまま振り返り、外の芝生の光の真ん中に男が立っているのに気づきました。男はぼくたちのほうを向いており、ぼくたちの視線をあびながらこちらへ近づいてきて、ほとんど部屋の中に入ってきそうになりました。真っ先に目についたのは、男が少しばかり興奮しているということでした。

『こんな現れ方をしてすみません』男は言いました。『ですが――』男は言葉を切り、ぼくを見ました。『二人だけでお話しできませんか?』

ぼくはちらりと皆のほうを見ましたが、男はどう見てもよそ者のようで、誰の顔にも男を見知っているようなそぶりは、まるでありませんでした。ぼくは、いささか警戒し始めながら叫びました。

『なんでしょうか?　今ここで言えないようなどんな話を、ぼくとしようとおっしゃるんですか?』

男は軽く肩をすくめました。『あなたがそうおっしゃるなら』男は答えました。『ご婦人がたをおびえさせないようにと思ったのですがね。反対側の部屋で、男が殺されています』

誰もが肝をつぶし、しばらく答えることができませんでしたが、やがてヒルダがむせぶような泣き声をあげました。

『どんな男ですか？』ヒルダは息をつめてたずねました。

『年配の男です。たぶん六十歳ぐらいの』男は真剣な顔で答え、ヒルダは両手に顔をうずめました。

『すぐにご一緒します』ぼくはあわてて言い、二人の男性客も腰をあげました。殺されたのは老マーリーであり、ほかの誰かではありえないと、誰もが本能的に悟っていたと思います。しかしふいをつかれたせいで、皆、呆然となっていました。ジョアンを見ると、彼女は五感を失った者のように男を見つめていました。ぼくが安心させるように肩に手を置くと、ジョアンはぼくを見あげましたが、その瞳の中にある表情のおかげで、ぼくは自制心を取り戻しました。まるで冷水をあびせられたかのように、即座に冷静になったのでした。ジョアンの顔にあったのは、おびえでも呆然自失の表情でもなく、恐怖――苦悩の入り混じった恐怖の表情だったからです。ぼくはふいに、さっき夕食のあとで、ジョアンが興奮をおし殺していたことを思い出しました」

砂色の髪の男はまた言葉を切り、他の者は無言で続きを待った。

「案の定、殺されたのはマーリーでした」男は淡々と続けた。「ぼくたちは家の正面にまわって書斎の窓まで行きましたが、皆、そこで無意識に足を止めました。窓はあいており、マーリーは机の前に、微動だにせず座っていました。頭はがっくりと前にたれ、その顔には激しい恐怖の色がありました。

しばらくは誰も動きませんでしたが、それからぼくがやっとの思いで窓の下枠を乗り越え、中に入りました。

『死んでいます』声が震えるのを感じながら、ぼくは言いました。『警察を呼んだほうがいいでしょう』

他の者がうなずき、ぼくは黙って受話器を取りあげました。

『マーリー氏が殺されました』ぼくは自分が言うのを聞きました。『至急、誰かをよこしてくれませんか?』

その時初めて、ぼくは椅子のかたわらに転がっている火かき棒に気づき、マーリーの後頭部をまのあたりにしました。それは愉快な光景ではなく、部屋の中にいた男性客の一人――まだ青年でしたが――が、真っ青になって窓のほうへさがりました。

『殺害方法は明らかですね』見知らぬ男が冷静に言いました。『さて皆さん、警察が着くまで、部屋のものは触らずにおきましょう。カーテンを引いて、別の場所で待ったほうがいいと思います』

同意をしぶるような者は、いなかったと思います。そのあとほど、ウイスキー・ソーダをがぶ飲みしたこともありませんでした。死体を発見しただけでも十分だというのに、娘二人に知らせたら、もっと最悪なことになるでしょうから。

ジョアンが玄関でぼくを出迎え――ぼくたちは何も言わずに、見つめあいました。そしてぼくは、木偶《でく》のようにうなずきました。

『父なのね』ジョアンは小声で言いました。『ああ、神様!』

ぼくがジョアンをささえようと手をのばすと、ジョアンはじっとぼくの顔を見つめました。

『わからない?』ジョアンはぐっと感情をおさえながら、かすれた声でつぶやきました。『わからない？　ジャックが今夜、ここへ来ていたの』

『ジャック！』ぼくは、間の抜けた顔でジョアンを見ました。『ジャックが！』

そしてぼくは、ジョアンの言葉の持つ意味を、ひしひしと感じ取りました。

『あの人はどうやって父を見つけたの？』ジョアンは小声で言いました。『あれは誰？』

『わからない。聞きにいってみるよ』ぼくはこの新たな展開をどうにか受け入れようと必死だったので、ジョアンの次の言葉は、ひどく遠いもののように聞こえました。

『力を貸してちょうだい。お願いだから――力を貸して』

ジョアンは踵を返すとその場を去り、ぼくは手すりにしがみついてぎこちなく階段をのぼっていくジョアンを、じっと見守りました。

ジャックがここに来ていた！　そして、老マーリーが死んだ！　火かき棒で頭を殴られて殺され、ジャックはその場にいた！　ぼくは思いました。こんなに気高い心を持った主人公が犯罪をおかすなんてありえない、と思ってもらえるのは、空想小説の中だけです。そしてこの事件は空想小説などではなく、きびしく過酷な現実だったので、二つの事実はめまいがするほどのわかりやすさで並び立っていました。ジャックは並外れた人格者などではなく、かっとなるとひどい癇癪を起こす、ごく普通の男でしたし。

ぼくは他の三人の男を残してきた部屋に戻ろうと、機械的に歩き始めました。ぼくが部屋に入った時、三人は無言で座っていましたが、やがて見知らぬ男が腰をあげました。

『大変なことになりましたね』男はいかめしく言いました。

『どうやってあれを見つけたのか、聞かせていただけますか？』ぼくは切り出しました。

『簡単なことですよ』男は答えました。『私は二、三日滞在していた村の宿に戻ろうと、ぶらぶら道を歩いていました。その時、木の間からあの部屋の窓が目に入りました。明かりがきらめいていて、誰かが机に座っているのがわかりました。くだらない好奇心にかられたという以外、たいした理由もなく、私はしばらく足を止めましたが、そのうちに、何かおかしいと思い始めました。机にいる男が、ぴくりとも動かなかったからです。気絶しているのか、気分でも悪いのかと思い、私はちょっとためらったあとで、門を入り、窓から中をのぞきました。おそろしいことに男が死んでいるとわかったので――すぐに明かりがもれているほかの部屋へまわり、あなたがたを見つけたというわけです』

『事件に関係するかもしれないことがあるんですが』男は、少し間を置いてから続けました。『宿から来る途中で、男とすれ違いました。この家のほうからやってきたのですが、ひどく興奮しているように見えました。その時、彼に気がついたのも、明らかに取り乱している様子だったからです。薄暗くて顔ははっきり見えませんでしたが、ステッキを空中で振りまわして、ぶつぶつひとりごとをつぶやいていました。その時はたいして気にもしませんでしたが、こうなってみると――』男は軽く肩をすくめました。『もちろん、私の完全な勘違いかもしれませんが、警察に話す価値はあると思います』

『また出会ったら見分けられますか？』普通に話そうと努力しながら、ぼくは言いました。

『ええ、少なくとも六フィートはある背の高い男で――がっしりしていました。ひげはきれいにそってありました』男は考えこみ、言葉を選びながら言いました。『見分けられるかもしれませんが――断言はできません。人一人の命がかかっているとなれば、くれぐれも注意しなくてはいけないでしょう』

ぼくは急いで顔をそむけました。ジャックは長身でがっしりしており、きれいにひげをそっていました。どんなに抗っても、ジャックがやむにやまれぬ激情にかられて、マーリーを殺したのではという強い疑惑に、ぼくはとらわれ始めていました。そんな時、法的にどうであれ、友人を救うにはどうするべきなのかを、人は一番に考えるものです。もしあれをやったのがジャックなら、どうするのが一番いいのでしょうか？

ぼくはベルを鳴らし、おびえた顔つきのメイドに、ウイスキーとグラスを持ってくるよう命じました。そして、ぼそぼそとわびの言葉をつぶやいて、部屋を出ました。ジョアンと事件について話したいと思ったからです。ジョアンはもう泣いておらず、かなりしっかりしていましたが、明らかに必死の努力で自分をおさえているようでした。ぼくは、見知らぬ男が言ったことを、手短に彼女に話しました。

ジョアンは黙って最後まで聞いてから、驚くほど静かにきっぱりと言いました。

『もしジャックがやったのなら、自分がしたことに気づいていないのよ。父を――殺してしまったなんて、思っていないんだわ』ジョアンは最後の言葉を口にするのを少しためらいましたが、ぼくは口をはさみませんでした。『つまり』ジョアンはしばらくたってから続けました。『私は、誰よりもジャックのことを知っているの。ジャックが――かっとなった時の怒りようもね。でもそれは、ほんの短い間のことなのよ。一秒か二秒のうちはなんでもやってしまうでしょうけど、でもね、ヒュー。もしジャックがやったのなら、もしジャックが父を殴って――殺してしまったのなら、ものすごく後悔するはずだし、絶対に逃げたりはしないと思うわ。ジャックがやったのなら――殺したことに気づいていないんだっていうのは、そういうわけなの』

ぼくは何も言いませんでした。殴打は一度きりではないどころか、二度、三度ですらないと教えたところで、どうしようもなかったからです。あれはかっとなってはずみでやってしまったという事故などではないし――あれをした者が、殺した事実を知らずにいるなど到底不可能だとジョアンに教えたところで、いいことはありませんでした。しかし、それをすべて知っていても、ジョアンの無邪気な確信に満ちた言葉は、ぼくに新たな希望をあたえました。非論理的なのは認めますが、ぼくは前よりも自信を持って、下へおりました。

地元の警察――巡査部長と、ただの巡査――が到着しており、すでに調査を始めていました。当然ながら、主な証言はあの見知らぬ男からなされ、男はぼくに語った話を、警官に向かって繰り返しました。男の名はレナム――ヴィクター・レナムというらしく、警察はレナムが地元の宿屋に泊まっているのを知っていました。

『窓から死体が見えたんですな』巡査部長が言いました。『それで、客間のほうへまわったと?』

『そのとおりです、巡査部長』

『部屋には入らなかったんですね?』

『あとで、こちらのかたたちと一緒に入るまでは。わかっていただけると思いますが』レナムはつけ加えました。『私はそうと見分けられないほど、死体を見慣れていないわけではありません。それにご承知のとおり、ある意味、私にはかかわりのないことですから、部屋に入る前に、家の人たちを連れてきたほうがいいと思ったのです』

『まことに、ごもっともです』巡査部長は大げさにうなずきました。『ほかに証言できることは?』

『ええと』レナムは言いました。『こちらの紳士にはもうお話ししたのですが』レナムはちらりとぼくを見やり、それから巡査部長のほうへ向き直ると、道ですれ違った男について話しました。レナムがその話をすると、巡査がだしぬけに興奮した口笛を吹きました。巡査部長は腹立たしげに眉をしかめましたが、これまで犯罪にかかわったことといえば、酔っぱらった村人が家に帰るのを手伝っただけという腕利きの警官はすっかりのぼせあがってしまっていました。

『ミスター・フェアファックスですよ、巡査部長』巡査はいきりたちました。『今夜こっちへ来ていたんです。最終列車に乗ったとか、駅にいるジェンキンスが言ってました。間違いありません』

『巡査部長！』ぼくは怒って言いました。『この人はいったい何を言い出すんです？ ミスター・フェアファックスがこの件にかかわっていると思ってるわけじゃないでしょうね』

しかしすでに厄介なことになってしまっていました。巡査部長は部下の軽率さを一応とがめはしましたが、それが形ばかりのものであるのは明らかでした。全員が他人のプライバシーを知っているような村では、死んだマーリーがジャック・フェアファックスと険悪であったことは周知の事実でした。巡査部長が、事件はもう解決したも同然と思っているのは、ひと目でわかりました。

『その男をもう一度見分けられますか？』巡査部長はたずね、レナムはぼくにしたのと同じような、用心深い答えを返しました。できるかもしれないが、断言はできない。こういった場合、どれだけ慎重にしても足りはしないからとレナムは繰り返し、実際、男とすれ違った時は暗かった、とも言いました。

話はすべて正式に記録され、ぼくたちは悲劇の現場へと席をうつしました。赤ら顔の若い巡査は死体を見て真っ青になりましたが、気力をふるって巡査部長が公式の捜査をするのを手助けしました。巡査を責めることはできませんでした。まあ当然のことながら、ぼくたちは皆、ぴりぴりしていました。レナムが一番落ち着いていましたが、ぼくたち、特にぼくと違って、レナムには個人的な事情がありませんでしたし。ぼくは終始そわそわと部屋を歩きまわり、無表情に記録を取る巡査部長をぼんやりとながめましたが、頭の中をしめていたのは、ジャックを助けるためにはどうすればいいかということだけでした。ジャックのしわざだとはっきり確信したわけではありませんでしたが、現時点ですら、ジャックが不利なのは明らかでした。それに、『お願いだから――力を貸して！』というジョアンの言葉が、ぼくの頭の中で鳴り響いてもいました。

しばらくあとで、ぼくは部屋を横切り、ウイスキーの酒瓶台と二つのグラスがのっている小テーブルのそばへ行きました。ぼくはマーリーがとても自慢にしていた、インド製の銀の盆を見るともなしにながめ、機械的にグラスを持ちあげました。なぜそうしたのかはさだかではなく、今も言ったとおり、機械的な行動でした。二つのグラスはどちらも使われておりー―匂いからして、ウイスキーが入っていたことがわかりました。ぼくが、グラスをまた盆に戻した時、巡査部長がノートを片手に近づいてきました」

砂色の髪の男は言葉を切り、追憶にふけるように微笑んだ。

「明らかな事実が目の前にあるのに、どれだけ自分はにぶかったのかと気づいたことはありませんか？　そいつはぼくのすぐ目の前にあったのに、その夜、ぼくの脳みそが働きだすまでに、十分もかかったんです」

「ちょっと待ちたまえ」弁護士が割りこんだ。「その明らかな事実とやらは、我々の目の前にもあるのかね？」

「いいえ」男は認めた。「今のところ、あなたがたは部屋にいたほかの人たちと同じ立場ですよ。いいですか、ぼくはあなたがたを惑わすために、起こったことを隠すつもりはありません。これまでお話ししたことは、すべてありのままの事実です。ですが、弁護士の先生、ぼくはあなたのレンガの半かけ説に反駁しなくてはいけませんし、なけなしのお粗末な話術で、それをしようと必死なもので。

さて、次の週に何が起きたかを話して、あなたがたをうんざりさせるつもりはありませんので、審問と泥棒行為があったとだけ言っておきましょう。とにかく、泥棒行為のほうは大成功でした。審問はある明らかな方針にそって行われ、後見人であるロジャー・マーリー謀殺の罪で、ジャック・フェアファックスが逮捕されることになりました。証拠は完全に状況証拠ばかりでしたが、これ以上ないくらいに、ジャックの有罪を証明するものでした。ジャックはあの夜、マーリーと話をしたことや、激しい口論をしたことを認めました。さらに悪いことに、怒って発作的にマーリーを殴りつけたことまで認めたのですが、容疑はすべて否定しました。殴りつけはしたが、マーリーは死なかったときっぱり断言し、さらに、火かき棒には触っていないと主張したのです。その後、指紋の専門家が、ジャックが火かき棒に触れたことを立証しました。これが数ある中でも一番の打撃で、考えてみるとパイプに煙草をおしこむため火かき棒を取ったと、あとでジャックが説明しても、誰も納得しませんでした。ジャックは最終列車でロンドンへ行こうとしたのは、決して逃げるつもりなどではなく、最初からその列車を使うつもりだったと、憤慨しました。マーリーとの会見のあと、婚約者と会おうともせずに家を出たのは、彼女の父親にひどく腹を立てていたためジョアンに何を言ってしまうかわからず、ジョアンと話す自信が持てなかったからでした。

ジャック・フェアファックス事件については、まあそんなところです――有罪の可能性が高いとお思いになるでしょう。実際、ジャックの無罪を信じている者は、イギリスじゅうに二人しかいなかったと言っても過言ではなかったと思います。その一人はジャックで、ジョアンですら少しばかり自信がぐらついていました。

　事件の調査のため、エクセターから来ていた警部にぼくが電話をかけ、家まで来てほしいと頼んだのは、審問から十日後のことでした。ぼくは警部に、彼が興味を持つだろう確かな情報があると言い、警部もきっとその情報を聞きたいはずだとほのめかしました。宿屋にいるレナムにも電話をし、よかったら同じ時間に来てほしい、泥棒を見つけたからと頼みました。そうそう、泥棒が入ったのはレナムの部屋だと、まだ言っていませんでしたね。

　彼らは三十分ほどで到着し、地元の巡査部長もやってきました。

『泥棒を見つけたとはどういうことですか?』レナムは笑いました。『おかしなやつですよ——私が見るかぎり、何も取っていかなかったんですから』

『おいおい話します』ぼくは答え、にっこり笑いました。『街でいろいろ変わったものを見つけたんですよ』

　レナムはぼくを素早く見やるとたずねました。『ああ！　ロンドンに行かれたんですか』

『そうです』ぼくは答えました。『二日ほどね。実に面白かったですよ』

　警部がいらだたしげに口をはさみました。『それで、私に話とはなんですかな?』警部はこれみよがしに時計をながめました。

『警部、まず最初に』ぼくは穏やかに言いました。『一つおたずねしたいのですが。〈一つの事柄で過ちをおかすものは、万事において過ちをおかす《ファルスス・イン・ウーノー・ファルスス・イン・オムニブス》〉という法律の金言をご存じですか?』

　警部はぼくが何を言おうとしているのか、まるでわからないようでしたが、レナムの両目にふいに緊張が走ったのがわかりました。

『つまり』ぼくは続けました。『証人が仮に――嘘を一つついたと証明されたら、いくつも嘘をついているという強力な推定証拠になるということです。どちらにしろ、その証人の証言の価値は著しくさがることになる。そうでしょう?』

『確かに』警部は答えました。『しかし、わからんのは――』

『じきにわかりますよ、警部』ぼくは言いました。『さてそこで、ミスター・フェアファックスに不利な証言をしている第一の証人は、誰だと思われますか?』

『ミスター・フェアファックス自身でしょう』警部は即座に言いました。

『それ以外では?』ぼくはたずねました。

『それはまあ――そちらの紳士でしょうな』警部はほとんど微動だにせず、座ったままぼくを見つめているレナムに向かってうなずきました。

『そのとおりです』ぼくはつぶやきました。『ではどうして、ミスター・レナムはレナムなどと名乗り、おまけにミスター・マーリーと会ったことがないと断言する必要があったのでしょう――どちらも嘘だというのに?』

『それはいったいどういう意味です?』レナムが椅子から立ちあがり、鋭く言いました。『私がレナムでないとは、どういうことですか』

『何も取らなかった泥棒について、知りたいのでしょう?』ぼくは容赦なく言いました。『そう――泥棒はぼくです。すこぶる価値のあるものをいただきましたよ。ある家の住所をね』

『いったい何を――』警部が口を開き、ちらりとレナムを見やりました。『おとなしく座っていていていただきましょう、ミスター・レナム』警部は落ち着いた声で言いました。『こちらの紳士の話を、聞き終わるまでは』

レナムは椅子に深く腰かけ、悪意のこもった目でぼくを見ると、耳障りな笑い声をあげました。

『もちろんですとも、警部』レナムは言いました。『泥棒を名乗る男からいきなり尋問されたので、少しばかり取り乱してしまいました』

実際、レナムはぼくがどれだけのことを知っているのか――あるいは知らないのかを知りませんでしたし、ぼくたち二人の間で、わかっていることはごくわずかでした。しかし、レナムをよくよく見ていれば、ぼくが正しいことは明らかでしたし、ぼくのただ一つの希望は、はったりをかけて、なんらかの自白を引き出すことでした。

『ミスター・マーリーが殺された夜のことを、振り返ってみましょうか、ミスター・レナルディ?』ぼくは静かに切り出しました。『それがあなたの名前でしょう? それにあなたはコルシカ人だ』

『だとしたらなんです?』レナムは言いました。『名前を変えねばならない、まっとうな理由があったんですよ』

『なるほど』ぼくは認めました。『その理由とやらが、警部にとって満足のいくものであるよう、祈るとしましょう。しかし、あなたがもっとましな理由を思いつかなければ、評判になるのを避けたかったからだろうと指摘したいのですが? こんな小さな村に外国人が来ていればそうなるに決まっていますし、特にあなたは、万が一にもミスター・マーリーにコルシカ人が近所にいると、知られたくはなかったはずですから』

レナムは皮肉っぽい笑い声をあげ、こうあざけりました。『ミスター・マーリーとは会ったことすらないと、もう言ったはずですがね』

『おやおや！』ぼくは言いました。『では警部、この写真を見ていただけませんか？　古くて色あせていはいますが、顔はまだ鮮明にうつっています』

ぼくは警部に写真を渡しましたが、コルシカ人はいきなり呪いの言葉を吐いてナイフを取り出し、ぼくに飛びかかってきました。計画が失敗したとわかった今、彼の頭にあるのは、ぼくへの復讐だけでした。でもぼくは、そうした行動を予期して、銃を近くに置いていました。ちなみに銃はぼくの数少ない特技の一つだったので、コルシカ人に傷つけられる前に、ぼくは彼の前腕を撃ち抜きました。

コルシカ人はその場に立ったまま、憎々しげにぼくをにらみつけ、警部が割って入りました。

『巡査部長、窓のそばに立ってくれ。ミスター・某《なにがし》も、小細工はやめてもらおう。ミスター・マーリーと知り合いであることを、まだ否定するのかね？』

『答えるつもりはない』コルシカ人はぴしゃりと言いました。

『この写真にはきみとミスター・マーリーと、女性がうつっている。外国でとられたものだな』

『正確にはナポリですよ、警部』ぼくは言いました。『バーナーズ通りの彼の部屋――ここで泥棒行為をして知った住所ですが――でそれを見つけたんです』

コルシカ人は追いつめられた獣のように立ちつくし、警部の顔はけわしくなっていました。

『どう説明するつもりかね？』警部はきびしく言いました。『どうして嘘の証言をした？』

『答える気はないね』コルシカ人は繰り返しました。

『彼は話す気がないようですから』ぼくは言いました。『ぼくが事件を再現するのをお許しください。当然、多くの部分は推測ですがね。たとえば、レナルディ、ミスター・マーリー殺しの動機はなんです？』ぼくは鋭くたずねました。ぼくに近づけさえすれば、喜んでぼくを殺したことでしょうが、それでも彼は、ぼくの言葉を否定しませんでした。

『まあ』ぼくは続けました。『それはたいした問題ではありません。この写真の女性だと、仮定することにしましょう。あなたはここまで——この村までマーリーを追ってきた。ぼくたちにとってだいじなのは、これだけです。マーリーを追ってきたあなたは、時期を待ちました。復讐は、遅れるほど甘美なものです。毎晩あなたはここまでやってきて窓からマーリーを見張り、これから起きることにほくそえんでいました。ある夜、あなたは別の男——ジャック・フェアファックスが、マーリーと口論しているのを見つけ、すぐにチャンスが来たことを悟りました。どんなにうまく平凡な男に身をやつしていようと、常に大きな危険があったわけですが、すぐそばにこのうえない幸運が転がりこんできたわけです。おそらくあなたは、部屋が家のはずれにあるのをいいことに、暗闇の中を窓の近くまで忍び寄ったのでしょう。怒りで我を忘れたジャック・フェアファックスが立ち去るのを確認したあなたは、暗がりから忍び出て、部屋に入った』

『でたらめだ！』コルシカ人は叫びましたが、その唇は真っ青になっていました。

『あなたを見て、マーリーの憤怒の表情はすさまじい恐怖に変わりました。あなたがなんのために来たのか、わかっていたからです。レナルディ、あなたがそう多くの時間を無駄にしたとは思えません。あなたは手袋をした手で火かき棒を取りあげ、それから——そう、ぐずぐずせずに、マーリーの頭をめった打ちにした。そしてレナルディ、あなたはウイスキー・ソーダを飲みほしました。ウイスキー・ソーダを飲み、家人の所まで来て事件を知らせるという、大胆きわまりない行動に出ることにしました。利口なやり方でしたが、しかし——』

砂色の髪の男は、追憶にふけるように微笑んだ。

「警部とぼくは同時に前に飛び出しましたが――間に合いませんでした。コルシカ人はぼくたちが止める前に、毒を飲みこんでいました。彼は三十秒ほどで死んでしまい、二度としゃべらなかったので、ぼくの想像がそこまで的はずれではなかったと、推測することしかできませんでした」

「おいおい、きみ」弁護士が不満そうに言った。「きみのその話は全部、単なるまぐれ当たりじゃないのかね」

「探偵を名乗った覚えはありませんが」砂色の髪の男は穏やかにつぶやくと、立ちあがってまた自分でウイスキーをついだ。「ぼくが言いたいのは、レンガの半かけや、それと同等のものから、事件全体を組み立てられることもある、ということです。部屋で、強いウイスキーの匂いがするグラスを二つ見つけたら、ウイスキーを飲んだ人間が二人いたとわかるでしょう。コルシカ人がつまずいたのはそのせいです。彼はぼくたちと一緒に中に入るまでは、部屋には入らなかったと、きっぱり断言していたわけですからね」

弁護士は異議を申し立てるように、天井に向かって手をあげた。

「まったくどうかしている」誰に向かってというわけでもなしに、弁護士は言った。「部屋には夕方ほとんどずっと、フェアファックスがいたんじゃないのかね？」

砂色の髪の男は、いっそうものやわらかな顔になって言った。

「もっと早くお伝えすべきだとは思ったのですが、それでは話が台無しになると思いましてね。猫は水を嫌い、魚はかわいた地面を嫌いますが、どちらもまったくたいしたことではありません。ジャック・フェアファックスのウイスキー嫌いにくらべれば」

男は、物思わしげにじっとグラスを見つめた。

「そこ以外は申し分ないのに、おかしな欠点のある男でしてね。彼の病がありふれたものでなかったことに感謝しなくては！」

第十二話　酔えない男

「ふむ、確かにたいした美人だな。それは疑いようがない。名前はなんだったかな?」

「名前は言わなかったと思うよ」私は答えた。「だが、別に秘密というわけじゃない。レディ・シルビア・クラバリングだ」

「ああ！　シルビアね。そうそう、今思い出したよ」

彼はグラスのブランデーを飲みほし、椅子に深く腰かけながら、ロンドン一の美女の一人がテーブルの間をぬってレストランの出口に向かうのを、じっと目で追った。彼女が通り過ぎると、ボーイ長がへつらうように、ほぼ二つ折りに体を曲げた。その退場ぶりはいつものことながら、社交界で最も写真をとられることの多い女性にふさわしいものだった。私と食事している男は、ドアが彼女とそのエスコート役の背後で閉まるまで、口を開かなかった。

「ここを通り過ぎる時、彼女が軽く頭をさげたのは、おれではなくきみにだと思うが」彼は、かすかな笑みを浮かべて言った。

「そうかもな」私はいささかぶっきらぼうに言った。「もしきみが、彼女と知り合いでないのならね。ぼくは光栄にも、その機会を得ているんだ」

彼の笑みが少しばかり大きくなったが、その目はしっかりと動かないままだった。「彼女と知り合いなのかだって?」

彼はウエイターに合図をし、ブランデーの追加を頼むと答えた。「いや、知っているとは言えないな。会ったことがあるとはいっても、ある真っ暗な夜に、彼女をジャガイモ袋のように肩にかついで三マイル運んだというだけだから。だがおれは、彼女の知り合いでもなんでもない」

「きみが何をしたって?」私は叫び、仰天して彼を見つめた。

「とほうもないことのように聞こえるのはわかるが」彼は慎重に、葉巻の端を切ると言った。「事実は変わらない」

暗闇であろうとなかろうと、男が女を三マイルも運び、しかもそのあとで、相手は自分を覚えてすらいないとそっけなく続けるのだから、何か物語がありそうな気がした。しかも、女があのレディ・シルビア・クラバリングのような女で、男が私の食事相手のような男となれば、もう決まったも同然だった。

マートンは口では説明しがたい、型破りな男だった。横浜に上陸した時、マートンが近くにいれば、何をどうするのが一番いいかを教えてもらおうと、無意識にマートンを頼ることになるだろう。南太平洋の島から西に進んでアラスカに至るまで、地球上どこへ行っても、マートンが並みの現地の村人さながらに、熟知していない場所はないようだった。そのころ、私はマートンをまだよく知らなかった。今回の夕食が三度目の邂逅で、食事の間私たちは、お互いにそもそもの出会いのきっかけとなった仕事の話ばかりしていた。しかし、そんな短い時間でも、私にはビリー・マートンが清廉潔白な男であることがわかったし、正直だというだけでなく、困った時にそばにいてくれれば、すこぶる頼もしい男でもあった。

「そのちょっとびっくりするような話を、くわしく聞かせてくれる気はないかい？」少しあとで、私は頼んだ。

マートンはしばらくためらい、考えこむような目つきをした。

「断る理由はなさそうだ」マートンはゆっくりと答えた。「今から十年ぐらい前の、昔の話だしな」

「レディ・シルビアが結婚したころだ」私は言った。

マートンはうなずいた。「その事件が起きた時、シルビアはハネムーンの最中だった。そうだな、話を聞きたいならクラブに来るといい」

「ああ、もちろんだ」私は言い、合図して勘定を頼んだ。「すぐに行こう。ぼくは好奇心ではちきれそうだ」

「アフリカのことを少しは知っているか？」火のそばに椅子を引きよせると、マートンはたずねた。私たちは、部屋をほどんど独占していた。別の暖炉から聞こえてくる軽いいびきの音が、もう一人利用者がいることを伝えてくるだけだった。

「エジプトとか」私は答えた。「南アフリカのあたりなら。あたりまえのことだけで、それ以上のことは知らない」

マートンはうなずいた。「あれが起きたのは西海岸でのことだった」パイプが満足のいく状態になると、マートンは話し始めた。「これまでにもさんざん荒れ果てた場所に行ったが、まだあそこに匹敵するような場所には、お目にかかったことがない。ンワンビという所で、海からとぎれとぎれに続くほこりっぽい道にそって、いくつかの掘っ立て小屋と、あやしげな店と、バーが一つあるだけだった。ホテルを名乗ってもいたが、泊まろうなどとすれば悲惨なことになった。純然たるバーだったが、あれを酒だと思う者はいないはずだ。なまぬるいジンにウイスキーの粗悪な代用品、ありふれた食前用カクテルに地元の酒がいくつか。店にあるのはそれだけだと、おれは覚えねばならなかった――バーテンダーだったから。

内陸へ入ると三マイルばかり、悪臭をはなつ沼地――マラリアの巨大な温床――が続き、その向こうには低い丘陵地帯へ向かう道が、とぎれとぎれにくねくねとうねっていた。道は時々消えそうになるが、希望を捨てたり悪臭にやられたりせず探せば、たいていまた見つかり、丘のさわやかな空気が吸えそうな場所に出る。だが実際、なかなかそうはいかない。せいぜい言えるのは、沼地の中よりはまだましだということだ。蚊が！　畜生、その目で見なければ、とても信じられないだろう。おれはやつらが文字どおり、灰色の雲のようになっているのを見たことがある」

マートンは思い出にふけるように微笑んだ。

「そうしたものと、バーの中に絶え間なく聞こえる半マイル先の海のとどろきが、ンワンビを作りあげていた。どれだけの期間であれ、滞在を余儀なくされた白人がどうやって無事にあそこを出て行けたのか、おれにはわからない。正確には、出て行けた者はほとんどいないだろう。あの場所は墓場であり、行くのは文無しになった者だけだった。あのころのおれが、そうだったように。

波止場近くの水が大型のボートも十分入れるほどに深く、内陸部の特産品のほとんどが船でンワンビにたどり着くというのが、あの場所のただ一つの存在理由だった。沼地を越えて丘のほうへ数マイル行けば気候もずっとよくなるので、それなりの規模の貿易商半ダースがそこにバンガローを持っていた。西海岸のイギリス人管轄区ではなかったので、ほとんどはイタリア系だった。率直に打ち明けるが、おれはイタリア人どもが大好きだとは言えなかった。だが、商人たちの中に、マカンドリューというスコットランド人がおり、おれがバーの仕事を引き継いでから最初に店に来たのがこの男だった。マカンドリューは積み荷の件で、夜の間こちらへ来ていた。

『新顔か』カウンターにもたれながら、マカンドリューは言った。『もう一人のバーテンはどうした？　死んだのか？』

『たぶん』おれは答えた。『なんにします？』

『ジンをダブルで。おまえの名は？』

おれは名を名乗り、マカンドリューは酒を飲み終えるまで、事態をじっくり考えていた。

『さてと』しまいにマカンドリューは言った。『おまえの先輩にも注意したことだし、おまえにも言っておこうか。ここでうちの親方を怒らせるなよ。名前はマインウェアリングだ――まあ、本名じゃないだろうが。酒を控えろだなんて言おうものなら、殺されるからな。自殺しかかっているとはいっても、そいつはやつの問題だ。おれは頑丈な男だし、おまえもそうだろうが、あいつの手にかかればぼろぼろになっちまう。やつがイタリア野郎どもと、ことをかまえるようなら、逃げろ。とにかくこの場所は、いかれてるんだ』

ドアがさっと開き、背の高いやせた男がぶらぶらと入ってきたのはその時だった。片方の目に片眼鏡をかけ、両足はぴったりしたポロブーツと、染み一つない白いズボンですっぽりおおわれている。シャツはシルクで、日よけ用のヘルメットはぴかぴかだった。実際その男は、物語に出てくるしゃれ者のイギリス人の見本のようだった。

『うちの親方の、マインウェアリングだ』マカンドリューがそう紹介した。

マインウェアリングはしばらくおれを見つめ――それから肩をすくめた。

『どうやら正気らしいな。だが、ここに来たからには、じきにそうじゃなくなる。ジンをダブルで――それと、おまえの分も一杯』

マインウェアリングは気取っているようにも取れる、気のない声でゆっくりと言い、おれは酒をつぎながら、こっそりと彼を観察した。最初に店に入ってきた時は若いのかと思ったが、はっきりしなくなっていた。そのすさみきった目のせいで、年齢がわからなくなっているのだった。本当に飲みすぎで死のうとしているとしても、まだ顔にそんな兆候はなかったし、グラスを持ちあげる手も、実にしっかりしていた。だがあの目――おれは今でも、あの目を思い浮かべることができる。まるで奈落の底さながらの、冷たい苦渋と、すべてに倦みきった表情がそこにはあった。誰であれ、そんな顔をしているのは望ましくなかったし、あとで知ったのだが、彼が三十五歳の男であるなら、なおさらのことだった」

マートンは一息つくと、ウイスキー・ソーダをすすった。部屋の反対側では、他の客がなおも寝息をたてている様子だった。

「彼の本名はわからなかった」マートンは、物思わしげにあとを続けた。「だがそれは、たいした問題ではなかった。おれたちの間では、彼はマインウェアリングだったし、サインの時、前に来るJという文字は、おそらくジェームズやジミーの略だろうと思われた。ともかく、彼はその名に返事をしたし、それが肝心なのだった。あのよどんだ場所にいる誰よりも、おれはマインウェアリングのことがよくわかるようになっていたと思うが、おれが知るかぎり、彼は手紙を受け取ることも、新聞を読むこともなかった。マインウェアリングは毎朝十一時きっかりに、ぶらぶらとバーに入ってきて、ジンをダブルで三杯飲む。愛想がいいとも取れる、熱のない声でゆっくり話すこともあるが、がたついたテーブルの一つに黙って座り、長い足を前に投げ出して海を見ていることのほうが多かった。だが、そのどちらの時であれ――いつの朝であれ、マインウェアリングのブーツは、顔がうつるぐらいぴかぴかだった。

あの場所で一か月ほど暮らしてから、一度、ブーツのことでマインウェアリングをからかおうとしたのを覚えている。

『朝、そのブーツをみがくのは、おそろしく時間がかかるんでしょうね、ジミー？』三杯めのジンを頼みにマインウェアリングがカウンターへ来ると、おれは言った。

『なあ』マインウェアリングは答え、カウンターの上に身を乗り出して、おれに顔を近づけた。『おれの見てくれについて、それ以上何か言うつもりはないよな』

『ジミー』おれは言った。『あなたの見てくれなんか、おれにはなんの意味もありませんがね。このいかしたアメリカン・バーでイギリス人の常連は二人だけなんですから、もめるのはやめましょうよ』

マインウェアリングはゆっくりと、けだるげな笑みらしきものを浮かべた。

『面白い言いぐさだとでも思っているのか？』マインウェアリングは言った。『だがまあ、おまえの言うとおりだ』

そんなふうに時間は過ぎ――誰もがうんざりして頭がおかしくなりそうなほどに、来る日も来る日も蒸し暑い日が続いた。おれは時々あのカウンターの後ろで動きを止め、子供のように弱々しく意味のない呪いの言葉を吐いたが、マインウェアリングが毒づいているところは一度も見たことがなかった。暑苦しい夜、部屋に一人きりでいる時や、おれたち同様、必死で眠ろうとしている時どうだったのかはまた別の話だが、昼間のマインウェアリングは相変わらずだった。冷ややかでシニカルで染み一つなく、遠くにでもいるかのようで——おれたちのささやかな不安など、完全に見下しているかのようだった。おそらく、マインウェアリングが正しかったのだろう——彼をとらえているものは、馬鹿げた呪いの言葉を吐く気にもならないほど大きなものだったのかもしれない。自分のすべきことがわかった今は、当時はわからなかった多くのことがはっきり見えてきている。

ただ一度、ほんの少しだけ彼と親しくなれたと思ったことがある。夕方の少し遅い時間で、バーにはおれたち二人だけしかいなかった。おれが、文無しでこんな呪われた場所に来るはめになった運命を嘆いていると、しばらくあとで、マインウェアリングが物憂げにゆったりと口を出した。『千もあればいいか?』

おれは啞然としてマインウェアリングを見た。『千ポンドってことですか?』おれは、口ごもった。『ああ。用立ててやれると思うんだが』マインウェアリングは正面を見たままで言った。『だがまだわからん。おれは多かれ少なかれ、おまえがいるのに慣れちまったから、もう少しいてもらわないとな。それから、また話そう』

『いや、待ってください!』おれはほとんど叫んでいた。『千ポンドも手に入れられるのに、あなたはここにとどまってるっていうんですか?』

『そのようだな』マインウェアリングは腰をあげ、悠然とカウンターに近づいてきた。『どこにいようと、たいした問題じゃないんだ、マートン。神意なんか売り飛ばしてでもそこにいたいって場所にいられない時にはな。そういう時にはたぶん、さっさと終わりが来るような場所を選ぶのが、一番いい』

そう言うと、マインウェアリングは踵を返した。おれは驚きでほとんど呆然となって、熱帯の月の下、白い後ろ姿が小屋に向かってほこりっぽい道を歩いていくのを見守った。千ポンド！　夜じゅうその考えが頭の中で鳴り響いていた。なんという幸運！　墓場のような場所にいれば、人は奇妙な考えに——昼の光の中では醜く思えるような考えに取りつかれるものだ。気がつくと、おれはマインウェアリングはあんな調子で、いつまでもつだろうかと考えていた。一日にジン二瓶か——場合によっては三瓶。長くもつはずはなかった。そしてその後のことは——誰にわかるだろう？　終わりは突然で、今なんのきざしもないだけに、なおさら早いだろう。おそらくその時になって、マインウェアリングは千ポンドを思い出すだろう。あるいは、おれが思い出させることになるかもしれない」

マートンは暗い笑い声をあげた。

「そう、最も善良な人間ですら、自分が苦しい時には、ごく普通の俗物になるものだ。おれも自分が聖人君子だなどと言うつもりはない。だが、ジミー・マインウェアリングは思ったよりも早く、待ち望んだ終わりを迎える運命にあった。さらに、おれはいつもそのことをうれしく思っているのだが——飲酒がその鉄のような気性をむしばむ前に、ブーツがまだぴかぴかで、シルクのシャツが染み一つないうちに、最期を迎えることになった。マインウェアリングが選んだ中でも、とりわけありそうにない、思いもかけない形で命を落とすことになったのだ。少し話を急ぎすぎてしまったが、まあ、問題はないだろう。

間接的にマインウェアリングの死の原因となる事件が起きたのは、おれが三か月ばかり、あの場所で暮らしたあとのことだった。丘陵地帯にイタリア系の商人たちが滞在していたことは、話しただろう。問題の夜には、そのうちの三人が何かの仕事でンワンビまでやってきていた。三人の中にペドロ・サルヴァスという男がいたが、こいつはおれがこれまで出会った中でも、とりわけ最悪なやつだった。オレンジ色の肌をしたずるがしこいけだもので、あらゆる悪事をはたらいていることは周知の事実であり、まだ知られていない悪事もたくさんあるようだった。マインウェアリングが入ってきた時、三人はそろってドアの近くのテーブルに座っており――マカンドリューの言葉が、おれの頭によみがえった。イタリア人どもには酒が入っており、ジミーはすこぶる毅然とした態度だった。彼はドアの前でいったん足を止め、眼鏡越しにイタリア人たちを順にながめてから三人に背を向け、おれのほうへやってきた。

マインウェアリングの肩越しに三人を見やったおれは、厄介なことになりそうなのを悟った。三人はその夜ずっとこそこそと小声でささやきあっていたが、おれもその時は気にとめていなかった。だが今、ペドロ・サルヴァスが醜い顔を見苦しく紅潮させて立ちあがり、カウンターに近づいてきた。『おれのような虫けらが、孤高のイギリス人様と口をきくことを、お許し願えるなら』サルヴァスはとげとげしく言った。『かわいい情婦の絵を、道にほうり出したりしなかっただろうなと申しあげたいんだが』

サルヴァスは何かを手に握りしめており、ジミーは豹のようにくるりと向きを変えた。ジミーは胸ポケットに手をやり、その時おれは、イタリア人が差し出しているものを見た。それは小さな女の肖像だった。それからのことはあまりよく見えず、逃げ出す暇すらなかった。ジミーの左手が電光のような速さで肖像をつかんだように見え、同時に右手ですさまじいアッパーカットが繰り出された。ともかく次の瞬間には、ジミーは肖像を胸ポケットに戻しており、イタリア人は狂犬のようなうなり声をあげて割れた瓶の破片の中から抜け出そうとしていた。これが第一幕で、第二幕は同じように素早く、おれは呆然となった。銃声が響き、同時におれの頭の後ろの壁に震えるナイフがつき立った。沈黙が落ち、おれはなんとかごちゃごちゃになった頭を整理しようとした。

ジミーの手にある銃からはまだ煙が出ており、サルヴァスは右腕から血をしたたらせながら、ドアのそばに立っていた。二人の仲間はテーブルの陰にうずくまっており、まるで飛びかかるのを待っている野生の獣のようだった。

『次は撃ち殺すぞ』ジミーは言った。

ジミーは本気だった。鼻孔のあたりが白くなっており、これはすこぶる危険な兆候だった。とりわけ、彼が銃を持っており、その銃口の先にあるものを横から見ているような状況では。そしてあの三人のイタリア人ほど、それをよく知っている者はいなかった。三人は罵声をあげ続けていたが、誰もまぶた一つ動かさなかった。

『ナイフをテーブルに置け、クズども』ジミーは命じた。

二人は従い、ジミーは軽蔑したような笑い声をあげた。

『さっさと消えろ。空気が悪くなる』

イタリア人たちはしばらくためらったが、サルヴァスが力をふりしぼり、自制心を取り戻した。

『こっちは丸腰で、そっちは銃を持ってるからって、えらく威勢がいいな。セニョール・マインウェアリング』サルヴァスは、冷笑を浮かべて言った。

ジミーは二歩で、ナイフが置いてあるテーブルに近づいた。ナイフの一本を取り、銃をこちらへほうってよこすと、もう一本のナイフを指さした。

『相手になってやろう、サルヴァス』ジミーは平然と答えた。『ナイフ対ナイフで、最後までな』

だが、イタリア人は受けてたたなかった。誓って言うが、おれは彼を責めることはできない。狂気にかられた人間がいるとすれば、あの夜のジミー・マインウェアリングがそうだった。恐れを知らず、後先をまるで考えないたぐいの狂気で、彼はおかしくなっていた。

『酔っぱらいのイギリス人どもとバーでもめる気はない』サルヴァスは言い捨て、踵を返した。

ご立派な言い分だったが、あんな状態のジミーにそんなことを言うのはうかつすぎた。ジミーは短く笑って蹴りを繰り出し、ドン・ペドロ・サルヴァスはあわてて闇の中へ消えた。二人の仲間も、素早くあとを追った。

『イタリア人どもとあんなもめごとを起こしたら』ジミーがバーに戻ってくると、おれは言った。『厄介なことになりますよ、ジミー』

『トラブルは大きいほどいい』彼は短く答えた。『もう一杯酒をよこせ。おれはどうなろうとかまいやしないんだと、まだわからないのか、マートン？』

あとになって考えると、結局、マインウェアリングは文字どおりの本心を語っていたのだと思う。よく使われはしても、本気であることはめったにないせりふが、彼の場合はありのままの飾らない本心だった。よくも悪くも、マインウェアリングは死のうが生きようがどうでもいいどころか、むしろ死んだほうがいいという境地に至ってしまっていた。イタリア人どもの一派を怒らせるのは、その望みをかなえるのに、これ以上ないほどうってつけの方法だった。

もちろん、あの夜のできごとで、一つわかったこともあった。すべての元凶は、一人の女だということだ。おれは何もたずねなかった。彼は詰問されるのなど、好まなかったからだ。だが、イタリア人どもに絵を触られたぐらいであんなことになるのなら、ことは深刻だということは、いやでも理解できた。女がどこの誰で、二人の間に何があったのかはわからなかったし、さっきも言ったとおり、たずねなかったが。

数週間後のある日、おれは最初の疑問の答えを手に入れることになった。誰かがバーに置いていった一か月遅れの〈タトラー〉を、おれがぱらぱらと見ていた時、マインウェアリングが入ってきた。おれはいつもの酒を作ろうと、のびあがってジンのボトルを取ったが、振り返って酒を手渡そうとすると、マインウェアリングは死人のような表情で一枚の写真を見つめていた。日焼けした手の関節が白くなっているのがわかり、シャツの下から広く力強い胸が見えた。マインウェアリングはそのまま微動だにせず、たっぷり五分ほど立ちつくし――それから無言で向きを変えると、バーを出て行った。おれは〈タトラー〉を取りあげた」

マートンは言葉を切り、グラスを空にした。

「レディ・シルビアの結婚の記事だね？」私は聞くまでもないことをたずね、マートンはうなずいた。

「そんなわけで、最初の謎は解けた」マートンは静かにあとを続けた。「二日たってもマインウェアリングが現れる気配がないので、彼が自分なりのやり方で彼の抱える問題にけりをつけたのではないかと、おれはあやぶみ始めたが、そうではなかった。マインウェアリングは、夜の十時にバーに入ってくると、いつものようにカウンターによりかかった。

『一人で何をやっていたんですか？』おれは軽い調子で言った。

『酔っぱらおうとしていた』マインウェアリングはゆっくりと答え、片手をおれの腕に置いて、鋼のような強さでつかんだ。『だが、いまいましいことに――酔えなかった』

たいしたことではないような口ぶりだった――こうして、ロンドンのクラブの喫煙室で、話されることと同じように。だがこれまで、到底忘れられないようなひどいこと、おそろしいことをさんざん見聞きしてきたというのに、その時のことは、おれの頭に何よりもしっかりとこびりついている。カウンターに身を乗り出し、ジミー・マインウェアリングと名乗っていた男――決して酔えない男の、魂の深淵をのぞきこんだ時のことは」

マートンは再び言葉を切り、今度は私も邪魔をしなかった。マートンは、うだるような夜の中に戻っていた。鼻にむっとする酒の臭いを感じ、その目で異様な光景をながめているのだった。私の目にもありありと、カウンターによりかかる、背が高く染み一つないイギリス人の姿が見えるかのようだった――自分はどうなってもいいと言いきる、男の姿が。

「しかし、ぐずぐずしてはいられないな」しばらくすると、マートンは言った。「クラブもすぐにいっぱいになるだろうし、あとは結末を話すだけだ。結末も、結局話す価値のあるものになった。人生で、皆が思うよりもずっと頻繁に起こる、驚くべき偶然によって。

それから二日ほどあとのことだった。ドアが開き、二人の男が入ってきた時、おれはバーでグラスをみがいていた。二人は明らかにイギリス人で、まるでこれからガーデンパーティーにでも行くような格好だった。

『よかった！　ともかくバーがあったぞ、トミー』一人が言った。『おいバーテン、何があるんだ？』

少しばかり肝臓がおかしかったし、おれはバーテンと呼ばれるのが好きではなかった。

『劇薬がいくつか』おれは答えた。『それと最低の気分なら』

二人目の男が笑い声をあげ、少し遅れてもう一人も加わった。

『二番目の売り物があるのも、当然だな』男は言った。『実に悲惨な場所だ』

『否定はしませんがね』おれは答えた。『なんでこんな場所に来たのか、聞いてもいいですか？』

『ああ、ちょっと船が故障してね。船長が修理のためにこっちへ来てるんだ。ぼくたちは、その辺を見てまわろうと、今さっき上陸したのさ』

おれは窓の外を見やり、岸から少し離れた所に蒸気ヨットがあることに初めて気づいた。千トンほどもありそうな実に美しい船で、おれは羨望のため息をついた。

『まさか、バーテンダーが足らないなんてことはありませんよね？』おれは言った。『もしそうなら、泳ぎにいってサメと会ってきますが』

『すまないが、その手のものはみんなそろっているよ』男は答えた。『だが、一番無害な劇薬を選んでくれるなら、一緒に飲もうじゃないか』

ジミー・マインウェアリングがバーに入ってきたのは、おれがジンとベルモットをおろしている時だった。マインウェアリングは床を半分ほど横切ってから、途中でぴたりと足を止めた。それからの二秒は、ピンが落ちる音すら聞こえそうだった。

『こんな所に隠れていたのか』会話のほとんどを引き受けていた、小さいほうの男が言った。『酒は作ってくれなくていいぞ、バーテン』

男はそれ以上何も言わずに出て行き、しばらくしてもう一人もそのあとを追おうとした。彼はジミーの横まで来るとためらい、その時初めて、ジミー・マインウェアリングが口を開いた。『彼女は来ているのか？』

『ああ』男は答えた。『ヨットにいるよ。おれたちみんな来ている』

そう言うと、男は道に踏み出し、仲間と合流した。マインウェアリングは顔にはかり知れない表情を浮かべて、二人がぎらぎらと照りつける太陽の下、波止場で待っていた小さなモーターボートに乗りこむのを見守った。それから、カウンターへとやってきた。

『間違いなく、運命の巧みな一筆《ひとふで》というやつだ』マインウェアリングは、平然と言った。『いささかよけいではあるがな』

おれはその時心の中で、彼に脱帽していたと思う。マインウェアリングが何をし、なぜここにいるのかはわからなかったし、どうでもよかった。おれにとって肝心なのは、外科用メスで手ひどくとどめをさされるような一撃を、彼がどう受けとめたかということだった。マインウェアリングはまぶた一つ震わすことなく、変わったことがあったと示すようなものは何もなかった。いつもの朝と同じように、いつもとまったく変わらないペースでダブルのジンを三杯飲むとバーを出て行き、マカンドリューの倉庫にある事務所へと戻っていった。残されたおれは、蚊帳の下でベッドに横たわり、汗をかきながら、この不可解ななりゆきについて考えた。運命は、でたらめにピースを動かしているのだろうか。それとも、おれたちの理解を超えた一定のルールがあるのだろうか。その時のおれには、でたらめで、まるで意味などないように思えた。あとでどう思ったかは——まあ、きみにはきみの意見があるだろう。

わかるとは思うが、あのあたりは、あっという間に暗くなる。ヨットの横からボートが飛び出し、全速力で岸へやってくるのが見えたのは、日没直前のことだった。朝、上陸した二人からいろいろ聞いているだろうに、居心地のいいヨットを離れて、ンワンビまで来るような間抜けは何者だろうと、のんきに考えたのを覚えている。だが、誰であれ、明らかにあわをくっているようなのが気になった。ボートが横づけになるよりも早く、男が飛び出してきて大急ぎで階段をのぼり、バーのドアの前にいたおれのほうへ、倍の速度で走ってきた。朝、やってきた二人の小さいほうだったが、ひどい不都合があったことは一目瞭然だった。

『彼女はどこだ?』声が聞こえる所まで来ると、男は叫んだ。『妻をどこへやったんだ、この悪党め!』

男が不安と恐怖でほとんど逆上しているのがわかったので、おれはこのせりふを聞き流した。『落ち着いて!』男が息を切らしてそばへやってくると、おれは言った。『奥さんをさらったりしていませんし、姿を見てもいませんよ』

『あのカード詐欺師だな!』男はわめいた。『くそ! あいつがおかしなまねをしたなら、犬のように撃ち殺してやる!』

『口を閉じて、頭を冷やしてください』おれは怒って言った。『ジミー・マインウェアリングのことを言ってるんなら――』

その時、当のジミーが事務所から出てきて、ぶらぶらと道を渡ってきた。

『このろくでなしの、汚いペテン師め――シルビアはどこだ?』

『いったいなんの話をしてるんだ?』ジミーは言ったが、その声ははりつめていた。

『シルビアは午後に、一時間で戻るからと言って上陸したんだ』男は言った。『ぼくはその時、そのことを知らなかった。ええと、ミスター・マインウェアリング。きみはそう名乗っていたよな。ボートがシルビアを迎えに戻ったが、彼女はそこにいなかった。それが四時間前のことだ。シルビアはどこにいる?』

しゃべりながら、男はジミーに銃を向けた。

『四時間前だと、クラバリング！　畜生、その銃をおろせ。素人芝居をしている場合じゃない』ジミーは男がそこにいないかのように、そのそばを通り抜け、おれのほうへ来た。『レディ・クラバリングの姿を見たか？』

『いえ、影も形も』おれは答えたが、おれたちは同じことを恐れていた。

『彼女は上陸の理由を話したのか？』ジミーは夫のほうへ向き直ると言った。

『その辺を見てまわると言っていた』クラバリングは答えたが、その声音は変化していた。クラバリングはもう怒れる亭主ではなく、本能的に自分より強い相手にすがる、おびえた男にすぎなかった。

『このあたりにいないなら、内陸のほうへ行ったんだ』ジミーは言い、おれを見つめた。『あと五分もすれば、暗くなる』

『そんな！』クラバリングは叫んだ。『どうしたらいいんだ？　一晩一人でいるなんて、シルビアには無理だ。こんなひどい場所で道に迷うなんて！　足をくじくとか、けがをしているかもしれない』

おれたちは、しばらく答えを返さずにいた。内陸の密林に白人女が一人残されることがどれだけ危険かは、おれたちのほうがよほどわかっていた。蛇や野生の獣よりも、もっと恐るべきものがあった。マカンドリューの所にいる地元の少年が道をやってきたのは、おれたちが互いの考えを口に出せずに、そのまま見つめあっていた時だった。少年は息を切らして走っていたが、ジミーを見るなり駆けよってきて、地元なまりで何やらまくしたて始めた。早口すぎておれには聞き取れず、むろんクラバリングも一言も理解できていなかったが、なんとなく、なんの話をしているのか察したおれたちは、そろってジミーの顔を見た。そのうちに、クラバリングが鋭く息をのむ音が聞こえた。

とうとう少年が話し終えると、ジミーはこちらを向き、おれのほうを見た。その顔には冷たく物騒きわまりない怒りの色があり、おれは唇まで出かかった質問を引っこめて、言葉もなく彼を見つめた。『イタリア人どもが、彼女を連れて行った』ジミーはひどく穏やかな声で言った。『ドン・ペドロ・サルヴァスは、愚劣な男だ』

クラバリングがかすれた悲鳴のような声をあげると、ジミーは表情をやわらげた。『気の毒にな』ジミーは言った。『あんたはおれよりしんどい仕事をすることになりそうだ。ヨットに戻って、できるだけの人数を連れてこい。四時間以内におれが戻らなければ、夜明けを待って沼地を越え、内陸のほうをめざせ。ペドロ・サルヴァスのねぐらを見つけたら、目についた一番高い木につるしてやれ』

彼はそれ以上何も言わずにくるりと向きを変え、迷いのない足取りで大股に道を歩き去った。クラバリングは二度ジミーを呼んだが、ジミーは振り返ることも、歩調を変えることもなかった。おれが、自分であとを追い始めたクラバリングを止めると、彼はほとんど泣きながら、子供のようにおれをののしった。

『あの人の言うとおりになさい』おれは言った。『あなたではとてもたどり着けないし、足手まといどころではありません。おれが一緒に行きますから、あなたは戻って人を連れてきてください』

そう言うと、おれはジミーのあとを追った。時々、暗闇の中、熱気のこもる沼を避けて歩く白い姿がぼんやりと見え、おれはその有様に驚嘆しつつ、彼のやり方を心にきざんだ。ジミーは疲れも迷いも見せず、着実に前進し続け、丘陵地帯に着いても、おれは一ヤードも彼との距離を縮めることができずにいた。

そしておれは、ジミーがサルヴァスのバンガローに着いたらどうなるのだろう、なぜレディ・シルビアは不運にも、バンガローの主に出会ってしまったのだろうと、考え始めた。仕返しであることは明らかだった。サルヴァスはあの絵から、彼女の顔を見分けたのだろう。こんなおそろしい危険をおかすようにしむけるなど、サルヴァスのジミー・マインウェアリングへの憎しみは、よほど強いに違いないと思ったことを覚えている。そう、不可解なできごとが起きるあの国でも、あれはとびきりの危険だった。

ジミーがこんな考えに頭を悩ませていたとは思えない。彼の心には、ペドロ・サルヴァスをつかまえるという考えしかなく、それだけで十分だったはずだ。すべてが終わって芝居の幕がおりるまで、おれが後ろにいることを気づいてすらいなかっただろう。あの時彼は、おれにかまっている暇などなかったから」

マートンは少しばかり悲しげに、短い笑いをもらした。

「見事な幕切れでもあった」マートンは静かに続けた。「バンガローに突進していくジミーに追いつこうと、必死で力をふりしぼったのを覚えている。そしておれは自分をおさえられず、足を止めて魅せられたようにその光景をながめた。広い居間の窓があいており、まばゆい光がもれていた。夜のうちに追ってくるとは思っていなかったのだろう。レディ・シルビアは顔を恐怖でこおりつかせたまま壁にもたれており、ペドロ・サルヴァスと三人の仲間が、テーブルで酒を飲んでいた。

すべてがあっという間だった。一秒後には、ジミー・マインウェアリングが窓を背にし、撃ち始めるのが見えた。ジミーがダイヤのエースを二十ヤード先から、十回に九回は撃ち抜けることは、まだ話していなかったな。怒りで腕前がにぶることはなく、その夜の彼は、本気で怒り狂っていた。おれはたて続けに三発の銃声を聞いた——同じ銃からあんなふうに撃って、狙いをつけられるのは名人だけだったが、ペドロ・サルヴァスの三人の仲間が、椅子にぐったりと倒れこむのが見えた。それから間があり、おれはジミーがサルヴァスのことだけは、その手でつかまえたいのかと思った。

だが、そうはいかなかった。バンガローの主は、憎い男の突然の出現に麻痺したかのように、椅子の上で事態を見つめるばかりだったが、それもほんの一瞬のことだった。サルヴァスの腕の動きはあまりにも早く、おれにはほとんど見えなかった。光の筋のようなものが部屋を横切ったのがわかっただけだった。それから十分の一秒、いや、百分の一秒遅れて、また銃声が響いた。ジミーの銃はペドロ・サルヴァスの心臓を正確に撃ち抜いており――おれはこの悪党が顔を憤怒にゆがめたまま、がくりと崩れ落ちるのをながめた。今度はナイフが壁につき立つことはなかった」

「最初にジミーのもとへたどり着いたのは彼女だった」マートンは思いにふけりながら、あとを続けた。「おれが窓に着いた時にはもう、ジミーは膝を折っており、シルビアは彼を抱いてささえようとしていた。おれたちは、ジミーの体を二人の間に横たえたが、最期がせまっているのが見て取れた。ナイフはジミーの胸をまともにつらぬいており、おれができることは何もなかった。決して酔えない男の、旅の終わりが近づいていた。だから、おれは片手に銃を持って窓のそばで見張り、彼らを二人きりにした。危険なものが入りこむような家ではなかったが。

ジミーは五分ほど生きていたと思う。その五分のことを話すつもりはない。話していいことと、そうでないことがあるからな。ジミーはカードでいかさまをしたかもしれないし、しなかったかもしれないが――シルビアは彼を愛していた。それだけ言えば十分だろう。もし、ジミーが本当に世界中の紳士の間で許されない罪をおかしていたのだとしても、ジミーは罪を償い、シルビアは彼を愛していた。そういうことにしておこう。

すべてが終わり、ジミー・マインウェアリングと名乗っていた男の、つらく孤独な魂が未知の旅路へと飛び立つと、おれはシルビアの肩に触れた。彼女はやみくもに立ちあがると、おれの隣で、よろよろと外の暗闇に足を踏み出した。腕につかまれとは言ったが、それ以上の言葉をかけようとは思わなかった。しばらくすると、彼女の体はだんだん重くなってきて、しまいにずるずるすべり落ちた。泣きじゃくるうちに、意識をなくしたのだった」

マートンは一息つくと、笑みを浮かべて煙草に火をつけた。

「おれがレディ・シルビア・クラバリングを、ジャガイモ袋のように肩にかついで三マイル運ぶことになったのは、そういうわけだ。ふらつきながら村に入り、いつのまにか、ヨットにいた男たちにかこまれていたのを覚えている。取り乱している亭主の手にシルビアを渡し、それから気絶したらしい。気がつくとバーにいて、喉にウイスキーを流しこまれていた。しばらくすると彼らは、クラバリングとおれだけを残して立ち去った。クラバリングはどもりながら礼を言い始めたが、おれは彼をさえぎった。

『おれに礼を言うことはありません』おれは言った。『礼は別の相手に言うべきです。あなたがカード詐欺師呼ばわりした男――だが、あなたやおれなど到底かなわないほど、立派な男だった相手に』

『だった?』クラバリングは言い、おれをじっと見た。

『そうです』おれは答えた。『彼は死にました』

クラバリングはしばらく黙ってその場に立ちつくし、顔に奇妙な表情を浮かべて帽子を取った。

『きみの言うとおりだ』クラバリングは言った。『彼はぼくより立派な男だ』」

マートンは腰をあげると、ベルを鳴らした。

「その日からこれまで、彼に会ったことはない」マートンは思いにふけりながら言った。「今夜まで、その妻にも会ったことはなく、おれの物語には穴があいたままだ。だが、その穴をうめたいのかどうかもわからない」

ウエイターがマートンの椅子までやってきた。

「一緒に飲まないか？　ウイスキー・ソーダを二つ頼む——大きなグラスでな」

訳者あとがき

本書と同様、論創社から刊行された『恐怖の島』の著者、サッパーの短編集をお届けします。

一九二〇年のロンドンで、ごく限られた会員だけの秘密めいたクラブが発足。退屈な話でお客を居眠りさせたら罰金十ポンド、というルールのもと、異なる職業を持つ六人の会員たちが、順に職業に応じた面白い話を披露していく、というのが、前半六話の基本設定となっています。限られた会員だけのクラブを舞台としたミステリ短編集というと、アイザック・アシモフの『黒後家蜘蛛の会』が特に有名で、訳者がまず思い浮かべたのもそれでしたが、ヘンリーのような探偵役は存在せず、俳優、弁護士、医者、一市民、軍人、作家という個性豊かな語り手たちが、それぞれの物語を語っていきます。楽屋の入り口にふいに現れた女性の望みとは？　夜ごと奏でられる笛の音がもたらす恐怖とは？　オレンジの皮の切れ端が引き起こした波紋と結末とは？　平和な田舎町の庭園に隠された秘密とは？　などなど、どれも興味をそそられる物語ばかりです。

後半の六編はそれぞれ独立した話となりますが、四話と十二話に登場するスコットランド人マカンドリューや、前半六編と十一話に登場する弁護士、医者、軍人など、同一人物と思えないこともないキャラクターも出てくるので、キャラクター同士のつながりを考えて読んでいただくのも、面白いかもしれません。後半も、暗い歴史を持つ部屋を舞台とした怪異譚、あるありふれた行為が暴く事件の真相など、魅力ある短編がそろっています。

著者サッパーは、本名をハーマン・シリル・マクニールといい、英国コーンウォール州ボドミンで、海軍大佐の息子として生まれました。陸軍に勤務しながら軍務と並行して創作活動を始め、ブルドック・ドラモンドこと、ヒュー・ドラモンド大尉を生み出した人物として知られています。第一次世界大戦に参戦、果敢な活躍ぶりで自軍からブルドックの異名をつけられたドラモンド大尉が、終戦後も平和な暮らしが性にあわず、新聞に広告を出し、冒険を求める、というのが、このシリーズのおおかなストーリーです。このシリーズは日本では『怪傑ドラモンド』、『鉄人対怪人』、「死を賭して」などのタイトルで、江戸川乱歩氏、延原謙氏らによって翻訳され、海外ではロナルド・コールマン主演で映画化されるなど、大きな成功をおさめました。本書にも「ドッグフェイス（歩兵）」というあだ名を持つ軍人や、世界中を旅してきた元軍人、荒れ果てた僻地で悪人グループと渡り合うタフなキャラクターなどが登場しており、このドラモンドシリーズや、サッパーの得意とする冒険活劇小説の影響がうかがえます。

本短編集は、前半六話はもちろんのこと、後半も登場人物の語りや会話で話が進むものがほとんどとなっており、せりふを訳す難しさを、あらためて痛感させられました。

ミステリ、人間ドラマ、ホラー要素たっぷりの奇妙な体験談から恋物語まで、さまざまな登場人物が語る多彩な物語を、読者の方にも楽しんでいただけるよう、祈るばかりです。

〔著者〕
サッパー
本名ハーマン・シリル・マクニール。1888年、英国コーンウォール州ボドミン生まれ。チェルトナム・カレッジを卒業後、士官学校へ入学し、1907年に英国陸軍工兵隊少尉となった。軍務と並行して創作活動を行っており、15年には“Reminiscences of Sergeant Michael Cassidy”を故国の日刊紙《デイリー・メール》に発表している。第一次大戦後、正規軍を退いて予備軍少佐となり、本格的な作家生活に入った。1937年死去。

〔訳者〕
金井美子（かない・よしこ）
東京生まれ。東京女子大学文理学部卒。英米文学翻訳家。主な訳書に、ハーバート・ヴァン・サール『終わらない悪夢』（論創社）、ローズマリ・エレン・グィリー『悪魔と悪魔学の事典』、ミリアム・ヴァン・スコット『天国と地獄の事典』（ともに原書房。共訳）など。

十二《じゅうに》の奇妙《きみょう》な物語《ものがたり》
——論創海外ミステリ 241

2019年9月20日 初版第1刷印刷
2019年9月30日 初版第1刷発行

著 者 サッパー
訳 者 金井美子
装 丁 奥定泰之
発行人 森下紀夫
発行所 論 創 社
〒101-0051 東京都千代田区神田神保町2-23 北井ビル
TEL:03-3264-5254 FAX:03-3264-5232 振替口座 00160-1-155266
WEB:http://www.ronso.co.jp

印刷・製本 中央精版印刷
組版 フレックスアート

ISBN978-4-8460-1870-2